〔法〕米歇尔·普西 ○ 著
沈艳丽 ○ 译

木偶的恨意

Michel Bussi

Trois vies par semaine

人民文学出版社
PEOPLE'S LITERATURE PUBLISHING HOUSE

著作权合同登记号　图字 01-2024-3160

Trois vies par semaine by Michel Bussi
©Michel Bussi et Les Presses de la Cité, 2023
Simplified Chinese edition arranged through Dakai L'Agence
Simplified Chinese translation copyright © People's Literature Publishing House, 2024
ALL RIGHTS RESERVED

图书在版编目（CIP）数据

木偶的恨意／（法）米歇尔·普西著；沈艳丽译. —
北京：人民文学出版社，2024. —— ISBN 978-7-02
-018924-3

Ⅰ. I565.45
中国国家版本馆 CIP 数据核字第 20247S0A09 号

责任编辑　马冬冬
装帧设计　刘　远
责任印制　王重艺

出版发行　人民文学出版社
社　　址　北京市朝内大街166号
邮政编码　100705

印　　刷　三河市东方印刷有限公司
经　　销　全国新华书店等

字　　数　225千字
开　　本　880毫米×1230毫米　1/32
印　　张　12.625　插页3
印　　数　1—8000
版　　次　2024年10月北京第1版
印　　次　2024年10月第1次印刷

书　　号　978-7-02-018924-3
定　　价　59.00元

如有印装质量问题，请与本社图书销售中心调换。电话：010-65233595

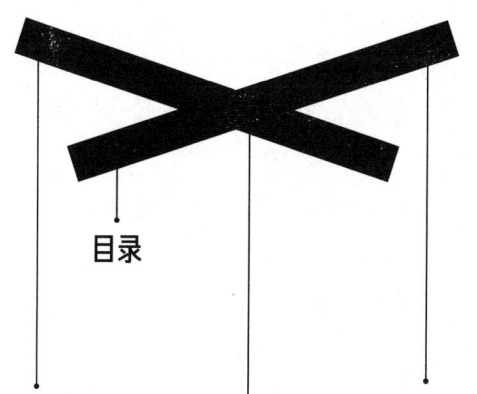

目录

第一部分
纳内斯、维姬和埃蕾阿

我可以确定！你并不了解你的丈夫。再说，这个变色龙，没有人了解他！

001

第二部分
米娜

第一次，我问了自己这个我从来不敢去想的问题。我的雷诺？我的皮埃尔？我的汉斯？我，他的母亲，要怎么称呼他呢？

257

第三部分
雷诺

我出生于1977年1月29日。正在聆听、探寻我的故事的你们，可能会觉得难以相信。它的开端犹如一个童话。我的母亲为我的降生准备了一份最不可思议的礼物：她给了我三种人生！

315

木偶的恨意
Trois vies par semaine

趁着今夜，也许是我的最后一个夜晚，我记录下这些临终之言。
听了我的故事，你们会从中记住什么？
一旦生命支离破碎，我们有什么东西会被铭记？
我们只不过是由破布和纸片做成。

Trois vies par semaine

米拉娜

但是我有一个秘密要告诉你们，正在听我说话的你们，充满活力的你们。
你们是唯一能让这个故事画上句号的人。
当心你们读到的一切，
当心你们听说的一切，
当心那些看不见的线，
当心牵线的那个他或她。

第一部分

Part 1

纳内斯、维姬和埃蕾阿

我可以确定!
你并不了解你的丈夫。
再说,
这个变色龙,
没有人了解他!

我是另一个人

《致保罗·德梅尼的信》,阿蒂尔·兰波

2023 年 9 月 14 日   星期四

1

凯特尔

艾蒙四子观景台，默兹河畔博尼，阿登省

高耸在默兹河一处曲流上方的四块峭壁，看起来就像四位在马背上策马奔腾的骑士。

至少据说是这样……

在凯特尔·马雷尔上尉看来，这四块页岩不过就是几块灰色大石块，装模作样地耸立在河道上方两百米处，这条深沉而疲惫的河流，在法国和比利时之间缓缓流淌。这是阿登高地的景象，昏暗阴沉，又饱受摧残，九月的冷雨在这里呜咽着。

回到这里，上尉想，就相当于休假结束，重回监狱。而且似乎峭壁夹岸的默兹河曲流上的瓢泼大雨还不够糟糕，夏天还没来得及过去，气温就下降了十摄氏度，更别提那个刚被调到卡西斯的虚伪的桑德拉·米耶尔了，现在更过分的是，凯特尔手上有一具尸体。

确切地说，是在她的同事们手上。她请威尔和梅迪这两个年轻人越过艾蒙四子纪念雕像的护栏，又往下走了二十米，以便更近距离地观察受害者。他们俯身在尸体上，大声地告诉她观察到的结果，而她就站在那里听着，在观景台的平台上，僵硬得像一个企图自杀的人。

"您听到我们说话了吗，上尉？"

凯特尔只是用派克大衣风帽下的脑袋点头示意。

"毫无疑问，他是从护栏的那一边跳下来的，或者是有人推了他，总之，他在跌落之前就在您现在所站的位置。那些树挡了他一下，否则他会掉到最底下，掉到默兹河畔的自行车道上。您能想象，在上学的时间，孩子们背着书包骑着自行车经过吗？"

是的，凯特尔想象着……这家伙就不能去稍微远一点的地方跳下来，去比利时境内，从迪南的巴亚尔峭壁上，或者从克雷夫科尔城堡上，直接跳入默兹河吗？他的尸体估计两个月以后才会被发现。如果幸运的话，那时她已经辞职了。或者她自己也可能已经跳下……在某个不会发现她尸体的地方，以免给她那些已经有足够多糟心事的同事惹麻烦。

"我知道他的身份了，上尉。他身上带着证件。雷诺·杜瓦尔。大概四十六年前出生在附近，沙勒维尔－梅济耶尔。您还想知道更多细节吗？"

凯特尔又点了点头。我当然想，威尔。再来一封诀别信，就完美了！在信中，这位雷诺·杜瓦尔解释说，他是自愿跳下去的，好确定没有人帮助过他。

雨水还在拍打着上尉的额头、嘴巴和眼睛。雨滴顺着她棱角分明的脸上的每一道凹凸流下。凯特尔撩起风帽下垂在眼前像是一块黑色帷幔的秀发。她又想到了桑德拉这个叛徒。这个沙勒维尔商业法庭的小小书记官一直等到八月底才告诉她，她已经调到地中海沿岸，一切都结束了，她不再那么肯定自己不喜欢男人。那我呢，凯特尔本来很想反驳她，你说呢？你是我最好的选择，我美丽的桑德拉？我在你之前没有尝试过男人？错了！是合不来！再说，相比于睡觉，与他们一起生活就更难了。如果连女孩也行不通，那我还能怎么样？收养一只猫？

凯特尔再次凝心聚神,开始审视她周围的环境。艾蒙四子景观其实就是一座陡峭的山丘,位于默兹河畔博尼的曲流之上。一个徒步场所,有一个小型森林停车场,有一片夏季可供野餐或举办音乐会的开阔草地,四座可供攀岩的大峭壁,以及一条小路通向观景台和这座为了向当地最著名的传说致敬的巨型雕塑:艾蒙四子。

上尉倚靠在安全护栏上。

"上来吧,小伙子们。还是让法医们来扮演蜘蛛侠吧,他们会喜欢的。"

站在泥泞的岩石上尽力保持平衡的两名宪兵立刻答应了。凯特尔趁机整理了一下思路。这个人显然是在昨晚自杀的。此类情况经常发生在这个地区。大约在早上6点钟,有晨跑的人发现并报了警。这些疯子天没亮就起床去跑步,甚至要求自己从默兹河畔博尼跑到四座山峰上,整整两百米的落差。真是受虐狂!

"页岩受虐狂。"她的副手热雷米·博内罗甚至明确说了出来,对自己的玩笑扬扬得意。

博内罗中尉急匆匆地朝观景台走上来。凯特尔很欣赏他一大早表现出的决心。热雷米三十岁,幽默风趣,从不消沉沮丧,本地男孩,坚信默兹河与多瑙河一样好,阿登省与滨海阿尔卑斯省一样好,沙勒维尔-梅济耶尔的公爵广场不比威尼斯的总督广场差;他每年都能邀请整个宪兵队的人来参加结婚纪念日烧烤野餐;他用一句简单的话就能应对小女儿佐伊的第一天返校:你和妈妈晚上回来告诉我今天发生的事,祝你们有愉快的一天,我的两个宝贝。他是一个完美而忠诚的副手,上司的每一次情绪波动似乎都让他感到高兴,好像他以刻意突出他们之间的不同为乐,以防有人想从他们这组二重唱身上汲取灵感来拍摄一部电视剧。

"凯特尔，好消息！我知道这个家伙是怎么爬到这里的了。"

博内罗中尉是宪兵队里唯一一个对她直呼其名的人。

"您跟我一起来吗，凯特尔？"

幸好，他继续用"您"来称呼她，即使他可能很想用"你"。

她小心翼翼地跟着她的副手，沿着湿滑的台阶从观景台往下走，然后走到了草地旁的一条木板路。

"每年有几次，"博内罗说，"他们在这里举办中世纪的演出，来纪念艾蒙四子的传说。这是一个被查理曼大帝放逐的骑士们的凄惨故事，是我们当地的《权力的游戏》！注意您的脚，凯特尔，往右边靠。"

上尉看到前面大约五十米处有一个巨大的洞穴。

"羊毛洞！"热雷米继续解释，"一个比三层楼房还深的坑。对想寻短见的阿登人来说，又一个当地的自杀胜地。"

他们又往前走了一百多米，穿过森林停车场，然后在中尉的带领下来到路边的一棵橡树下。上尉走上前去，看到一辆白色标致307停在低矮的树枝下。

"显然，我们的雷诺是开着一辆标致车上来的。"博内罗大胆推断。

凯特尔没有反驳，热雷米很可能不是故意这么说的。她观察了一下这个地方的停车场，除了他们的两辆蓝色雷诺梅甘娜外，空空如也。

"他为什么不把车停在这里，而要去藏在那棵树下？"

"我有个小小的想法。"热雷米一副阴谋家的样子，没什么好兆头。

凯特尔不相信本能，不相信直觉，不相信所有那些被臆造出来让人们相信他们成为警察就是因为某种神秘的使命的东西，不过她从副手雄心勃勃的笑容中猜到，调查正在偏离方向。她原本希望，这起案件的受害人就是一个走投无路的可怜人,一个刚刚被阿登省的皮革加工厂、铸造厂或锯木厂解雇的工人,这个地区不乏糟糕的社会安置计划,或者是一个被困在此地而老婆却带着孩子跑到了旺代的工人。一个不向任何人提任何要求,坚决不把自己的消沉情绪强加给别人的老实人。除了这四个警察,这是他们的工作。一个寂寂无闻的家伙。雷诺·杜瓦尔,还有比这更烂大街的名字吗?

只是,一个想了断此生的寂寂无闻之人,不会把他的灵车藏在一棵橡树最茂密的枝条下。

热雷米已经打开了标致307副驾驶的车门。他戴上了手套,然后转头看上尉。

"车里什么都没有。没有一点面包屑,没有一张停车罚单,甚至没有一个购物车用的硬币。要么这家伙是个洁癖,要么他跳崖前把整个驾驶室做了大扫除。"

"那手套箱里呢?"

"就只有一些证件……"

"什么样的证件?"

凯特尔暗自祈祷热雷米不要把一沓草草复印的合同递给她。雷诺·杜瓦尔具有一个最终被灭口的小会计的特点。她可一点都不想被卷入一桩牵涉当地显贵的肮脏的金融案件中。

中尉小心翼翼地关上了门。大雨还在倾泻,泼洒在他的宪兵帽和车身上。他拿着一个塑料袋走到上尉面前。

"驾驶证!"热雷米说。

凯特尔松了一口气。

"这上面有他的名字,"中尉继续说道,"雷诺·杜瓦尔,这是第一张驾驶证上的。"

"第一张,什么意思?"

"我还发现了另外两张驾驶证,装在同一个袋子里。"

"另外两张?他妻子的?他女儿的?他情妇的?他……"

凯特尔·马雷尔停止了思考。她甚至停止了呼吸。她在流淌着水珠的塑料袋子里发现的东西比她想象的还要糟糕。

三张驾驶证上是三个不同驾驶员的名字。

雷诺·杜瓦尔

皮埃尔·卢梭

汉斯·贝尔纳

三个人的证件照片完全一样!不是长相酷似的兄弟,或者某个表兄弟,而是……三胞胎!

上尉擦了擦袋子,以便仔细检视这三个证件。

雷诺·杜瓦尔,1977年1月29日出生于沙勒维尔-梅济耶尔。

皮埃尔·卢梭,1977年1月29日出生于巴黎第18区。

汉斯·贝尔纳,1977年1月29日出生于洛泽尔省的芒德。

凯特尔·马雷尔再次将注意力集中在这三张证件照片上。从照片上可以看到细微的差别:雷诺·杜瓦尔是立起来的衬衫领子,皮埃尔·卢梭是圆领毛衣,汉斯·贝尔纳的头发略短,雷诺的眼神略高,皮埃尔的下巴略低,汉斯还多了几根胡须……这些并不完全相同的照片,但无疑是同一个人。长脸、方下巴、嘴角带着戏谑的苦笑,两只浅灰色的眼睛局促不安地注视着镜头。

三胞胎？

她不得不面对现实，除非他们拒绝从妈妈的肚子里出来，否则三胞胎不会出生在三个不同城市的产房里……而且按理说，他们会有相同的姓氏，每个人拥有自己的车！况且，除了在那些糟糕透顶的侦探故事中，真正的三胞胎在现实中并不存在。显而易见的结论是：这个家伙，雷诺、皮埃尔或汉斯，拿着假证件到处跑！

"我们遇到阿登省的詹姆斯·邦德了。"上尉揶揄道。

"也不一定，凯特尔，如果要我说的话。"

"什么不一定？"

"威尔和梅迪在死者身上发现了雷诺·杜瓦尔的身份证。身份证显示，他住在菲代勒堡，阿登省的一个偏僻地方，离这里三十公里，靠近比利时边境。他的钱包里甚至还有一张照片，很确定是他妻子，或者说是他的遗孀……"

凯特尔·马雷尔陷入了沉思。热雷米是对的，这个雷诺·杜瓦尔看起来不像是个幽灵，要核实他的身份并不难。但如果是这样，为什么要拿着这些假证件到处跑？为什么是巴黎？又为什么是芒德？

"要我说，"中尉继续说，"当务之急，我们应该走一趟菲代勒堡，去见见杜瓦尔夫人。"

"我去，热雷米。就我自己。"

从一大早到现在，博内罗中尉那张欢快的脸第一次僵住了。

"别担心，"凯特尔解释说，"调查案子你是数一数二的。但要论传递坏消息，我比你更在行。"

2

凯特尔和纳内斯

菲代勒堡，阿登省

凯特尔在穿越阿登森林的狭窄省道上小心地驾驶着。路边的冷杉树挤在一起，就像一场自行车比赛中那些冒冒失失的观众。上尉不得不尽可能地行驶在车道中间，以免她的车身被浸透雨水的沉重树枝剐伤。雨势并没有减弱。雨刮器刮擦着挡风玻璃，发出嘶哑的海鸥的叫声，至少凯特尔想象是这样……离这里最近的海有近三百公里远，在敦刻尔克和奥斯坦德之间的某个地方，不是桑德拉将要调过去的那种地方。那个小婊子把太阳也带走了，还有她对男人和女人的最后一点幻想。说到恋爱失败，男女完全平等！

凯特尔踩下了梅甘娜的刹车踏板。仪表盘显示，她正以每小时五十三公里的速度进入城区。

菲代勒堡✖……

哦可真是……

和妻子住在这里，却同时过着三重人生，雷诺·杜瓦尔可真会嘲弄人！

上尉在开车出发前，在互联网上了解了一些情况。菲代勒堡，有八百五十一位居民，是距离比利时边境最近的一个阿登省小镇，以其被污染的土壤、糟糕的预期

✖ 菲代勒堡（Bourg-Fidèle）这个地名在法语中的字面意思是"忠诚县"，作者用这句话表示讽刺。（若无特别说明，下文注释均为译者注）

寿命和冬天冰冷夏天炎热的大陆性气候而为大众所知。

GPS导航为她免去了在镇上的几次掉头。当她经过一个学校的操场时，孩子们的叫声钻进她的耳朵，甚至比挡风玻璃上的雨刮器或奥斯坦德的海鸥的叫声还要刺耳。她绕过一座和周围的柏油停车场一样灰暗的教堂，在体育咖啡馆前给一对老夫妇让了路，并惊讶地看到在周围单调的环境中有几座色彩鲜艳的房子——红色和粉色，她这才意识到她已经开出了这个小镇。导航打消了她的疑虑。请直行。三百米后，您将到达目的地。

一栋独立小楼在省道旁等候着，孤单又偏僻，附近没有邻居，就像国道边上的路边餐馆一样容易被发现。凯特尔观察着砖墙、女贞树篱、她停放蓝色梅甘娜的泥泞人行道。雷诺·杜瓦尔住在一栋寻常的房子里，在一条很少有人经过，也从不会有人停下来的路旁。

你是谁，雷诺？凯特尔想。你在隐藏什么？若不是你纵身一跃，谁会来这里找你？

凯特尔发现楼上有亮光，介于石板的灰色和砖块的红色之间的一个黄色的小方块。她戴上风帽，走到栅栏门口准备摁门铃。

第一眼看到的细节让她吃了一惊。

这个花园。

她本以为会看到一小片方形草地，但却发现了一个游乐场。

至少，这将近一千平方米的地方，看起来很像游乐场。一个迷你迪斯尼乐园，一个自己动手打造的幻想世界……凯特尔数了数有四个滑梯、几乎两倍于此的秋千、三个由瓦楞钢板围起来的沙盘、一个转盘，还有攀岩墙和一些攀爬绳索，足够让一整个班级的孩子玩耍。难道真的有三胞胎住在这里,然后每个人都有十来个孩子?

"您有何贵干?"

楼上亮着的那扇窗户已经打开。露出了一张脸,圆圆的,砖红色的脸颊上带着热情的笑容。大概是杜瓦尔夫人。

"我是沙勒维尔-梅济耶尔宪兵队的凯特尔·马雷尔上尉。我可以进来吗?"

上尉走上前去,在门口的擦鞋垫上久久地擦拭着她的黑色半筒皮靴。

"请进吧,"杜瓦尔夫人催促道,"这种天气别站在外面。"

她打量着上尉,眼神中既有不安,又有好客的感觉。这种好客迫使她掩饰自己的惊讶,就算是死神推开了门,也要向它递上一杯咖啡。再说,凯特尔在制服里面穿的确实是这套服装。黑鸟,或者白衣妇人✕的装束,总之是来自阴间的信使,来宣布最坏的消息。在杜瓦尔夫人转身关门的间隙,上尉看了看挂在门厅墙上的那些令人吃惊的照片。

孩子们的照片。

各个年龄段的孩子,从一岁到十八岁,各种肤色,有集体照,也有特写照,有几十张,没有一张重样,排成一列站在滑梯上,披头散发地在转盘上,最多的还是三四人一组坐在杜瓦尔夫人的腿上。

"您有多少个孩子?"上尉在其他问题之前,首先惊讶地问道。

"七十九个! 下周我就要庆祝将迎来第八十个了。"

凯特尔继续转动着惊愕的双眼。

"我是一名家庭看护,"杜瓦尔夫人终于解释说,"寄养家庭,或者中转站,如果您愿意这么称

✕ 《白衣妇人》是一部三幕歌剧,由斯克里伯根据司各特的小说《修道院》和《盖伊·曼纳林》的故事编剧,由布瓦尔迪厄谱曲。

Part 1　　　　　　　　　　　　　　　　　　　　　　　　　013

呼的话。我负责照顾那些被紧急安置在这里的儿童。有些孩子待三天,有些待三年。大多数人也就几个月……是……是儿童福利局派您来的吗?"

凯特尔支支吾吾。

"不是……不。"

"啊……"

上尉这才理解了女主人刚刚为什么没有表现出惊讶。她肯定已经习惯了宪兵上门。安置在她这里的孩子们的父母经常都要案缠身,警察时不常要来询问她,或者她所庇护的孩子们。在墙壁上,照片周围,到处都是用图钉钉住的儿童画作:有爱心、彩色字母、金色的亮片、几张"谢谢阿涅斯",还有很多张"我爱你纳内斯"。

凯特尔无法把视线从这些幸福的照片、欢乐的涂鸦上移开。阿涅斯·杜瓦尔是那种一眼就能看出很有人情味的人,在一个笑容里看得到对世界的包容,对未来不可动摇的信心。总之,凯特尔应该让热雷米·博内罗来做这件该死的工作就对了。

"杜瓦尔夫人……"

"在这里,每个人都叫我纳内斯✕。就算是儿童法官也是如此!但我不勉强您。"

她的眼睛仍然闪闪发亮。凯特尔见过这种眼神,她有好几次在她的镜子里见到过,但从没有持续多久。那是恋爱中的女人的眼神。

"夫人,我有一个坏消息,非常坏的消息,要告诉您。"

✕ 纳内斯(Nanesse),在法语中与"阿涅斯"这个名字相对应,是列日民间传说中的一个虚构人物。

纳内斯哭泣着。已经哭了十多分钟,一刻都没停。坐在客厅的沙发上，她只能在抽泣的间隙，一遍又一遍地重复同样的问题。

您确定是他吗？ 您真的确定吗？

"是的，纳内斯。我确定。"事实上，纳内斯查看了在观景台上找到的身份证，仔细辨认了梅迪拍摄的尸体照片后，已经确认了这一点。纳内斯认出了丈夫的脸，他的衣服、他的钱包、他的钥匙串、他的车、他的驾驶证……凯特尔还没有告诉她另外两个驾驶证的事情。

发生了什么事？

这是纳内斯嘴里反复念叨的又一句话。雷诺在默兹河上的观景台做什么？ 这是意外吗？ 一定是个意外！

"我们还不知道，杜瓦尔夫人，我们正在调查所有可能的线索。"

伴随着纳内斯不断的啜泣，凯特尔又问了几个问题，得到了一些答案。纳内斯与雷诺·杜瓦尔一起生活了二十八年。有二十三年生活在沙勒维尔－梅济耶尔，然后搬到这里，菲代勒堡，也已经五年多了。雷诺是一个体贴、安静的男人，平淡无奇。可能有点洁癖，是个宅男。这是他唯一的缺点。和她收留的孩子在一起，有时会有点麻烦，他执着地认为所有东西都应该各归其位。但他是如此善良，如此有耐心……

纳内斯是真诚的，凯特尔可以肯定。她不可能是装腔作势，也不可能知道他口袋里的塑料袋和三张驾驶证的事。上尉的视线在客厅里徘徊。纳内斯说得没错，所有东西都各就各位，电视机和电视节目单，花瓶和干花，沙发上的坐垫，桌布上的小摆件……但有一个例外。

那些看着她们的奇怪的木偶！

有二十多个木偶，有提线木偶、手套木偶、布袋木偶，装饰着整个房间。一个匹诺曹稳稳地摆在书架的架子上；一个木漆吉尼奥尔端坐在小凳上；两个皮埃罗和高隆比娜的人头杖被放在同一个玻璃花瓶里；一个芭蕾舞女演员、一个舞蹈家和一个佩带木剑的士兵悬挂在天花板上……

上尉想要撇开这个令人好奇的剧团不谈。

"杜瓦尔夫人，您的丈夫会偶尔不在家吗？"

纳内斯抽了抽鼻子。第一次，她的眼神里有了一丝躲闪。纳内斯和她丈夫之间的阴暗面？世界上所有的夫妻都有，即使是最恩爱的夫妻。

"是的，当然，为了工作……"

"他的工作是什么？"

在新一轮的啜泣之间，纳内斯解释说，她的丈夫是比利时阿登地区最大的自动车丝加工公司瓦洛尔－弗洛雷讷的一名工程师。

"自动车丝加工？"

"也可以说是精密机械公司。钟表业的零件、复杂的齿轮、机器人。雷诺负责客户那边的质量检验，他的部门覆盖整个比利时、法国和瑞士的业务。平均而言，他每个月出差一周，不会再多了……"

每个月一周，凯特尔想。足够在其他一个或两个地方，开启另一种生活。上尉把手伸进塑料袋，摸了摸那三张驾驶证，略作迟疑，然后给了纳内斯最后一点喘息的时间。

"这些木偶，"她抬起头，"是您丈夫的吗？"

家庭看护员再次被这个问题打开了话匣。谈论她的家庭、她的丈夫，还能让她有点精气神。

"不是，它们属于我的婆婆米拉娜。她五年前去世了。正像大家说的，病了很久之后。她也住在沙勒维尔。她似乎是个有名的木偶师，

Trois vies par semaine

尽管我只见过一次她表演。在我认识雷诺时,她已经停止了演出,但她还在照料她的那些木偶,或者在她当作工作室的车厢里继续创作木偶。雷诺是独生子,她独自将他抚养长大,所以您可以想象他们之间的关系。可以说,他非常依恋他的母亲。只要妈妈在沙勒维尔,他就不想从那里搬走。到后来呢,他想把他母亲最好的作品留在身边。它们确实非常棒,不是吗?"

她满怀伤感地看着这些木偶,然后又补充道:

"而我的那些小春苗,我是这样称呼寄养在我家的孩子的,他们喜欢这些木偶,虽然他们有点害怕……尤其是这个,带把军刀,阴郁的表情。"

凯特尔点头表示肯定。悬在她头上的提刀牵线木偶真的很吓人。她环顾房间,想分散最后一点注意力,在电视节目单和干花上徒劳地徘徊,然后鼓足勇气。

来吧,凯特尔,宣布坏消息,你是最在行的。

"杜瓦尔夫人,您有没有理由认为您丈夫可能过着……(她深吸了一口气)……双重人生?"

至于三重人生,我们稍后再说。

两只泪眼朦胧的眼睛,哭成了砖红色,在一块绣花手帕后面露出来。

"不,毫无理由。为什么这么问?"

"但是……(上尉再次停顿了一下)照您看来……这有可能吗?"

"您说双重人生是什么意思? 我丈夫可能有一个情妇?"

"不。不一定。他可能仅仅是拥有……另一个身份。"

"另一个身份?"

泪水凝结在纳内斯的眼角。凯特尔不得不继续,她没有选择。

"您的丈夫经常不在家。每个月有一周。"

纳内斯提高了嗓门。

"他是个质量检验员，我刚刚跟您说过。每个月有三个星期他会回家，回到这里。他是一个体贴的丈夫，一个慈爱的父亲，比大多数每天晚上都回家的男人要好得多，您可以相信我。"

"你们有孩子吗？"

"有。他们现在都长大了。他们在国外工作。他们在祖母去世后就离开了家。对每个人来说，这都是一段很艰难的时期。他们会给我们发短信。我们经常视频通话。我没什么可抱怨的，现在的生活就是这样。以前，孩子们离开家以后就只能写信和打电话。"

上尉在橱柜上发现了两张生日卡。致最好的妈妈。四十七岁。

"我明白。他们只有在节假日……或者参加葬礼才会回来。"

凯特尔旋即为她尖酸的嘲讽感到后悔。为什么要添油加醋呢？纳内斯这艘小船已经满负荷了。丈夫的死讯，他双重或三重生活的披露。她知道，对阿涅斯·杜瓦尔来说，最糟糕的事情才刚刚开始：通知亲属，被叫到停尸房辨认尸体，尸体解剖，宪兵队的审讯，搜查，拿到下葬许可之前的漫长等待……

纳内斯的眼神迷失在窗户之外，雨水顺着滑梯倾泻而下，拍打着转盘。一个看不见的幽灵在湿透的秋千上摇晃。

"重新回到您丈夫的话题，他不断地出差，没有让您感到不舒服吗？"

纳内斯跳了起来。

"没有。我早已经习惯了。每个月有三个星期，我就是这样爱着他。每天都有更多的爱分享。然后我还有一帮孩子要照管，这正好给我留

Trois vies par semaine

下一点时间来处理自己的事情。而这也能让雷诺减轻一点压力。"

她突然紧紧盯着上尉的眼睛。

"您知道吗，上尉，我认识的人里面，能接受我这份工作的男人可不多。看着毛孩子们不停地在他的房子里跑来跑去，还不是他自己的孩子。雷诺却同意了，甚至还帮助我，从来没有抱怨过。"

"这堆乱糟糟的东西除外……"

纳内斯不由得露出了一个苦涩的微笑。

"这是这份工作的一部分。参与这些孩子的教育。灌输他们通常尚未形成的价值观。尊重他人，爱好拼搏，包容家人。"

他妈的，凯特尔想，这个寡妇正在给我上一堂该死的关于爱的课！上尉听到她脑中的警报声响起，一种温情主义的攻击，她必须尽快穿上玩世不恭的盔甲来防御。她任由自己的黑发遮住了左眼。

"棒极了，"她说，"照顾别人的孩子，却留不住自己的孩子。"

这一反击从纳内斯身上弹开，似乎并没有伤害到她。她一定是穿上了人性的盔甲。她把目光转向橱柜和插着相恋的皮埃罗和高隆比娜的花瓶。

"您是发现什么了吗，上尉？雷诺是不是在和别人交往？别的女人？"

是时候了。给她一个短暂的喘息，然后在她的脚下打开一个巨型深渊。

"您放心，我们没有发现任何其他女人的踪迹。但是……您认识汉斯·贝尔纳吗？或者皮埃尔·卢梭？"

纳内斯松了口气，如释重负。

"不认识，从未听说过。"

凯特尔从一说出这两个名字就全神贯注,但纳内斯完全不动声色。上尉可以肯定,阿涅斯·杜瓦尔是第一次听到这两个名字。她慢慢地从口袋里掏出塑料袋,把三张驾驶证放在客厅的桌子上。

"我们在他车子的手套箱里找到了这些。"

纳内斯弯腰向前,起初没明白,然后真相像炸弹一样炸裂开来:同一张脸,她丈夫的脸,和三个身份,三个地址,同一个出生日期……

真相?什么真相?纳内斯在寻找。一个玩笑?一个打赌?一个恶作剧?

"杜瓦尔夫人,请您向我描述一下您的丈夫,我是说相貌上。"

暴雨拍打着窗户玻璃。在花园里,幻想世界已经风雨飘摇。纳内斯给了上尉一个感激的眼神,似乎她的问题是使她避免沉沦的救命稻草。

"雷诺其实并不帅,但他有一种独特的魅力。他的眼睛是一种特别的灰色,在照片上看不出来。铅笔灰。颜色非常淡。准确地说,是介于4H和3H之间的铅笔芯,别人经常拿这个开玩笑。浅褐色的头发,或者说是深金色,随您怎么说。然后他走路的方式,要么过于弯腰驼背,要么过于僵硬笔直,好像他的脊柱只能调整两到三个位置。他的胳膊和腿也是一样,像棍子一样僵硬。"

"或者像那些木偶……"

纳内斯没有反驳,细细道来。

"雷诺患有关节钙化的毛病。用医学术语来说,叫关节软骨钙化症。这个病治不好,但对生活没什么影响。您说得对,上尉,雷诺的行为举止就像一个笨拙而脆弱的牵线木偶。如果您想了解一切,在我看来,这一独特之处让他更加令人难以抗拒。"

只不过,亲爱的,你从未注意那些隐形的线。加油,凯特尔给自己打气,最难的一步已经过去了。

上尉凭借自己因接触过多而开始腻烦的经验,以专业的口吻解释接下来的程序:从下午开始,其他同事会来进行各种调查;他们将从 DNA 检测开始,以确定在观景台上发现的尸体的身份,纳内斯也将被传唤;凯特尔还将要求 PIFI [1] 调查这三张驾驶证,并仔细查找 FPR [2] 以寻找这个汉斯·贝尔纳和皮埃尔·卢梭的痕迹。这些都需要时间,寻找失踪人员办公室前的队伍比沙勒维尔-梅济耶尔医院急诊室的队伍还长。

"法国每天都有一百多人失踪,杜瓦尔夫人。失踪人员档案中有近七十万人的名字,而且……"

纳内斯不再听她说话,而是站了起来,她也身体僵硬,关节不畅,像一个即时发作的关节软骨钙化症患者。

"我不得不走了,上尉。我得去接我的孩子们了。"

11 点 50 分。

凯特尔意识到她说的是她所照看的孩子该放学了。她没有坚持,甚至摒弃了一个转瞬即逝的印象:这个女人在对她撒谎!但是,没有任何实际的证据可以证实,而且凯特尔已经学会了对直觉保持警惕。梅迪和威尔最多一个小时后就会到这里。这一个小时是必要的,可以给阿涅斯·杜瓦尔一点时间来接受、消化和思考。家庭看护员握着她的手,久久地,伫立在门口,全然不顾拍打在她们身上的大雨,似乎学校要放学了这件事,她也并不在乎。

"这是个意外,上尉,"纳内斯重复道,"一定是个意外。"

[1] 打击身份造假调查平台。——原注
[2] 失踪人员档案。——原注

3

纳内斯

菲代勒堡，阿登省

纳内斯站在雨中，目送警车一直驶向通往菲代勒堡市中心的长长的道路尽头。

她撒了谎。

哦，倒也不是什么大事，只是一件小事。她没有要去学校接的孩子。她这周照管的伊桑和阿米尼是两个男孩，分别是十一岁和十三岁，他们要到下午才会回家。她现在有五个小时的时间。嗯，不，只有一个小时。宪兵们还会再来，审问她，全部搜查一遍……

有一个小时的时间要消磨。

她已经准备好了鲑鱼千层面，两人份的，雷诺本来会在今天中午回家，庆祝她的生日，今天是她的四十七岁生日。他上个星期一直都在出差，在西部地区，大概在布列塔尼、卢瓦尔河谷和旺代之间的某个地方，昨天早上出发去了卢森堡。她是如此喜欢他们的重逢，当雷诺推开门，把行李箱放在门口，还没来得及脱下外套，她就把他推到餐桌前坐下，而他总是会在到家前三十分钟给她打个电话，这样回来的时候一切都是热乎的、准备好的、完美的。

雷诺再也回不来了。

他这一整个星期只去了西部地区吗？昨天在卢森堡？

这两个跟他长相酷似的人，这两个她从来没有听说过的汉斯·贝尔纳和皮埃尔·卢梭,是谁?

她和雷诺一起生活了二十八年,可以说一直在一起,他怎么能对她隐瞒另一个身份?

纳内斯走出门,甚至没有穿鞋。她不顾大雨,来到花园的转盘上坐下来。她用脚使劲蹬了几秒钟,然后任由离心力带着她转。房子绕着她旋转,砖头在旋转,花园在旋转,天空也在旋转,速度越来越快,雨滴越来越大,以越来越大的力量砸在脸上,而她希望这一切还能更快,撞击更加猛烈,以疯狂的陀螺一样的速度。每一滴雨就像一颗射出的子弹。打在她身上,将她击毙。

雷诺再也不会回来了。

除了她所信任的那个人,雷诺还另有其人吗?

她继续让自己沉醉在转盘的晕眩中。她的思绪像风车的叶片一样旋转着。雷诺一直都在,存在于她的日常生活中,但她对他了解多少?对他的过往了解多少?

了如指掌?还是一无所知?

一切都源于1995年的一次相遇,在国际木偶戏剧节期间,在沙勒维尔-梅济耶尔公爵广场的《潘趣与朱迪》※滑稽戏演出的舞台前面。雷诺和他的母亲在那里观看演出,他笑得像个孩子,这孩子般的笑声和木偶人般的高大身形是他一下子吸引她的原因。她当时十九岁,而他十八岁。她已经知道自己这辈子想做什么了:照料孩子。多一个少一个又怎样!尤其是一个有着这样灰色眼睛的孩子,一个身高一米八的高个子,正好和她的床一样大。那天晚上,她邀请他去她

※ 著名的英国木偶剧。——原注

在波旁街的公寓。他再也没有离开过。

那之后呢？

一段婚姻，两个孩子，他们的孩子，然后是几十个，准确地说是七十九个，她的孩子，二十八年的幸福生活，四个星期中有三个星期……

那之前呢？

他们在公爵广场相遇之前？没有任何迹象表明有什么异常。雷诺那时还和他母亲住在瓦伊街。他在沙勒维尔完成了机械工程专业的大学技术文凭的学业。在此之前，他在蒙日中学读高中，而她在尚兹中学；他在巴亚尔中学读初中，而她在兰波中学；他在城堡小学就读，而她在肯尼迪小学。在这个只有五万居民的小城里，他们说不定多次擦肩而过，只是尚未相识。

他们非常相爱，在他们位于波旁街的三居室公寓的每个房间里做爱。她和他都不再需要去见他们的老朋友，然后其他的关系就悄悄地嵌入了他们的生活：雷诺受聘的旺斯工作室的同事，儿童福利机构的教育工作者和社会福利员，学生们的父母，她的表兄弟。雷诺只有他的母亲，没有其他的家人，也没有老朋友。

是的，当她回想到这一点的时候，才发现自从子宫癌夺走了她婆婆的生命后，没有人能够见证雷诺在1995年之前的人生中经历过什么，或者说做过什么。但每个人不都是这样吗？当两个人结成夫妇时，不就是建立了一个新的家庭，同时忘却了以前的所有吗？

转盘的速度慢了下来，纳内斯的头发、毛衣和皮肤都已经全部湿透。她没有穿外套，冰冷的雨水从她的胸部流到她的腹部。她必须回去了。她不得不去翻看雷诺为数不多的个人物品。她应该能想起来，一定有一个线索，一个证人，一些能把她和她丈夫的过去联系起来的东西。雷诺是在离这里三十公里的沙勒维尔－梅济耶尔长大的。一定有人记得他！

这一天剩下的时间过得飞快。宪兵的来访就像一次搜查，他们带走了雷诺的电脑、工作文件和所有个人物品。停尸房里叫人受不了的认尸环节让纳内斯生无可恋。躺在冰冷抽屉里的正是雷诺的尸体。在宪兵队的几个小时的讯问更令人痛苦，我们不排除任何可能，杜瓦尔夫人，意外、自杀，甚至是犯罪。只有凯特尔·马雷尔上尉经常打来的电话让她感到安心。我们正在调查，阿涅斯。我们正在想办法弄清楚另外两个家伙，皮埃尔·卢梭和汉斯·贝尔纳，是否存在。目前，我们还没有任何线索。我们也在尽力拼凑出您丈夫的日程安排，但有一点可以肯定，他昨天不在卢森堡。雷诺对您说了谎，他的老板从未派他去那里。

雷诺对您说了谎……

自此，这已经非常确定了。

在哪件事上？所有的事情？到什么程度？

那天晚上，纳内斯独自一人对着南瓜羹，打开了电视。RFM电台的派对节目的宣传片，只是为了有点声响。她的春苗们，伊桑和阿米尼已经离开了，她让儿童福利机构的社会工作者把他们接走了。剩下还有那么多事，再要应付他们太难了。她更喜欢清净，她已经习惯了，四个星期中有一个星期，即使现在的寂静与以前，与那些她熬夜等待着雷诺给她打电话的晚上的安静完全不是一回事。

纳内斯一边味同嚼蜡地吞咽着，一边观察她周围的木偶。佩剑的男人和芭蕾舞女演员，皮埃罗和高隆比娜，还有透过她房间敞开的门，一个红发女人和守护在她身旁的毛线狗。这些年里让她如此信赖的伙伴们，现在在她看来却不过是装模作样的间谍。

所有人都在撒谎！她能相信谁？电视吗？在 RFM 的节目里，布鲁尔正和他曾经的好友约定十年后相会。

纳内斯把声音调大，试图填补内心的空虚，不去想任何事情……不过，有些东西让她感到好奇。与那台电视有关的一些东西。不是那个节目单，不是那个短片，是另一个她说不清的记忆。

她绞尽脑汁，徒劳地寻找一种可以追溯雷诺过去的方法。但即使她做到了，即使她能找到一个在她之前认识雷诺的证人，他曾经的小学老师，大学老师或体育教练，他们又能告诉她什么呢……

这台电视！

一个画面刚刚在纳内斯的脑海中闪过，还是模糊的，但她大脑的焦点正在调节。这台电视是他们十多年前买的，确切地说，是在2011年圣诞节，购于十字大道购物中心的达蒂商店。为什么她会对这个细节记忆犹新？百货商店打折日人山人海，她和雷诺非常讨厌！此外，当纳内斯照看她的小春苗时，电视从未打开过。为什么这台该死的36寸高清液晶屏幕、带杜比音效的电视机，又浮上她的心头？

她不得不又在记忆中苦思冥想了一会儿，终于成功地追寻到了她想要的回忆。她独自笑了起来，而且几乎可以肯定，那些用线悬挂着的木偶已经惊讶地转向了她。

卖给他们这台科技奇迹的人，至少他在推荐这款产品时是这样保证的，他认识雷诺！

这也就持续了五分钟,从那时起,数以百万计的其他记忆就蜂拥而来,但纳内斯将这一幕储存在她头脑的一个角落里,可能是因为这个电视销售员是她在过去28年中遇到的所有人中唯一一个在她之前就认识雷诺的人。

她感觉自己好像在点击大脑中的一个文件。一切都重新浮现,清清楚楚。这个销售员曾和雷诺一起在科尔马军营的第152步兵团服兵役,就在他高中毕业以后。显然,他和销售员在部队里关系很好。两个人来自同一所高中,同一个城市,沙勒维尔,这让他们彼此亲近。达蒂的男生还坚持说:"你现在做什么呢?这也太巧了,我们居然又见面了。"但雷诺并没有接他话茬,只是说了几句客气话,交换了一下电话号码,他一回家就把号码扔了。纳内斯没有怀疑过什么。说实话,如果一个她不太想再见到的曾经的闺密在街上拦住她,她可能也会这么做。

被关在液晶电视里的帕特里克·布鲁尔证实了她的想法。

如果我们彼此再没有什么可说的了,而且如果,如果……

必须承认,在达蒂公司工作的那个士兵没有卖给他们蹩脚货,杜比音效和高清图像,帕特里克的声音非常清脆,他的眼睛是深棕色的。

十二年后,怎么找到这个销售员?

她甚至不知道他的名字,也记不起他的长相……

出于尊重,她等着帕特里克重复完四遍等着我之后才关掉电视。她食不甘味地吃完饭,上楼睡觉,蜷缩在被单里,以免与床头柜上的红发木偶玛尼卡和她的狗泽里克目光相遇。她躺了两个多小时,闭着眼睛但毫无睡意,然后起床了。

在她迷迷糊糊的大脑里,由于思绪纷乱,一个具体的想法刚刚成形。

她下楼回到客厅，在壁橱前双膝跪地，拉出一些旧箱子。过去二十年来的所有账单都被装在牛皮纸袋里保存着。她打开家电和高保真音响设备那个纸袋，翻了几页，只花了几秒钟就找到了她要找的东西。

一张电视机保修卡。

飞利浦 47 PFL 9603

990 欧元

达蒂，十字大道店。

销售员：布鲁诺。

纳内斯没有勇气再回楼上睡觉，她抓起一条格子花呢毯，在沙发上躺下。她等明天达蒂一开门就要给他们打电话。即使布鲁诺已经不在那里工作，肯定会有一个同事记得他。既然有了这条线，她就不打算再放手。

这是将她与雷诺的过去联系起来的唯一的线。

雷诺。再说，那是他的真名吗？

杜瓦尔，她冠的这个姓氏，是她丈夫的吗？

还是她嫁给了另一个人？那两个相貌相似、都拥有如此美丽的灰色眼睛的人中的一个。

汉斯·贝尔纳或皮埃尔·卢梭。

爱需要重塑

《地狱一季》,阿蒂尔·兰波

2023年9月15日　星期五

4

维姬

马尔热里德地区吕讷，康塔尔省

"妈的，你知道他！你见过他！你甚至还在蓝莓节那天和他一起玩过滚球！汉斯·贝尔纳，我男人！别告诉我你不记得他了。"

朱利安·米拉下士皱了皱眉头，抬头看着马尔热里德地区吕讷宪兵队新刷的天花板。

"当然，维姬，我知道他，你的汉斯。但说你的男人有点夸张，不是吗？"

"你知道什么，你在我的床上？"

维姬·马尔修很恼火。何况，这种情况她经常遇到，只要她一离开她的山柳菊农庄。只要她一踏入政府部门、医院、市政厅……或宪兵队。然而，她已经和米拉下士来往了三十多年，也就是说，从她出生起就开始了：相同的年龄，相同的学校，相同的朋友圈，相同的乡村舞会。他甚至有段时间还爱上了她。她猜想，朱利安是不是犹豫着要说一些傻话，类似于你从未邀请我上你的床或者我很想。如果他敢这么做，她会冲进圣弗卢尔的宪兵队然后投诉他。

"冷静点，维姬，"朱利安只是想让她平静下来，"我只是在做我的工作。这是我们在宪兵学校时学习的，我们得会判断情况的严重性，就像医生一样，你明白吗？决定是否打电话通知急诊室或只是开个处方。为了有时间处理真正的刑事案件，我们必须过滤掉所有不太重要的案件……"

好的，朱利安，那么我们就拣重要的说吧。维姬试图让自己平静下来。她看着窗外马尔热里德山脉平缓的弧线。目光所及之处都是绿色，被夏末火辣辣的阳光照耀着。

"我给你总结一下？汉斯已经三天没有给我任何消息了。自从我们认识以来，他从来没有这样过。"

朱利安用红笔做着笔记，在一些话下面画上着重线，把另一些画掉。"他是个卡车司机，对吗？"

"是的。他是个体经营者。在欧洲各地跑。"

"那么你们大致见过几次面？一个月一次？"

"每次二十一天的任务结束后，他有连续五天的休息时间。不过这跟你有什么相干？"

"没关系。这是你的生活。不过你三天没有这个人的任何消息，而他每月有三周从直布罗陀到白俄罗斯到处跑，我不认为这种情况需要启动雀鹰行动✖。"

"我给他打手机，打了几十次。他都不接。"

"你想想，维姬！也许他的手机没电了。或者他把手机落在了高速公路的服务区。或者他被困在一个没有信号的边境口岸。或者他只是不想接你电话……"

冷静？

维姬站起来，再次朝窗外望去。远处，横跨在翠绿山峦上的加拉比高架桥也像恼怒的老师画的一道红线。维姬决定提高嗓门。坐在隔壁房间的洛拉会隔着墙听见。算了，她的女儿已经习惯了她发脾气。

✖ 雀鹰行动是指在发生绑架、越狱后启动的搜查、追捕通缉犯的宪兵行动。

"那么这就是你对现在情况的分析？我来告诉你和我一起生活的男人失踪了，而你却告诉我是他甩了我？"

米拉下士又皱起眉头，然后用手紧紧握着电脑的无线鼠标，就像在按压一个压力球。他该感到庆幸，在他们还是青春年少的时候，他没有在蓝莓节上亲吻维姬。和这样一个泼妇生活在一起，谢谢了！

"我从来没有这么说过，维姬，"宪兵反驳道，"我只是觉察到，你的男人，怎么说呢……可能只是路过。嗯，你明白吧……他停车，又重新出发，而你却等着他。"

"水手妻子的美德。"维姬从牙缝里嘀咕道。

"什么？"

"没什么。"

"你试过给他的老板打电话吗？"

"他是个体经营者，我告诉过你了。"

"你们结婚了吗？签了民事互助契约✕？他认可洛拉了吗？"

维姬摇头否定。从这个笨蛋这里什么也问不出来。让他回到他的妻子、他的孩子们、他的哥们儿、他的情妇身边去，他如果愿意，就称之为爱。她向门外走去，米拉下士试图进行最后的和解。

"再等几天吧。给他点时间给你回电话。如果你的汉斯发生了什么么严重的事情，我们会知道的。"

在离开之前，维姬给他挤出一个勉强的微笑，那是她留给以后可能还用得着的笨蛋的微笑。

✕ 法语缩写：PACS (Pacte civil de solidarité)，是法国除婚姻之外的另一种民事结合方式。不管异性还是同性，均可使用民事互助契约进行结合。

洛拉在前台等着她，卡斯帕坐在她的腿上。

032   *Trois vies par semaine*

"妈妈,那个警察说什么了?他知道爸爸在哪里吗?"

"不,宝贝,他不知道。而且我已经告诉过你了,汉斯不是你爸爸。"

洛拉思索了一会儿。她似乎在慢慢地将每一个新的信息像档案员一样精确地储存在她五岁的大脑中。她抓住卡斯帕,把它紧紧抱在怀里。维姬向她伸出手来,却忍不住流下了眼泪。

洛拉拉着她的手,给了妈妈一个大大的微笑。

"别难过,妈妈。爸爸,哦,是汉斯,会回来的。他答应过我。他还要修好卡斯帕呢。"

维姬吸了吸鼻子。女儿的乐观让她很受震动。维姬必须直面现实,像往常一样坚强,为了洛拉。她必须像洛拉照顾卡斯帕一样照顾好她的女儿。在离开宪兵队之前,维姬的目光落到了这个奇怪的娃娃身上,端详着它长长的小红帽、苏格兰花呢衣服、尖尖的鼻子和两只灰色的大眼睛。这是洛拉四岁生日时汉斯送给她的玩具。而且,卡斯帕并不是一个真正的玩偶,更像是一个奇怪的、没有线的木偶,在他的赛璐珞皮肤里面有一个机械装置,按理说可以让它走路,活动胳膊和嘴唇,还会说话。只是这个装置卡住了。卡斯帕瘫痪了,也不会说话了。但汉斯曾答应……

维姬转身关上宪兵队的门,任由九月的阳光炙烤着她。天气预报显示,马尔热里德地区的气温超过了二十五摄氏度。这种天气适合去特吕耶尔河、格朗瓦勒湖游泳,或者去穆谢山远足。但不是今天。维姬不想离家太远,万一汉斯打电话来呢。

她花了不到三分钟的时间就回到了山柳菊农庄,路上一辆车也没有遇到。游客们已经离开了,只有一些退休的老人在步行道上漫无目的地走着。她的农庄将会空置几个星期,直到万圣节才有预订。在这些位于洛泽尔和奥弗涅之间的岗峦起伏的偏僻山路上,她每天都享受着居住在天堂一角的幸福,这里的气味、颜色和滋味与她的内心完美契合。当她那些移居到克莱蒙或图卢兹等城市的朋友问她,一个人住在乡下会不会厌烦时,她回答说,在这里她感到很充盈,被邻居或路过的旅客关心着,但从未感到窒息。这是人满为患的大都市所不允许的奢侈。

维姬刚把她的雪铁龙布丁狗多功能车停在农庄和草地之间,两匹一模一样的小马就跑着来到铁丝网前。洛拉也急急忙忙地跑上前去,检查风铃草和蝶须的喂草架里是否还有麦秸。维姬看了她一会儿,然后就自豪地打量起了修葺一新的山柳菊农庄的浅色花岗岩外墙。她在刚过去的春天的投资!下一步将是屋顶。盖屋顶用的板石已经存放在工棚里,剩下要做的就是在冬天来临之前把它们架起来,汉斯曾答应要帮她。

维姬拍拍手鼓励自己,她不能消沉下去。闲着双手在那里担心无济于事。朱利安这个白痴也许说得对,当然不是他所说的汉斯抛弃了她,而是说到底,他的缄默可能只是因为一些电话丢在了卫生间里这样的蠢事。

这一天剩下的时间很快就过去了:打扫加拉比、特吕耶尔和热沃当三个客房,洗刷风铃草和蝶须;陪洛拉玩一局 Uno 牌;在她第十遍看《我的邻居龙猫》时算好账;一吃完晚饭就喂放养的兔子和母鸡;哄睡洛拉,给洛拉塞好被子;亲吻洛拉,洛拉晚安。

这是她的女儿最喜欢的时刻,在维姬熄灯前,她可以用大人的话来聊天。

"你知道吗,妈妈,我重新思考了你一直对我说的话。"

"是你必须刷牙吗?"

"不是!是汉斯不是我爸爸。"

维姬坐在小床的边上。洛拉和她一样,是一个模子刻出来的,她整天装得满不在乎,但实际上心里只想着他。

"确实是,宝贝。但不是因为这个原因他才不回来的,而且……"

"妈妈!"洛拉打断了她的话,"我已经五岁了!我现在已经长大了!我知道你是和另一个男人一起生下了我,汉斯不是你为我选择的爸爸。但我不在乎,因为我,我选的爸爸就是他。"

维姬强忍着夺眶而出的泪水。不哭!尤其不要在女儿面前。一定要让汉斯回来,不管付出多大的代价。她不想让洛拉在等待和痛苦中长大,这会吞噬生命。

"那你的娃娃呢?"维姬问,想分散她的注意力,"她选择了哪个爸爸?"

卡斯帕,和每天晚上一样,躺在洛拉身边,只有塑料脑袋和帽子露在外面。

"妈妈!"洛拉叹了口气,"我得告诉你多少次?卡斯帕虽然眼睛是灰色的,头发有点长,但他是个男孩!"

洛拉睡着了,但妈妈却睡不着。从位于阁楼的房间里,维姬可以看到星星,再往西面的低处看,高架桥的横梁灯火通明,这是他们当地的横卧版埃菲尔铁塔。再往北看,夜色中,A75高速公路上的车流光影斑斓。农庄的位置是她精心选择的,包围在四周雄伟壮丽的自然景观中,位于马尔热里德的中心,这个城市每平方公里只有不到十五个居民，但离高速公路出口却不到十分钟。在它的大门口，数以百万计的游客从北到南穿越法国，他们当中有一些人会停下来，被沿途的风景所吸引……

或者是因为他们迷路了。

汉斯，就是这种情况。

那年冬天经常下雪。整个马尔热里德地区的积雪有一米多深。高速公路是畅通的，但每一辆冒险出高速的车辆最后都被困住了。特别是一辆38吨的半挂车，而且司机的GPS导航还不知道道路有多宽。汉斯发现自己的货车和满载的要在克莱蒙卸货的轮胎被困住了。

维姬远远地看到了他，那时她正在使劲用铲子清理农庄门口的雪。她没有犹豫。山里的冬天，人们不拿团结互助开玩笑。不能任由别人在路边受冻。维姬把所有的装备都拿了出来，铁链、绳索、铲子、防滑垫。汉斯的卡车终于不再打滑，停在了一个雪被清理得差不多的停车场，而且很自然地，维姬邀请他喝杯咖啡暖和一下。没有别的想法。

维姬和男人的关系坦率而直接，几乎有点唐突，野性，与他们不相上下。这使大多数男孩感到害怕，尽管她有着一头披肩浓密金发、清澈的大眼睛、娇嫩的皮肤和修长且健美的身材，他们还是会躲着她。她也吸引了一些大胆的猎人，但维姬，反过来，很少被偷猎者所吸引，即使被吸引，也不会持续太久。

对于汉斯，情况从一开始就不一样。他拥有谨慎的冒险家们所具备的令人厌烦的成熟特质。

他们几乎立刻就做爱了，水壶还在呼呼作响，他们开始在柴火炉前以一种哀婉动人的脱衣舞的方式来烘干他们的手套、毛衣和袜子，

Trois vies par semaine

然后脱下了剩下的一切,包括维姬藏在她那不成样子的农家女衣服下的蕾丝内衣。

他们做了很长时间的爱,然后就在炉子前睡着了。维姬先起床去吐了。她把厕所的门开着,一点不觉得害羞,然后赤身裸体地走出来,甚至没有放下马桶圈,手里拿着验孕棒。

"我怀孕了。"

"已经怀上了?"汉斯笑着说,"哇哦!你很能生啊!"

维姬立刻喜欢上了他的幽默。

"放心,孩子不是你的!一个月前,我和孩子的父亲睡过三四次。实话告诉你,他是我最不想一起抚养孩子的人。"

"所以你不打算告诉他?"

"是的。"

"那孩子呢,你会留下来吗?"

"是的,留下来。在我这个年纪,我真的不想再等了。别担心,我已经准备好了,我不害怕独自抚养孩子长大。这并不比打理一个破败的农场更难,而你也看到结果了。"

维姬曾希望汉斯能把目光移开,欣赏一下裸露的横梁、花岗岩石头之间的石灰缝,或罗若尔六角形耐热地砖,但他的目光没有偏移,只是从她的胸部下落到她的私处,盯着她凹凸有致的裸体。

"如果你愿意,我可以帮你。"

"农场的事?"

"是的……还有孩子。"

维姬被打动了。她不知道为什么这种事情会发生在她身上,在隆冬时节的马尔热里德的一个农庄里,她肚子里还怀着别人的孩子,而一百米外还停着一辆必须开回鹿特丹、里斯本或巴塞罗那的货车。有时候，只需要关节僵硬的木偶一个浅灰色的眼神和一个手势。

他们那天聊了很久。维姬承诺永远不会等他，永远不期待任何东西，永远不留恋，永远不要求他留下，并且在她厌倦他回来的那天告诉他。他全部都同意了。

汉斯住了下来。每个月一周。他也是本地人，来自东南边的一个地方，他出生在芒德，在塞文山脉的某个地方长大，他对这个地区了如指掌，梅让高地和索沃泰尔高地，塔恩和洛特的山谷……青少年时，他曾骑着山地车探索过所有这些地方；他和维姬一起徒步或骑着小马重温了这些地方。说到底，他们喜欢同样的生活，略带忧郁的孤独，她在她的农庄里，而他在车里。他们也喜欢热闹，一起去集市、蓝莓节或洛泽尔商品展销会，当然也喜欢共度二人世界，拾掇农场、远足、做爱。月复一月，汉斯已经成为她的男人，官宣的男友。她的爱人。

这并不妨碍维姬遵守她的承诺。从不要求汉斯改变，停下来，停留更长时间。这种每个月一周的节奏适合她。一个星期的幸福、爱情和知心话，其余的时间，则是照顾洛拉、处理农庄、客人、她担任主席的旅行社和她担任秘书的当地农村发展协会的事务。

是的，她喜欢这种团聚和分离的交替。她可能无法和一个男人长期在家里生活，一个男人，无论他多么温柔和英俊，最后都会渐渐地把这里当成他自己的家。

水手妻子的美德，正如芭芭拉唱的那样……这很适合她。在某种程度上。

告诉我汉斯，你什么时候回来？

Trois vies par semaine

5

埃蕾阿

红堡,巴黎巴尔贝斯大道

埃蕾阿第一次听说皮埃尔的时候,才十五岁。当时埃蕾阿还没有住在巴黎。她在离阿朗松几公里远的小乡镇奥特里沃,完全不知道红堡、巴尔贝斯或金滴街区是什么样子。她所知道的巴黎第18区,只是明信片上蒙马特高地、小丘广场、画家和诗人的图片,而不是一个只有二十二平方米的公寓,甚至没有阁楼,只是一个六十年前草草盖好的混凝土立方体,此后再未被推倒,但就是这个房子让她耗费了作为一名房产中介公司秘书的60%的工资,她的公司在皮兰德娄街,离家有十七站地铁的距离,要换乘三次。

再说,第一次的时候,埃蕾阿并没有听人说起皮埃尔。

她也没有看见他,只是读到了他的作品。

她几乎是偷偷溜进阿朗松这家名字古怪的书店的。

巴乌书店。

十五岁的埃蕾阿,手臂上已经文了荆棘文身,嘴上不叼根烟就不会出家门。她立刻被收银台前的这本杂志吸引住了。这并不是一本真正的杂志,她后来才知道,这叫粉丝杂志,是一种在具有相同爱好的群体成员之间流通的出版物,内容包括漫画、韩国电影、墨西哥菜谱或诗歌……

这本粉丝杂志是面向法国诗人团体的。埃蕾阿不知道他们有多少人,几十人或是几千人?但这个标题吸引了她。

我写下寂静。

埃蕾阿那会儿还不知道这几个字是由一个来自沙勒维尔-梅济耶尔的十九岁男孩写的。她对阿蒂尔·兰波,对《言语炼金术》或《地狱一季》一无所知。埃蕾阿只觉得这个书商有点奇怪,他光秃秃的头上只有一撮灰白的头发被扎成一个鸟冠,脖子上打着蝴蝶领结,穿着英国王子的格子西装。

她觉得他的书店也很奇怪,在布满灰尘的旧书之间到处挂着木偶:有女巫,也有非洲的人头杖,日本娃娃,印度木偶,薄绉纸做的中国龙。

诡异而有吸引力。

当埃蕾阿开始翻阅这本粉丝杂志时,书商走了过来。

"拿去吧,这是免费的。是我自己编辑的。你看看,我收集新手作家从世界各地寄给我的诗歌,并把它们发表出来。"

埃蕾阿像小偷一样飞快地拿起杂志,跑出了门。

我写下寂静。

她在夜深人静的时候读了这本诗集里的诗。

诗歌太烂了!好在这本粉丝杂志是免费的!

这些新手诗人的押韵都很拙劣。除了一个巴黎第18区的叫皮埃尔·卢梭的人。

立刻,这个寂寂无闻的作家的诗句打动了她。他写出难以言表的东西,他记录眩晕的感觉。第二天,埃蕾阿又去了那个头上扎小辫的书商那里,询问在他的粉丝杂志上是否有读者信箱,或者类似的东西,总之,说白了,就是能不能联系到其中一个作者。

"当然,亲爱的,是哪一位?"

"皮埃尔·卢梭,《我们,可怜的木偶》的作者。"

贩卖天书的书商脸上露出了奇怪的笑容,好像他早已经猜到了埃蕾阿会选择哪位诗人,然后他确定地说:

"当然,亲爱的。把你的信交给我,我会寄给他,我相信他一定会给你回信。"

事情就是这样。这个巫师猜透了一切。

埃蕾阿和皮埃尔一开始每个月都会给对方写一封长长的亲笔信,然后是每个星期。在埃蕾阿逐渐放弃纸质信件,转而使用她的手机发送虚拟文字之前,他们已经交换了一沓超过一百封的信。埃蕾阿喜欢这些新技术,皮埃尔则讨厌它们,但她最终说服了他接受即时性,接受与思维一样快速传播的信件。

这改变了他们的生活!

他们的交流从每周一次,变成了每天一次,然后开始实时贯穿于他们的生活。没有一个半天,甚至没有三个小时他们不联系,一个人会告诉对方他在做什么,吃什么,看什么,特别是读什么。

一天的沉默,他们的生活就会翻天覆地。

埃蕾阿和皮埃尔从未谋面,从未相遇,从未交换过一张照片,但他们知道彼此之间被一种充满柔情蜜意的友谊联系着,称得上是最了不起的书信情侣。

至少埃蕾阿是这样坚信的。

埃蕾阿十八岁离开她的家乡去首都时,并没有立即向皮埃尔坦白,但她是为了他才去巴黎的,只是为了他。她接受了她能找到的第一份工作,在这家房地产公司做秘书,并接受了别人向她推荐的第一套公寓,位于蒙马特高地脚下的所谓穷人街区。她从来没再换过。

就在那一刻,她抛开了一切,明白了自己永远不会遵循这样的模式:建立家庭,维系朋友。事实上,她只能与自己和皮埃尔的文字怡然相处。她是与众不同的。

经过一系列的检查,医生证实了这一点。阿斯伯格综合征! 由于她智商高,别人几乎看不出来她的症状。埃蕾阿感到一直在折磨她的痛苦瞬间得到了解脱。这一诊断回答了她自出生以来一直在问自己的所有问题。她的天马行空,她的放荡不羁,她局限的兴趣点和激烈的情感,她无法控制自己的情绪,也不能理解他人的情绪,她痛苦的正义感,她对孤独和刻板的需求,她一直误以为这是自私。

她赶紧着手去了解这种综合征的所有情况。她看完了所有的专业书籍,浏览了所有的网站。她重新认识了自己。她获得了重生。她甚至喜欢那些同样患有这一综合征的女孩子选择的这个名字。

阿斯伯格女孩!

她也是一个阿斯伯格综合征患者!

也是在她生命中的这一刻,在她抵达巴黎后不久,埃蕾阿开始与她的大脑交谈。起初,她叫它布莱恩,就像布莱恩·莫尔克,安慰剂乐队✕的帅气主唱,但最后,她还是采用了"大脑"这个普普通通的名字。再说,还有什么比与自己的大脑交谈更普通的呢? 埃蕾阿想象着,每个人都在隐秘的颅腔中自言自语,进行着无休止的内心对话,讨论着不可明说的观点。世界上最伟大的秘密不就藏在

✕ Placebo,是英国1994年组建的一支摇滚乐队。Placebo 取自拉丁语,中文译名为"安慰剂",含义是"我愿意"(唱赞美诗前所说的第一个词)。

那里吗？在我们的脑海里！在这个一切都被监控、窥视和评论的世界里，这是唯一真正不可侵犯的保险箱。

"嗯，你在想什么，大脑？"

没什么！我在听你自言自语。这样我能休息一下。

一天早上，有人在她家楼下按门铃。从没有人来过，甚至连送书或送比萨的人都没来过。除了皮埃尔，没有人知道她的地址。

门铃响起的那一刻，埃蕾阿就知道是他。

当她打开破旧公寓的门，站在被楼梯井诗人乱涂乱画的楼道里往下俯瞰时，她一眼就认出了他。

这么多年来，埃蕾阿一直拒绝想象皮埃尔的模样。她从来没有问过他的年龄、身高、体重或眼睛的颜色。可能是因为害怕失望。而生活在她家门口给她带来了一份意想不到的礼物，一个奇迹站在她面前，小心翼翼地怕踩碎她地垫上印上去的刺猬。皮埃尔比她年长，但没有她担心的那么老。而且很英俊，如此英俊。蜂蜜色的头发。灰色的眼睛像月夜一般。身材苗条而肌肉发达，是一个舞蹈家的身体，这是她的第一印象，皮埃尔的举止很独特，有点突兀，就像一个关节连接得天衣无缝的自动木偶。

当她把自己交给他，发出第一声叫喊的时候，她就知道他将是她生命中第一个也是唯一一个男人。

她没有弄错，当她抚摸着他皮肤上的每一个细微的毛孔时，他向她坦白了，他是一个职业舞蹈家，在世界各地巡回演出，扮演他最喜欢的、几乎是独一无二的角色——彼得鲁什卡，伊戈尔·斯特拉文斯基的芭蕾舞剧，俄罗斯戏剧中最有名的木偶，疯狂地爱着他的芭蕾舞女演员。

皮埃尔，或者彼得鲁什卡，埃蕾阿已经这样称呼他了，她的彼得鲁什卡，不能留下来，有人在其他地方等着他，他像其他人换乘地铁一样转换机场，但他会尽可能地经常回来，他发誓，他爱她，他……

埃蕾阿把手掌轻轻地压在他的嘴唇上。

"嘘，我的彼得鲁什卡。嘘，不要做任何承诺。你能回来的时候就回来，但那时要属于我，只属于我。我只要求一件事，如果你想让我属于你，只属于你。给我写信！要一直给我写信！尽你所能。每天，甚至一天十次，一百次。"

那晚，他们彼此没有任何承诺，但他们在之后的每一天、每一月、每一年都是这样。他们的生活中贯穿着往来的信息，有时简短，有时滔滔不绝。

没有一天不在醒来的时候收到更晚睡的人的信息。

没有一天不在入睡前收到安抚入梦的信息。

哪怕是再小的快乐，哪怕是再隐秘的悲伤，都会被分享。

当皮埃尔每年有四五次回到巴尔贝斯大道上按响门铃的时候，巴黎不过成了一个村庄，他们奔跑着，从一个剧院到另一个剧院，从一个博物馆到另一个博物馆。皮埃尔向她讲解每一条街道，每一座纪念碑，他在这里长大，他知道一切，他对巴黎地图的了然更胜于他们遇到的出租车司机。

皮埃尔送给她很多礼物，对于她这个小秘书来说，价值不菲。大部分是电子产品。平板电脑、智能手机和其他联网产品。至于书和光盘，她从社区的多媒体图书馆借。埃蕾阿对这些不断完善的卓越科技，对应用于这些微型程序的创造才华非常着迷。这项技术实现了她与彼得鲁什卡之间持续不断的联系。几乎是她自己的延伸。皮埃尔可以看到她所看到的,感觉到她所感觉到的。几乎可以呼吸到她所呼吸的氧气。

这天晚上氧气很稀薄。埃蕾阿感觉喘不上气。

皮埃尔,她的彼得鲁什卡,已经两天没有跟她联系了。整整两天。这种情况以前从未发生过。

埃蕾阿的额头紧贴在公寓窗户冰冷的玻璃上,看着下面十几米处的巴尔贝斯大街的喧嚣,一个与她格格不入的嘈杂世界。在她身后,在她二十二平方米的公寓里,六个空空的屏幕照亮了夜晚。

"你怎么看,大脑?"

你想让我对你说实话吗?

"既不坦率,也不虚伪,我希望你客观地回答我。"

客观地说,我认为皮埃尔已经死了。

……

我很抱歉,但鉴于我所掌握的客观因素,这是最合理的结论。皮埃尔一直与你通信,或者说是与我们通信,平均每天十来条信息,多年来从无例外。上一次中断还是2019年4月5日,由于一次大范围的网络故障,出现了九个小时的难熬时光。今晚,我们没有他的消息已经正好有七十三个小时十一分钟二十三秒了。如果皮埃尔的网络设备出了问题,或者发生了意外,他一定会想办法通知你。另一种解释是,他只是不想再和你通信了,但没有任何预兆来支持这种如此突然分手的假设,你同意吧?总之,由于缺乏其他更可靠的假设,我的结论是,客观地说,皮埃尔已经死了。

"你真令人讨厌，大脑。"

我只是在分析事实。

"但我认为他还活着！"

也许你是对的。我预估你对的可能性大概有11%。

"浑蛋！"

我很冷。别再把你的额头靠在玻璃上了。

……

你会把窗玻璃弄碎的。告诉我，你不会是要自杀吧？

"不会。只要还有那11％的机会我就不会。"

午夜时分，埃蕾阿走到了街上。她睡不着，这种情况在她身上几乎从未发生过。她的街区也没有入睡，但它似乎已经习惯了。抽烟的人挤在霓虹灯闪耀的酒吧前，晚食者在清真薯条的香味中等待着他们的汉堡和土耳其烤肉，穿着运动外套的男生在红堡地铁站的入口处守望着，一大群嘈杂的夜猫子在蒙马特高地和它的白墙脚下来来往往。

埃蕾阿漫无目地走着。醉醺醺的夜猫子们盯着她的腿、她的胸部、她的臀部，然后将她置之脑后。另一个浓妆艳抹的幽灵会取代她。埃蕾阿喜欢这样在巴黎游荡，令人垂涎而又遥不可及。这里有那么多漂亮女孩。性感让她毫无特色。她知道自己蜜蜂般的小细腰和蜻蜓般的大眼睛对意志薄弱的男人会产生什么样的冲击。她从他们的目光中汲取能量，以保持她的性欲，然后每天，用她的指尖，爱着她的彼得鲁什卡。

她在附近的街道上兜兜转转了很久，灯火通明的圣心教堂是她唯一的罗盘,她祈祷着,期待着。她的智能戒指在无名指上仿佛有一吨重。这是皮埃尔最近送的一个礼物。一个小小的技术奇迹,比智能手表还要低调得多。她戒指上的宝石一收到新信息就会振动、响铃或发光。埃蕾阿可以从蓝宝石到黄宝石之间的上千种色调中选择一种。显然,她的戒指可以通过蓝牙与附近所有其他智能设备连接。只要用手轻轻一拨,埃蕾阿就可以收听她智能手机上的信息,或者输入新的信息。她的珠宝还可以测量她的体温、血压、心率、睡眠质量,计算她一天走的步数……皮埃尔把它放在一个红色的天鹅绒盒子里送给她,就像最美丽的钻石。

她的戒指,她的魔戒,她的珍宝。

他们的结婚戒指。

而这个晚上,如此寂静。

她从米哈街返回,在天快亮的时候回到了公寓。精疲力尽。

在她漫长而绝望的散步过程中,戒指没有振动过。埃蕾阿曾想过报警,但理由呢? 为一个她已经三天没有消息的男人发布寻人启事?一个一消失就是四个月的男人,一个她除了姓名和职业以外一无所知的男人。

但她了解他的一切。

"我们去睡觉吧,大脑?"

这可不早了!

"大脑? 大脑! 你在吗? 你睡了吗?"

我倒是希望!

"大脑,现在几点了?"

我不知道！你可以问问你的珍宝去。而我需要休息。少一个小时的睡眠，我的性能就会下降12%。

"对不起，大脑，我睡不着。即使拉上了窗帘，关上了百叶窗。现在很晚了吗？至少上午11点了？"

9点36分。

"妈的！告诉我，大脑，关于我们昨天讨论的内容。你的假设……我正确的可能性，还有……"

皮埃尔没有死？在我看来，这个可能性已经下降到了7%。接着睡觉吧！

"如果我睡两个小时，而彼得鲁什卡还没有给我回电话，那么你认为这种可能性还剩下多少？"

不到3%。

"那到今晚呢？半夜？"

那就完了！而且现在就已经是这样了！你也知道。完了！你可以把你的珍宝和所有那些电子设备扔进垃圾桶了。忘了吧！不管皮埃尔是死了还是已经决定离开你的生活，这都不重要，别在真人秀电视节目里相爱了。

"皮埃尔爱我。而且他还活着，我可以感觉到！"

你说得对。6%的可能。去睡觉吧，现在。

当埃蕾阿在寂静和黑暗中突然从睡梦中惊醒时，她意识到自己已经睡了远远超过两个小时，最后一点希望也已经消失。

她背靠着枕头。毕竟，事情是如此简单。她要做的就是站起来，拉开窗帘、百叶窗，打开窗户，然后跳下去……

她一直都知道,这样一切就都结束了。她并不擅长生活,也没有很大的积极性。没有皮埃尔,她还活着干什么呢……

这时她看到了被单下发出的淡紫色的光。她一下子明白了为什么她会如此突然地从黑暗的梦境中惊醒。

她的珍宝在手指上振动着,闪闪发光。

一条新的短信。一条来自皮埃尔的信息。

她用食指轻轻一点,把她的戒指、手机和电脑的扬声器连接起来。

布莱恩·莫尔克低沉的声音——这是她选择的用来读她爱人短信的声音——从她的公寓里赶走致命的阴影。

是我!你的彼得鲁什卡。我正坐在我的坟墓上。我等你。

黎明叫人肝肠寸断

《醉舟》，阿蒂尔·兰波

2023年9月16日　星期六

6

纳内斯

巴尔桥村，阿登省

"阿涅斯·杜瓦尔吗？您能听到我说话吗？我是凯特尔·马雷尔上尉。您在车上吗？"

纳内斯放慢了速度。雨水不断地落在她那辆旧雷诺克力奥的车身上。就像冲锋枪打在钢板上的声音，电话连接在仪表盘的扩音器上，她几乎听不到宪兵的声音。她看到路边一棵枝条繁茂的梧桐树下的泥土和砾石之间有一片空地，于是在那里停了下来。

"我已经停车了，上尉。我勉强能听到您讲话。"

"我有一些信息要告诉您，阿涅斯。您不介意我叫您阿涅斯吧？对于我将要告诉您的事情，纳内斯，会有点……"

"请说吧！"

"我通过法医和实验室确认了，有三页的报告。毫无疑问，是您的丈夫雷诺·杜瓦尔死了。"

纳内斯的眼前一片模糊。她盯着她面前的挡风玻璃，仿佛挡风玻璃上的雨刷器试图清扫的是她自己的虹膜。

"我就不说细节了，阿涅斯，但一切都吻合。血液测试，指纹，DNA 检测，甚至他牙齿的 X 射线。继您昨天去停尸房正式验尸后，您不要觉得这是不相信您，但我们手上还有两个陌生人，他们看起来跟您丈夫一模一样，一个汉斯·贝尔纳和一个皮埃尔·卢梭。"

纳内斯欣赏凯特尔上尉的坦率和心无城府。她厌恶虚伪、卑躬屈膝和虚情假意。

"我们在其他方面也取得了进展,"上尉继续说,"法官想再跟您见一面,但在此之前我给您做一个简单的概述。可以说,这个案子中存在不少疑点。首先,法医在您丈夫的身上没有发现任何打斗的痕迹。他是摔死的,但他不太可能是被人从观景台上推下去的。否则他应该会自卫,这样就会有挣扎的痕迹。但目前什么都不能确定……例如,可能是有两个人,一起将他抬过护栏扔下去。您看到了,我们正在调查。"

"还有一个有待验证的细节是,在现场的森林停车场发现了另外两辆车的轮胎印。那天傍晚时分下起了雨,也就是说,车辆是提前停好的,直到午夜之后才离开。您丈夫的死亡时间是晚上8点左右,车上的乘客有可能目睹了整个情景。我们也发现了一些脚印,还没有干透,与您丈夫的不同。但却只有一双鞋的印迹,46码。您看到事情有多复杂了吧?两辆汽车和一个司机。您放心,阿涅斯,我们有一些天才,他们乐于分析这一切。由于下雨和泥泞,他们仿佛拥有黏土板一样,可以还原所有的事情,即使我们不能排除这样的可能性,就是一些夜行者把抹布藏到他们身后,以便抹去他们在烂泥中的脚印。"

"所以您认为……我丈夫是被谋杀的?"

"还不能确定。但有一点是肯定的,他不是一个人在观景台。他的车藏在一棵树下,但其他车辆却不是。我们还在调查,阿涅斯。您的丈夫是个非常……隐秘的人。"

谈话越进行下去,纳内斯就越不确定她是否欣赏凯特尔·马雷尔的直来直去。当纳内斯有一个沉痛的消息要告诉给她的小春苗时,这种情况经常发生,她也会尽量坦率,从不对他们撒谎,但她会花几个小时的时间来找到尽量委婉的方式告诉他们。

"至于您丈夫的身份,"上尉继续说,"都是真实的!我们核查过了。他确实从幼儿园到高中一直在沙勒维尔-梅济耶尔上学。而且他确实每个月有三个星期在瓦洛尔-弗洛雷讷的比利时工厂里工作。第四个星期则是在法国各地出差,拜访客户,但据他的老板说,您丈夫可以自由地选择他想去的地方。没有人监视他。我们需要将他的工作日程与您的个人记忆进行比对,看看他是否在欺瞒您。"

纳内斯关掉了挡风玻璃雨刷器。她宁愿让自己的眼睛模糊。

一种预感袭来。这么多年来,雷诺一直在对她撒谎。他有双重人生,或三重人生,他有要去相会的情妇……

"阿涅斯?您还在听吗?您应该猜得到,我们也试图确认这两个相貌酷似的人,汉斯·贝尔纳和皮埃尔·卢梭的身份。他们的驾驶证上有地址,但没有吻合的。在芒德的希望街4号,没有人叫汉斯·贝尔纳,在巴黎第18区的索非亚街17号,也没有皮埃尔·卢梭。他们可能已经搬到了其他任何一个地方,但居住地的申报,也就是地址的变更,在法国不是强制性的。我们正在寻找,但我们已经在法国找到了超过六十八个皮埃尔·卢梭。只有二十三个汉斯·贝尔纳,但如果加上比利时和德国,就有四十八个了。您想知道最精彩的是什么吗,阿涅斯?"

凯特尔·马雷尔上尉,非常贴心。

"不。"

"据PIFI的同事们,这些整天都在追捕伪造假证之人的艺术家说,这三张证件是真的!它们不是伪造的!"

"……

"是的,就好像这三个人,您的雷诺,这个皮埃尔和这个汉斯,都存在着……真实存在着!却有着相同的面孔!我说这么多是为了向您解释,阿涅斯,为什么法官想尽快见您,您可以把您能收集到的关于您丈夫所有的童年回忆都告诉他。"

"这会很快,他几乎什么都没给我留下……"

"除了那二十来个木偶!"

"是的,还有一张电视机发票。"

"什么?"

"我找到了他的一个朋友。一个小奇迹,要跟您解释清楚需要花很长的时间。我正要去他家,在巴尔桥村。"

"好的。您把所有东西都发给我。姓名、地址和其他的。然后您给卡里尼昂法官打电话,约个见面时间。阿涅斯?"

"嗯?"

纳内斯思忖着上尉最后将会往她头上砸下怎样沉重的一击。

"照顾好自己。"

巴尔桥村笼罩在大雾之中。这个村庄由停泊着的驳船而不是成排的房屋组成,沿着阿登运河而建,位于沙勒维尔-梅济耶尔和色当之间。通常情况下,在水闸上的散步者和游船上的乘客之间,会有少量的渡船,但大雨让最勇敢的船夫也望而却步。

胡桃路11号。

纳内斯把车停在河边。雨势稍有缓和,但天空仍然如此低沉,她甚至害怕下车时会撞到自己的头。她伤心地嘟囔,这天气适合上吊。

布鲁诺·普鲁维尔的房子就在她面前,与其他建在码头上的建筑离得有点远,它的墙根浸在水里,外墙也湿透了。

她想象着,这是一座迷人的渔夫的小房子。

她错了。

布鲁诺·普鲁维尔是个猎人。

7

维姬

山柳菊农庄，马尔热里德地区吕讷

维姬一拉开窗帘，耀眼的阳光就涌进了洛拉的房间。一轮刺眼的、令人炫目的红日，稳稳地挂在马尔热里德丛林密布的山脊线上。

她的酣睡宝宝几乎是从床上跳了起来。

"爸爸回来了吗？"

洛拉每次醒来后的第一个问题总是问汉斯。

爸爸在吗？爸爸又走了吗？爸爸今天会回来吗？

汉斯是她认识的唯一一个男人。

在她出生前的每个月，汉斯都会把他的手放在维姬圆滚滚的肚皮上。自此以后，汉斯就没有再错过她的任何一个生日。这就是个体经营的好处，他信誓旦旦地说，他可以开着卡车穿越欧洲，从哥本哈根或华沙不眠不休地回来，就是为了看他的小公主吹蜡烛。汉斯喜欢洛拉！而反过来，她选择了他当她的爸爸……

"汉斯在吗？"洛拉还在坚持问，一边揉搓着被单。

"不在，宝贝。"

"他打电话来了吗？"

"也没有。"

洛拉转向卡斯帕，为了不让自己哭泣。她用一个新手妈妈的轻声细语，笨拙地安慰她的木偶。爸爸会回来的，别担心，他答应过的。

他会治好你，你不会一辈子都是哑巴和残疾人。

吃完早餐后，维姬提议女儿收拾收拾东西。洛拉负责整理她的财宝箱，里面储存的是她一年来在马尔热里德的小路上收集的鹅卵石、树枝、死去的昆虫和干枯的花朵，而维姬则负责收拾她自己的箱子。

准确地说，是汉斯的箱子。

衣柜的一角，其实就是三层放衣服的隔板，半个挂衣壁橱和一个用棕色胶带封住的纸箱。

"妈妈，我可以留下这些瓢虫吗，虽然它们没有翅膀了？"

维姬没有回答。一团东西堵住了她的喉咙。她犹豫着要不要撕开宽大的胶带条。

"妈妈？"

嘶！

维姬的眼睛，然后是手，伸进了盒子里。她翻来覆去，搅动着她发现的物品，把它们拿起来又放下，但汉斯的宝库里没有藏着一枚金币。

她的男人只是攒了一些洗漱用品，一些破旧的衣服，一支笔，一副被磨花了的太阳镜……那种装进袋子里，有一天都不需要分拣就扔进垃圾桶的破烂。

维姬又翻了一遍，找到了一把用过的牙刷、一支被啃坏的铅笔……甚至连一张纸、一张旧照片或一把钥匙都没有。

汉斯没有留下任何东西！没有任何关于他过去的痕迹。没有任何可以展开的线索。

这一次，维姬摆脱不掉三天来一直折磨着她的不祥预感。

如果汉斯是彻底重获自由了呢？

在他和她一起住在山柳菊农庄的五年里，汉斯没有在这个农场里播种任何东西，连一粒种子都没有在这里发芽，他只是个过客。

他真正的家，是他的卡车。

维姬继续心不在焉地打量着汉斯抛弃的仅有的几件物品。几枚硬币，一袋纸巾，一把一次性剃须刀。汉斯没有对她隐瞒任何关于他生活的情况，他详细地告诉过她。他是独生子，与母亲一起生活，母亲住在一个她不记得名字的村庄，在维姬遇到他之前不久就去世了。

在她之前，他交往过几个女人，但都没有很深的感情。每个物流平台都有一个女人？就像港口的水手一样，只是没有那么浪漫？

他是为了她们中的一个而抛弃了她吗？

不可能！她所有的直觉，她整个身体都这样告诉她。汉斯爱她。

一切都乱套了。她怎么变得如此天真了？成了那种爱上一团空气而最终完蛋的笨女人？

她尽力理智地思考。她试图说服自己，她可以没有男人，甚至是她那个笨拙的卡车司机。她会忘记他，她会活下去，但是……

但洛拉永远不能没有她的爸爸。

维姬合上纸箱子，把它放回柜子里，心烦意乱。她主要是生自己的气。汉斯太不注重物质追求，她无法通过翻找他的物品找到他，她得绞尽脑汁！第一步，回忆他童年的村庄的名字。

她努力把他们一起走过的路的全景镜头投射到她的大脑里，并把声音调到最大，重听她的灰眼睛向导对它们的评论。通过对信息的整理，维姬能够印证一些线索。汉斯在一个大村子里长大，那里有一条峭壁夹岸的激流,他在那里捕鱼。他可以骑着山地自行车爬上喀斯长长的矮山坡,也可以骑到塞文山脉的斜坡上。他比她更了解这些地方!维姬总是和汉斯一起到那里徒步旅行,能够证实这一点。

"妈妈?妈妈,我已经完成了!"

洛拉没有扔掉任何东西,甚至连一只干瘪的苍蝇都不舍。

"现在几点了,妈妈?我饿了!"

快到中午了。汉斯仍然生死未卜。维姬犹豫了一会儿,决定拿起电话打给宪兵队的朱利安·米拉,但她确信这位下士不会比昨天更认真地对待她。她必须告诉他新的信息,一个可以联系到的人的名字,至少是一个展开调查的地方。从哪里开始呢?如果她能记住这个该死的村庄的名字就好了!

洛拉在她旁边玩耍。她把卡斯帕放在一个由毛绒小马拉着的小车里。

"宝贝,"维姬随口问道,"你还记得汉斯,就是爸爸,长大的那个村子的名字吗?"

她怎么会记得呢?五岁的洛拉甚至不能确定奥弗涅、美国或中国的位置。

"当然!"小女孩回答说,没有停止她的小车奔跑,"他的村子叫弗洛琳,和我的好朋友一样。"

"弗洛琳?"

维姬朝手机扑过去。弗洛琳?和弗洛琳·塞雷纳克,她邻居的女儿一样?她确认手机联上了网,焦躁不安地输入了七个字母,等待着,然后咬着嘴唇。

不对!洛拉臆想出来了这一切!法国没有一个城镇叫弗洛琳。

除非……

维姬不想放弃。她把她掌握的几个线索放在一个搜索框里进行搜索。

弗洛琳，塔恩，

弗洛琳，喀斯，

弗洛琳，塞文。

搜索结果马上出现了，这是由搜索引擎无懈可击的算法创造的奇迹。

弗洛拉克，奥克西塔尼大区，洛泽尔省。

弗洛拉克！显然是！

维姬咒骂着她不断衰退的记忆力。现在，一切都回到了她的脑海中。就是在这个位于塔恩河畔的村庄，通往喀斯和塞文的入口，汉斯度过了他的童年。

"你想吃东西吗，宝贝？"

洛拉双腿跳了起来，就像木偶从弹簧上跳起来一般。

"想！"

"我们去准备点西红柿、煮鸡蛋和三明治。我们出发去度假。"

"去哪里？"

"去找汉斯！"

8

埃蕾阿

红堡，巴黎巴尔贝斯大道

是我！你的彼得鲁什卡。我正坐在我的坟墓上。我等你。

埃蕾阿跳下床，拉开房间的窗帘，打开百叶窗，让巴黎正午的阳光照进来。蒙马特高地的白色圆顶建筑与灰白的天空融为一体。这样光秃秃的圣心教堂，看起来就像没有尖塔的泰姬陵。

"大脑，快醒醒，有新消息！"

埃蕾阿摇了摇她半睡半醒的大脑。清晨，埃蕾阿的思维运转速度减慢。她的笛卡尔式思维总是需要几分钟时间来重新启动，并开始与她的情绪对话。这是她的阿斯伯格综合征的症状之一。

"大脑？你和我一样都听到了，皮埃尔给我写信了！所以……"

那么根据我掌握的数据，有97%的机会他还活着。

"只有97%？他给我写信了！"

你知道，手机上的短信是可以设定的。提前几天，甚至几个月。

"噗，耍赖！你还不如承认我说得对。皮埃尔还活着！"

我只是理性。如果他在死前就编辑好了信息，一具尸体完全可以继续写信。很多人在社交网络上这么做。他们创造了永恒的生命。

"你烦透了！"

转眼间，埃蕾阿脱下了前一天晚上穿着睡觉的皱巴巴的衣服，把她的珍宝放在床头柜上。她赤身裸体地站在镜子前，欣赏了一会儿手臂上的荆棘文身，胸前的玫瑰花，肚脐周围的花瓣，和她刺猬硬刺般的黑头发。

她的彼得鲁什卡还活着！她要和他约会！她必须为他打扮得漂漂亮亮。

她跑到淋浴头下，那不过是一个发霉发黑的隐蔽角落，在幸运的日子里，一股细细的水流会有点温热。她等待着几滴冰冷的水滴落在她的头上，然后再次呼唤她的大脑。

"这下好了，你醒了吗？"

没有！你还记得吗，我们说过，每天早上，在淋浴时，我们要休息一下！你要停止思考，只关心你的身体，像一个正常的女孩那样。你检查你平坦的小腹是否紧致，留意腿上难看的腿毛，查看脚指甲的长度……

"我不是一个正常的女孩！而且我需要你，大脑。皮埃尔写信给我，说我正坐在我的坟墓上。他到底想说什么？"

他已经死了！

"一个死人是不会坐在他的坟墓上的。再想想吧。"

埃蕾阿让大脑集中注意力，并趁机观察了一下自己乳房的轮廓。她一直觉得它们太小了，但皮埃尔很喜欢。她在擦干身体后为他给乳房喷上香水。

是我！我等你，他如此写道。这是他的爱人发明的一个新游戏吗？

然而他不需要用这些残酷的把戏来让自己更具吸引力。

埃蕾阿俯身闻了闻淋浴间台面上的保湿润肤霜。用莫诺伊精油还是金银花？

有足够时间好好思考的大脑，没有给她选择的时间。

062　　　　　　　　　　　　　　　　　　　　　　*Trois vies par semaine*

等一下！我注意到一件事。信息里说："是我！你的彼得鲁什卡。我正坐在我的坟墓上。"但它并没有说："是我，皮埃尔。"

"皮埃尔和彼得鲁什卡，是一回事！"

也许不是。彼得鲁什卡埋在哪里？

"彼得鲁什卡没有死，你自己说的。他活着的可能性有97%。"

埃蕾阿的双手沿着腹部往下摸索，她想象着她的彼得鲁什卡。她还记得他新长出来的胡须的粗糙感觉，那次他坐了十个小时的飞机，都没有来得及刮胡子就跳上出租车来见她。

喂，大脑生气了，你在吗？我说的是真正的彼得鲁什卡！

"真正的彼得鲁什卡，如你所说，是个木偶！是芭蕾舞剧的角色！他没有被埋在任何地方，更不用说坐在坟墓上了。"

我可不像你那样肯定！

"好吧，你静静地研究一下这个问题。让我安静一分钟。刚才不是你说我们在洗澡时要休息的吗？"

她冲洗着自己。火的最后一丝余烬在冰冷的水中燃烧殆尽。

"大脑？大脑？你在吗？"

埃蕾阿跨过淋浴池，小心翼翼地走在瓷砖上。

是的……当你在快活的时候，我找到了！

"找到了什么？"

一段很久以前的记忆，被深深地埋藏起来了。这要回到我们第一次查找彼得鲁什卡信息的时候。

"在互联网上？"

我们还能在别的地方查找信息吗？

"在我祖父母的时代，我想是可以的。那又如何？"

你记得吗？你那会儿注意到皮埃尔看起来像一个舞蹈家。一个俄罗斯的舞蹈家。瓦斯拉夫·尼金斯基。有史以来最伟大的舞蹈家，他最著名的角色是彼得鲁什卡。

"好吧，每个人都知道这些，即使是那些没有足够幸运拥有你的人，大脑。你想说明什么？"

你还记得瓦斯拉夫·尼金斯基被埋在哪里吗？

"在莫斯科？伦敦？圣彼得堡？"

都不是。

"在巴黎？拉雪兹神父公墓？蒙巴纳斯？"

还是不对。

"这里？就在上面，在蒙马特公墓？"

答对了！

"谢谢你，大脑，我爱你！"

埃蕾阿原地跳了起来，扯开莫诺伊精油的盖子，把一半都抹在她的双乳上。

一定是这样！

她的彼得鲁什卡在离这里几百米远的这位俄罗斯舞蹈家的坟墓上等着她。

我的上帝，她满脑子想的都是他们三个月来的再次重逢。

她曾想了又想见面时要穿什么衣服，想象了无数种不同的天气状况，但现在她必须决定，她不知道该怎么选择。高跟靴子还是灰姑娘的平底鞋？吊带衫还是低领衬衣？无吊带蕾丝胸衣还是系带紧身胸衣？

这一次，在决定这些左右为难的问题时，大脑对她来说没有任何用处！

9

纳内斯

巴尔桥村，阿登省

"妈的！"布鲁诺·普鲁维尔一边说，一边往他的椅子里挪了挪。"我已经有十多年没有见过雷诺了，但说他死了，还是觉得很荒诞。"

布鲁诺·普鲁维尔看起来很难过。有点过头了。他把一百公斤重的身体藏在超大的卡其色毛衣和迷彩运动裤里。纳内斯在这所房子里感到很拘束。然而，这位前高保真音响推销员毫不犹豫地接待了她，甚至表现出某种迫不及待。她不费吹灰之力就从他以前的同事那里要到了他的电话号码，而布鲁诺也立即提议她来家里。

"我当然记得雷诺。怎么会忘记他呢？"

普鲁维尔曾含含糊糊地向他说过，他已经从达蒂离职，成了个体经营的电子技术员，这样挣的钱比以前多了三倍，工作却少了一半，这让他有时间来做别的事情……也就是说，根据纳内斯的观察，围捕野猪、狍子和白山鹑。墙上到处挂着猎枪。两件家具之间挂着子弹链做的花环。门口，两只靴子还在滴水。

纳内斯吹了吹布鲁诺·普鲁维尔为她重新加热的咖啡。这样的环境，这样的老交情，有些不对劲。雷诺与普鲁维尔这样的人完全相反。他痛恨一切形式的暴力，更痛恨武器。在菲代勒堡，每逢周日上午，一半以上的男人都会聚在一起去打猎。他则不然。

布鲁诺·普鲁维尔碰上纳内斯的目光，她正盯着挂在墙上收藏的步枪看。

"您一定在想，雷诺怎么会和我这样的人成为朋友，对吗？"

纳内斯脸红了，仿佛被抓了个现行。至少，普鲁维尔有点过于直言不讳了。

"首先，"布鲁诺解释说，"1995年，服兵役对我们来说，是有点特别的。我们都知道那会儿希拉克即将宣布废除兵役，但所有1979年以前出生的男孩都必须这么做，就算是新教徒也必须参加，在我们那个年代有很多！我是喜欢去的，您应该能想到为什么，手里拿着FAMAS自动步枪或MAC50手枪，让我非常开心。"

"至于雷诺，我真的不知道他是怎么被弄进军营的。也许他只是不够聪明，没有成为漏网之鱼。科尔马第152步兵团有近三百名入伍士兵，来自法国各地。这就是雷诺和我走得比较近的原因。因为我们住在同一个城市，沙勒维尔-梅济耶尔，我们在同一所初中、同一所高中上学。通常，事情往往就是这样。一开始我们因为来自同一个地方所以成了朋友，后来又因为彼此之间的意气相投而让关系更进了一步。"

"那么，在入伍之前，您和雷诺就已经是朋友了？"

"不，还不是。我们从未在同一个班级，但我们彼此大概知道，听过名字，见过面……然后我们就认出了对方！雷诺是个小明星，因为他的母亲是一个在车厢里制作木偶的艺术家，至少我记得是这样。"

纳内斯点头表示同意。她继续心不在焉地端详着墙上的枪支名称。1870型夏塞波军用步枪。1916型勒贝尔式步枪。1939型贝蒂埃步枪。看起来，普鲁维尔似乎在等待普鲁士人再次进攻好去保卫边境。

"但在这次服役期间，你们真的成了朋友吗？"

"是的！可以这么说。来自沙勒维尔的两个形影不离的人，就像其他士兵对我们的称呼那样，狙击手诺诺和变色龙雷诺。"

"变色龙雷诺？"

布鲁诺借着这种惊讶的效果趁机向纳内斯靠拢。他身上酒气熏天，她后退了一步。他就是她收留的孩子的那种家长，她恶狠狠地想。

"是啊……变色龙！我感觉你丈夫没有告诉你所有的事。大家都这么叫他，因为他有这种荒唐的天赋，可以根据他打交道的人而变化。"

纳内斯没有注意到他突然用了"你"来称呼她。

"您是什么意思？"

"嗯，很简单，当他和我在一起，和我们这一小群嗜好喝啤酒的枪迷在一起的时候，他可以花几个小时和我们一起哈哈大笑，射击罐头，或者讲一些放到今天会进监狱的荤段子。而在同一个晚上，他可以和另一帮家伙交往，一帮士官，去谈论文学或哲学。然后晚上再去安慰那些想尽办法让自己退伍的拒服兵役者。他在任何地方都很自在，雷诺，这就是我欣赏他的原因。他有这种天赋，我不知道该怎么形容，一种适应能力，融入周围环境，准确地回应你想听到的东西。他本可以成为一名间谍。不过，也许他就是。"

他粗鄙地放声大笑，酒气熏天的唾沫四溅到咖啡里。

"哦对了，还有一个例子可以向你解释雷诺是多么令人难以捉摸。我记得他当时注册攻读了机械工程专业大学技术文凭，还在服役期间拿下了重型货车的驾驶证，而且我好几次撞到他在看诗歌杂志。他甚至把它们藏在色情杂志里，以免被人嘲笑。"

普鲁维尔举起杯子凑近客人。

"来吧，变色龙雷诺，祝你健康！"

纳内斯没有和他碰杯。她很困惑。她对他的重型货车驾驶证和对诗歌的喜好一无所知。而布鲁诺所说的这种变色龙天赋，她一直称为同理心。这些年来，正是因为这种同理心，她才爱上了她的丈夫：这种试图理解另一个人的想法，设身处地为对方考虑的自然的方式。这种品质是如此难得……

她等待着布鲁诺喝完。

"雷诺有没有和你谈起他以前的生活？关于他的童年。任何一件可能……"

布鲁诺给了她一个忧心忡忡的微笑。

"我可以确定！你并不了解你的丈夫。再说，这个变色龙，没有人了解他！我只是个不入流的笨蛋，但我明白这一点。我举个例子，很多人来自巴黎，特别是在士官中，富二代，而你的雷诺能够在他们面前一一说出巴黎所有的地铁站，每个区的面包店数量或博物馆的开放时间，就像他在那里住了很多年一样。还有一个来自洛泽尔的人，或者来自塔恩，我记不得了，他带着该死的口音叽里咕噜。而雷诺可以和他攀谈几个小时，谈论那里的徒步旅行路线和像巴尔桥村那样偏僻的村庄，那是一个省会城市。"

"也许他曾在那里度假呢？"

"也许吧……很长很长的假期！"

"就这些？我是说，关于他的童年。在服完兵役后，你们再也没有见过面？"

"是的，我们没有见过。雷诺期满退役就切断了所有联系，不过，我一点也不惊讶。变色龙的手段！他一定是厌倦了卡其色，他选择了其他颜色。你的颜色，一定是。"

他让自己的目光在纳内斯的彩虹方格印花大衣上徘徊，然后落在她美丽的圆脸、朴素的妆容上。

"您再也没有见过他吗？"

"有，见过一次，十二年前，我在达蒂工作的时候。但这你是知道的。我很清楚雷诺不想请我喝酒，他会把我的号码扔进第一个垃圾桶。然而……"

"然而？"

"然而他却能再次找到我的号码，就一次。"

纳内斯屏住呼吸，身体向前倾，被勾起了兴趣。

"怎么回事？"

布鲁诺又露出了阴谋家的微笑。

"那是退役后的两三年吧。那个时候，互联网开始慢慢普及。雷诺似乎看来对此一无所知，但我早已经干这一行生意了。很难相信，我穿着迷彩服，在键盘前也能应付自如，我是先驱之一。他找到我是为了向我打听一个消息。"

一个消息？一股电波从纳内斯的脊柱上流过。这条线索将是关键，她已经猜到了。然而，普鲁维尔似乎并不急于说更多。

"您还记得那是关于什么的吗？"

"隐约记得。这很久远啦。而这个消息是关于一个更古老的东西，在我们出生之前的。他想让我找一份旧报纸。一份报纸的当地版。"

"那您找到了？"

"是的，从一个收藏家那里，他应该是寄给他了。"

"需要互联网来做这件事吗？"

"当然需要！雷诺要找的是一份外国报纸。"

"外国的？"

"一份捷克的报纸，如果我记得没错。不是布拉格，而是另一个城市。名字很奇怪，我已经忘记了。"

纳内斯第一次提高了她的音调。

"这太模糊了，布鲁诺！没有年份，没有地点。然而，这应该很重要。"

"我想是的。这意味着变色龙要从他的树枝上下来了。"

"您真的什么都不记得了？"

"我只记得一个很模糊的东西。这份捷克报纸的城市，似乎让我想起了一种啤酒的名字。但记不起来是哪一种……"

布鲁诺喝完了他的咖啡，渲染好气氛。

"话虽如此，我应该能够通过追溯搜索历史记录找到它。我从一开始就把所有的东西都归档了，就存在地窖里的硬盘上。这是信息技术的三个基本原则。一、保存。二、保存。三、保存。当时还没有云储存，所以最好在架子上预留出大箱子和空间。你明天再过来，我给你把这些东西都准备好？"

纳内斯想到了马雷尔上尉的电话，想到了正在等着她的法官。她觉得现在是和他以你相称的时候了。

"你就不能马上帮我找找吗？"

猎人的眼睛亮了。

"如果你坚持的话……"

"我坚持。"

"好的，我去给你找找。你等我的时候，可以再喝些咖啡。还有，不要碰那些挂着的武器。我不确定已经把它们都退弹了。"

布鲁诺抬起他一百公斤重的身子,穿过敞开的门消失在通往地窖的楼梯后。纳内斯等着。这样一个井井有条的家伙,不会花很长时间。她试图在脑海中回顾这些信息。布鲁诺·普鲁维尔没有夸大其词吧?雷诺,一个间谍? 真是一派胡言! 他只是很聪明,能随机应变,能融入别人的谈话,而这只要有一点常识,知道一些地铁站的名字或洛泽尔省的一些城市,就可以搞定。

但怎么解释这三张驾驶证呢? 雷诺的车藏在附近,那停在默兹河畔博尼观景台前的两辆车是谁的呢?

那天晚上他和死神有约,但死神是以何种面目出现在他面前的呢?

纳内斯又耐心等了一会儿,慢慢地梳理她的想法。

布鲁诺还没有回来……

她又等了五分钟,看着挂在一支带瞄准镜的新式步枪和另一支双管步枪之间的挂钟的秒针转着圈,然后,她再也按捺不住了,站了起来。

她站在楼梯的顶端。

"布鲁诺,您找到了吗?"

没有人回答。

楼梯上的灯关着,地窖里没有透出一丝光。一个疯狂的想法掠过纳内斯的脑海。

要是布鲁诺逃跑了呢? 如果是他编造了这些事情欺骗她,然后从后门逃走了呢?

"荒谬!"她想了想。

"布鲁诺?"

还是没有人回答。她按了一下开关。地窖的楼梯立即亮了起来,并无其他反应。有那么一会儿,她盯着那把双管步枪,犹豫着要不要拿起来。一种巨大的、几乎无法控制的恐惧攫住了她。

"越来越荒唐了!"她尽力打消自己的疑虑。布鲁诺肯定是太过于专注于他的档案了,为他没有找到文件而恼火。

她走下前面的几个台阶。

"布鲁诺,一切顺利吗?"

一片沉寂。

除了楼梯最上面几级台阶之外,地窖深陷在黑暗之中。只有两扇窄小的通风窗朝向运河一边的街道,但因为雨和雾,几乎透不进来任何光线。布鲁诺是否像追捕他的猎物一般,无声无息地在黑暗中找寻他久远的记忆?

纳内斯继续走下台阶,她的手沿着墙壁摸索,直到她找到另一个开关。她按了一下。

地窖一下子亮了起来。她忍不住发出一声惊恐的叫声。

布鲁诺·普鲁维尔倒在她的脚下,就在楼梯的下面。

头破血流。

在他上方一米处,一滴滴鲜血正从一个架子的金属角上滴下来。

纳内斯的脑子里一片乱麻。布鲁诺在楼梯的最后几级台阶上滑倒了,他的头撞到了铁栏杆上,他可能只是被撞晕了。

纳内斯醒过神来,在倒下的尸体旁边蹲下,伸手去摸他的脉搏,摸他的额头,打消自己的疑虑……

墙上的阴影使她抬起头。在通风窗外面的街道上,刚刚突然出现了四条腿。一动不动,模模糊糊,透过昏暗的玻璃窗只能看到他们的膝盖处。

她的视线顺着地窖的砖块看去,突然停在一扇木门上。

它是向外开的吗? 有人从这里进来过吗?

他是不是听了他们的谈话? 然后等着布鲁诺下来……好杀了他?

她冲到门前。

门是锁着的! 然而……

纳内斯被吓呆了。

湿漉漉的脚印从布鲁诺·普鲁维尔的尸体延伸到门口。

有人进来过! 几分钟前,或者几秒钟前,然后又出去了,并在身后锁上了那扇门。

为了把她也困住?

纳内斯抬起头,朝窗外看去。她又被一股新的电流击中。她看到街上只剩下两条腿了。所以,一个人一直在望风……而另一个人呢?

纳内斯起身快速穿过地窖,跨过布鲁诺的尸体,开始爬楼梯台阶,一步跨两级……然后她愣住了。

有人站在楼梯的顶端!

有人紧握着双管步枪,并慢慢地放下来。

纳内斯只来得及瞥见他的脸,真是恐怖的一幕:这个男人的皮肤,除了眼睛、嘴唇和鼻子,全部都烧伤了。

这个男人,她曾在四天前,在她家门口见过。

纳内斯后退了一步,然后又退了一步,她相信随时会有两颗子弹射入她的心脏,她会这样死去,不明所以,就像雷诺一样……

她最后看到的是那个脸被烧伤的男人凶残的笑容。

然后眼前一黑。

10

维姬

山柳菊农庄，马尔热里德地区吕讷

洛拉跑来跑去，吓坏了房子里的鸡和兔子。风铃草和蝶须，这两匹小马，远远地碎步小跑，跟在女孩的后面。

"我们要去找爸爸！"洛拉一边哼着歌，一边拽着卡斯帕跳舞。"我们要去找爸爸喽！"

维姬正忙着往她的布丁狗后备厢里的行李箱里头装东西，只是抬了一下头。

"洛拉，既然你这么兴奋，那你去找弗洛琳的爸爸，告诉他我们要出去两天，问他能不能帮忙喂一下动物们。"

当她的邻居们出门时，维姬也会这样帮他们，照顾他们的猫、山羊和两只鹅。洛拉沿着农场的路飞奔而去，很快就没了影子。路上从来没有任何汽车。维姬趁机查看了去弗洛拉克的地图。大约一百二十公里路。一个半小时的车程。

"洛拉？"

她的好朋友弗洛琳家的农场挨得很近。不到两百米，穿过马路就到了。

"洛拉？"维姬大声喊道。

她的女儿仍然没有回答。通常情况下，她到邻居家往返一趟不到一分钟。维姬放下地图，朝农场的入口走去，突然开始担心起来。她一边走,一边试图劝自己。

她的女儿能发生什么事?除了住宿的房客之外,从没有陌生人来过这个农庄。洛拉不可能在这里遭遇不测。

维姬加快了她的步伐。

但是,她任由女儿总是这样独自一人、在没人看管的情况下到处跑,是不是过于放任了?过于大意了?过于……

维姬停下来,松了口气。

她的担心是多余的!

洛拉就站在栅栏前,离她只有几米远,踮着脚。

"妈妈!有我们的信!"

"等等,宝贝,"维姬说道,她这下放心了,"钥匙在我这儿。"

洛拉高兴得跳了起来。

"不用了,妈妈!我已经从信箱里拿出来啦。"

她再次全速奔跑,骄傲地把一个小长方形硬纸片递给她的母亲。

"一张明信片!你能读给我听吗?这是谁寄来的?"

维姬很好奇,抓起女儿递给她的卡片。它上面画了一个穿着传统服装的日本木偶:红色的丝绸和服,白色的瓷脸,黑色的假发上插着簪花发夹。

"让我看看,妈妈。这很滑稽,它看起来像龙猫。"

"是的,宝贝。这是一个日本木偶。"

"它是从那里来的吗?"

维姬把卡片翻过来。上面既没有贴邮票也没有盖章。所以是有人来这里把它从信箱里塞进去的?

为什么大老远跑到山柳菊送一张日本明信片?

"是的，"维姬撒谎说，"它来自那里。"

"那么，你读一下！上面写了什么？"

维姬低头看。她默默地辨认出了这几行手写的字，这种刚劲有力的笔迹，她能在所有的笔迹中认出来。

我的两个小宝贝，

我很好，别担心，不要试图来找我。

我无法向你解释什么，维姬。我只能提醒你：去找我太危险。我了解你，我的小倔驴，我知道你很难做到听我的话，所以我为了洛拉而请求你。

不要找我。等着我。

我永远爱你们，你们俩。

H.

"是爸爸来的信吗？"

"是的。"

她凝视着太阳，一直到眼都花了，然后翻出衣袖口擦了擦眼皮。太阳晒得牧场上最后的花都打蔫了。

她不能在女儿面前哭泣。她必须非常快速地做出选择。

让洛拉上车，启动出发，追寻汉斯童年的轨迹……

……或者留下来。

"怎么了妈妈？你读给我听吗？他说什么了？"

"他说……他爱我们。"

"你看！我就知道他没有忘记我们。"

洛拉已经转头跑回农庄,一边跑一边使劲甩开两条胳膊推开挡在她面前的鸡。她飞速地跳上布丁狗车后座,爬上增高座椅,把卡斯帕放在她旁边,试着拉出安全带。

"快点,妈妈,上车!我们会找到他的!"

维姬没有动。这些字眼在她眼前晃动。

不要试图来找我

去找我太危险

我为了洛拉而请求你。

她应该在意这些警告吗?它们会是什么意思?是谁把那张卡片带到了这里?

汉斯?

它在信箱里等了多长时间了?在过去的三天里,维姬没有取过信件。而且为什么是日本?因为汉斯想让她明白,他在很远很远的地方?如果是这样,又是谁放下了这张卡片?

她曾以为她认出了他的笔迹,但几个手写的字很容易被模仿,真的是汉斯写的吗?

我了解你,我的小倔驴,我知道你很难做到听我的话。

有一件事是肯定的,潦草手写这些字的人认识她!

不要找我。

但这不足以说服她袖手旁观地等着!

维姬不是那种用余生去等待消息的人。她不是那种会让她女儿失望的人,她的女儿正急得直跺脚。她不是那种会认命的人。

再说,去塔恩河畔的弗洛拉克过个周末能有什么危险呢?

11

埃蕾阿

蒙马特公墓，巴黎

埃蕾阿气喘吁吁地来到蒙马特公墓的入口。不到十分钟的时间，她就跑过了勒皮克街，然后越过建在坟墓上方的不合宜的立交桥。她最终选择了芭蕾舞女演员的装束，一条短裙和一件紧身上衣。白色的天空甚至比她更优柔寡断，在若隐若现的太阳和游移不定的雨点之间徘徊。

瓦斯拉夫·尼金斯基的墓地位置被标注在一张平面图上，与其他一百多位名人一起，挂在入口处的大栅栏门旁边。22区。埃蕾阿在过道上飞奔。为了节省时间，她直线穿过两个坟墓之间的狭窄缝隙，27区，绕过一个玻璃和大理石陵墓，26区，然后到达一个大约有30级台阶的楼梯顶端。

22区！

埃蕾阿一下就发现了彼得鲁什卡瘦削的身影。

我等你。

他就在那里，坐在坟墓上，正如他在信息里所承诺的那样。

"那么，大脑，对此你有什么可说的？我们难道不是可以百分之百确定彼得还活着？"

大脑没有回答。埃蕾阿从来没有遇到过如此不讲信用的大脑！她小心翼翼地走下台阶，靠近她的爱人。阳光终于冲破了白茫茫的云雾，照得她睁不开眼。皮埃尔就在那里,在她面前,一动不动,平静地在大理石墓上等待着,他的手肘倚靠在膝盖上,张开的手掌放在下巴下面。

"皮埃尔,是我!"

埃蕾阿继续向前走,一直走到坟墓前。

她伸出手来,但彼得鲁什卡没有抓住她。

埃蕾阿把手放在他的脸颊上,但彼得鲁什卡的脸冷冰冰。

埃蕾阿吓得全身都僵住了。

"他妈的,大脑,告诉我这不是真的!?"

白色的云雾又一次笼罩住了天空。这一次,埃蕾阿得以在恰如其分的幽暗中感受到墓地的庄严,并仔细打量了解这座非同凡响的陵墓,它不仅是最著名的陵墓之一,也是最雄伟的一个:在瓦斯拉夫·尼金斯基的陵墓上,雕刻着一个真人大小的彼得鲁什卡铜像。小丑的皱边衣领、蓬松的衬衫和带流苏的花裤;脚上穿着靴子,头上戴着俄罗斯无边软帽。

"这是一个寻宝游戏,"埃蕾阿意识到,"皮埃尔逗我跟他玩呢!或者他在想你,大脑,他给你出谜语,他用这种方式告诉你,他爱你,就像爱我胸前的玫瑰文身一样。"

那他可真是太贴心了!

爱是埃蕾阿唯一愿意承认的非理性的东西。唯一一件她不需要依靠大脑的东西。皮埃尔曾想过让大脑分享他们的亲密关系吗?

"现在该你表现了。"埃蕾阿说。

谢谢! 我应该找什么呢?

"我不知道。但这事一定与那部芭蕾舞剧有关系。"

《彼得鲁什卡》?

"不,是《天鹅湖》!"

……

大脑缺乏幽默感,而且特别难以理解话里有话。

"来吧,你这个白痴,快点。只是说个梗概。"

《彼得鲁什卡》,大脑背诵道,是伊戈尔·斯特拉文斯基的一部芭蕾舞剧,我们通常说它是一部俄罗斯芭蕾舞剧,但它是在法国创作的,于1911年在夏特莱剧院首演。故事平淡得令人咋舌。在一个狂欢节期间,在一个村庄的广场上,一个魔术师赋予了三个木偶生命,分别是彼得鲁什卡、摩尔人和芭蕾舞女演员。彼得鲁什卡爱上了芭蕾舞女演员,而芭蕾舞女演员却喜欢更强壮、更轻浮的摩尔人。绝望的彼得鲁什卡向他的情敌发出挑战,他的情敌用木剑杀死了他。只有他的灵魂活了下来,并追逐赋予他生命的魔术师。

"我觉得这个故事特别唯美。但我不会让我的彼得鲁什卡变成一个幽灵。那么,开工吧!"

她更加专注地观察这个雕塑,看他衬衫上的每一道褶子,他脸上的每一道皱纹,他坐着的鼓上的每一个图案,然后看椭圆形石碑上的铭文。尼金斯基之墓。1889年12月28日生于基辅,1950年4月8日卒于伦敦。

她的眼睛往下看。陵墓的盖板上放着一打舞鞋,里面装满了鲜花和粉红色砾石。埃蕾阿感到一阵嫉妒让她心如刀割。这些舞鞋一定是那些无名的女舞蹈演员送给这位男舞蹈家的,她们可能比她更年轻、更漂亮,都崇拜着彼得鲁什卡。

她试图劝说自己。

这些歌剧院的少女爱的是铜像彼得鲁什卡，而不是她的彼得鲁什卡。不是专属于她的那一个！只要她找到他……

"嘿，大脑，你是智力衰退还是怎么了？"

她再次观察坟墓、舞鞋、大理石、鲜花，寻找皮埃尔可能留给她的最细微的信息。经过细致的检查，她只注意到一个无关痛痒的细节。刻在石碑上的元音字母被一条细细的铅笔线微微涂了颜色。

A，E，I，O，U。

这会是什么意思呢？是一个要解开的新密码，还是另一个孤独的芭蕾舞女演员平庸而隐秘的敬意？

"大脑，你有什么想法吗？"

完全没有。

"你不是已经打算放弃了吧？"

埃蕾阿永远也不会知道答案了，大脑还没来得及回答，她的珍宝在手指上振动起来。戒指变成了紫色。

她的彼得鲁什卡的新消息！

"我在听，皮埃尔。"埃蕾阿用颤抖的声音说道。

这条信息很简短。布莱恩·莫尔克的声音柔和而深沉。

> 五个元音的复数形式构成的单词将把你带到我身边。

12

纳内斯

巴尔桥村，阿登省

纳内斯屏住呼吸。

不呼吸。不动。

她的食指一直按在开关上。当那个脸被烧伤的家伙用双管步枪对准她时，她的第一反应就是关灯。他应该还站在楼梯的顶端。

黑暗只能为她争取一点时间。

争取时间干什么？

她被困在这个地窖里，布鲁诺·普鲁维尔的尸体就躺在她的脚下。如果凶手下楼来，他将毫不费力地发现她。纳内斯慢慢地转过头来，控制着自己的每一个动作。

找一个藏身之处？找一个武器？

要是普鲁维尔身上带着呢？

搜查他的尸体？

纳内斯的心脏剧烈地跳动。杀害布鲁诺·普鲁维尔的是专业杀手。他们有两个人，纳内斯对此很确定，她在通风窗后面看到四条腿。一个人关上了通往外面的地窖门，堵住了所有退路，另一个人则从楼梯口把她赶了进来。他们从地窖潜入，等着布鲁诺下来，无声无息地杀了他……或者是布鲁诺无意中撞见了他们，他们被迫要把他除掉。

说到底这又有什么区别呢？

现在，他们应该要除掉她。

脚步声……楼梯上传来了脚步声。

纳内斯弯下腰，惊恐万分。她看到一个沉重的身影小心翼翼地走下楼梯，两只张开的胳膊在黑暗中扫来扫去，盲目地用枪指着前面。巨大的枪管影子在墙上拉长。

我的上帝，她将死在这里，就像两天前的雷诺一样，不明所以、无力反抗，不能……

"阿涅斯？"

那个影子刚刚说话了！楼梯上全副武装的影子用女人的声音说话！一个不怎么有女人味的声音，生硬而微弱，但唯有一件事是肯定的，它不是那个被大面积烧伤的男人的声音。

"阿涅斯？您在那儿吗？"

"马雷尔上尉？"

纳内斯所有的紧张情绪一下子被释放了。她感到自己的双腿似乎已经支撑不住，仿佛要沿着墙砖滑落、倒下。她用一根手指紧紧抓住电灯开关，打开了地窖里唯一的灯泡。

一切都亮了起来。

架子上的档案盒、布满灰尘的酒瓶、堆积如山的啤酒桶、挂在墙上的园艺和修理工具、躺在血泊中的布鲁诺·普鲁维尔的尸体，还有凯特尔·马雷尔上尉，手里拿着枪，牙齿间嘶嘶作响。

她厌恶地看了一眼布鲁诺·普鲁维尔的尸体，然后又看了看他上方滴着血的金属架子的一角。

"这是您的证人？"上尉问，"滑倒得可真准，不偏不倚。"

纳内斯仍然在颤抖。她设法用打战的双腿站直，走了几步，在一个啤酒桶上坐下。

"这不是意外,上尉。有杀手。是两个人。您肯定把他们吓跑了。"

凯特尔·马雷尔只报以一个浅浅的微笑。她不得不考虑所有的假设。

"我看到了那两个杀手中的其中一个,"纳内斯继续说,"他的脸被完全烧毁了。没有额头,没有耳朵……"

即使是最荒唐的假设……

"没有耳朵?"凯特尔注意到,"那么我们至少可以肯定他不是来盯你们梢的。"

"他们有两个人。"

"我相信您,阿涅斯。您先冷静一下,我们都会去核查的。"

女宪兵继续搜查着地窖,注意不接近普鲁维尔的尸体。这是最起码的职业常识,保证犯罪现场的安全,不破坏任何犯罪行迹。

啤酒桶冷冰冰的金属让纳内斯的屁股感觉冰冷。

"您是怎么奇迹般地出现在这里的,上尉?"

凯特尔正在检查直通运河的那扇关闭的门。

"我只是在做我的工作,不是吗? 保护善良的人们。"

她转过身来,看着纳内斯。

"您还记得吗,一小时前,我给您打电话时,您给了我您的证人的名字和地址。我尽可能快地赶来了。我才是警察。该由我来讯问他,而不是嫌疑人。"

"我是嫌疑人?"

凯特尔低头看了看布鲁诺·普鲁维尔的尸体。

"您有可能把他从楼梯上推下去……"

Part 1　　　　　　　　　　　　　　　　　　　　　　　　　　085

她的目光从尸体上移开，顺着湿漉漉的脚印看去，在积满灰尘的地板上，脚印清晰可见，从躺着的尸体处一直延伸到地窖关着的门口。

"他们是从那儿过来的……46码鞋，看上去是。这样您就可以被宣告无罪了。"

上尉掏出了她的手机。

"来吧，"她叹了口气，"重新开始。警察、法医、年轻的天才和他们的新技术。噗……"

在按下手机上的绿色按钮之前，上尉看了看那些排列得整整齐齐的档案盒，然后又回头看了看纳内斯。

"您的证人在这个地窖里找什么？您丈夫年轻时的记忆？"

"是的，"纳内斯确认，"他在寻找一份旧报纸的蛛丝马迹，这份报纸的日期还在雷诺出生之前。"

凯特尔·马雷尔从牙缝里发出嘶嘶声。

"一份捷克报纸，"纳内斯详细说道，"一份当地版，布鲁诺不记得是哪个地方。但他的互联网浏览记录被存档了，在某个硬盘上。雷诺曾请他找到了这份大概二十五年前的报纸。"

"他妈的……数字考古学。搞信息技术的男生们一定会喜欢的。"

上尉估摸了一下地窖架子上的十来个布满灰尘的档案盒。

"还有一件事，"纳内斯说，"那个没有耳朵的家伙，我……我曾经见过他。"

"什么？"凯特尔脱口而出，"什么时候？"

"前天。他在我家门前的人行道上走着，他的头从女贞树篱笆上头露出来。尽管这条路上行人很少，但如果不是因为他的残疾，我可能不会注意到他。"

上尉严肃地盯着阿涅斯。

"妈的！如果您的说法得到证实，那就意味着您的丈夫确实是被谋杀的，您是二次犯罪的唯一目击者……而且凶手还知道您住在哪里！"

"……"

"我们必须保护您，阿涅斯！我打电话叫援兵，然后我送您回家。"

13

维姬

弗洛拉克市政厅，洛泽尔省

  从马尔热里德地区吕讷到弗洛拉克的路很好走。一个半小时，沿途都是雄伟壮丽的景观，穿越山谷，行驶在喀斯荒凉的高原上，然后一路往下到达另一条河流；一个半小时里洛拉一直在说，哇哦！看看这些石头，妈妈，它们看起来像石头妖精，还有底下的瀑布！还有池塘周围的羊群，你觉得狼会攻击它们吗？一个半小时里，她们会在每个最佳观景位停下来拍照、休息一小会儿，而在雄伟壮丽的风景点她们会休息更长时间，找个空旷的地方野餐，在大峡谷上面感受自己的渺小，这个峡谷是很久很久以前，巨人们用斧头劈出来的。

  穿过梅让喀斯石灰岩高原的西部牛仔景观之后，哦，看，妈妈，那里有小矮马！她们在午后就到了弗洛拉克。确切地说，是弗洛拉克三河镇。三条河谷在这里交汇，形成合力，穿透著名的塔恩峡谷。

  阳光下的村庄在瀑布和小桥之间熠熠生辉，鹅卵石铺就的街道和荒芜的梯田、页岩、花岗岩或石灰岩构成的高大外墙。时间似乎过得很慢，比到处发出潺潺流水声的轻快、绿色的水流淌得更缓慢、更安静。

  维姬把车停在市政厅的停车场，心急火燎地准备下车。鹅卵石在她的轮胎下嘎吱作响。市政厅的每扇窗户前都装饰着一盆开花的天竺葵，一个女人从唯一一扇开着的窗户里探出头来，用乡村警察的眼神看了她一眼。她妆容精致的眼皮在紫色眼镜后面愤怒地跳动着。她一定是把维姬误认成了新来的巴黎女人,她得教她在塔恩河谷安静地生活。

"我刚刚从马尔热里德地区吕讷过来,"维姬告诉她,以消除她的误会,"我确实是开得有点快,我担心市政厅快关门了。"

维姬介绍的时候报以一个大大的微笑,以示亲近。

"您慢慢来好了。市政厅已经关门了!"

维姬走上前去,让洛拉在布丁狗的后座和卡斯帕以及她的毛绒小马玩耍,然后透过窗台上的粉色花瓣盯着那个雇员。

"这扇窗户在我看来是开着的。"

那位员工瞪了她一眼。

"窗户也许是 …… 但门是关着的。而且我向你保证,在这里,市政厅要从门里进去。"

维姬认为最好是选择和解。如果这位雇员周六下午都在加班,那是因为她喜欢她的工作和为市民提供的服务。和她说点好话就够了。维姬连声道歉,确定她看到了车后座的洛拉之后开始滔滔不绝地说起来,而那个雇员已经重新俯身在屏幕前,似乎并没有在听。

"我很抱歉。情况有点特殊。我在寻找一个男人,他肯定是在这里长大的。我想知道您是否有任何记录,或档案,或……"

"周一再来吧! 那时候秘书会在。我只负责财务。"

戴紫色眼镜的女人没有抬头。

"周一,"维姬坚持说,"我女儿要上学。我只有今天和明天在这里。"

洛拉已经下了车来找她。

"明天是星期天,大门还是不会开。而且我不在这里过日子,这扇窗户也会关上。现在，请别打扰我了。"

财务……维姬很同情她。她也经常面临这样的苦差事，但她不确定这位需要计算折旧率、社会保险金和综合扣减的同病相怜的人是否会帮助她获得她想要的信息。

她都准备要放弃了。毕竟，她也许会在弗洛拉克找到另一个更愿意给她提供帮助的人，这时她感觉到洛拉在拉她的袖子。维姬举起女儿，把她放到窗台上。

"夫人？"

洛拉轻轻地推开眼前扎得她直痒痒的天竺葵花丛。

"我们在找我爸爸。"

雇员的食指停在一个按键上。几十个 Excel 页面滚动着，她没有让它们停下来。

"你爸爸？"

"是的，他在这里上过学。他的名字是汉斯·贝尔纳。"

"嗯……你找他很久了吗？"

"不是，没多久。他刚给我们寄了一张从日本来的明信片。"

"从日本？"

维姬都快喘不过气了。干瘦的市政厅雇员的紫色眼睛微微泛潮。

"是的，他开一辆大卡车。他经常去澳大利亚，也去中国。"

"你知道吗，亲爱的，"会计说，"我也是这里的新人。三个月前刚来。因此，如果你爸爸曾在弗洛拉克上学，我不认识他。但你可以去找马里奥塔先生。他是个老教师，一直在这里教书，他一定会记得他。来，我把他的地址和电话号码给你。"

"谢谢！"

维姬简直不敢相信。洛拉用三句话就找到了一个可能认识汉斯的证人！这名雇员再次专心致志地敲起了键盘。

"你能抱我下来吗，妈妈？"

维姬把女儿抱下来，但没有离开。会计只是眨了眨紫色的眼皮，一脸严肃地转向她。

"还有什么事吗？"

"是的。今天晚上，我们想在这里过夜，您有推荐的地方吗？"

对洛拉来说，塔恩桥营地一定像个小天堂！维姬看着她和卡斯帕在泳池边跑来跑去的时候，就是这么想的。洛拉没有机会经常度假。夏天是山柳菊农庄最忙的时候，所以洛拉七八月都在马尔热里德地区吕讷，盖小屋、抓蚂蚱、追兔子，或者喂小马。她甚至不知道有水滑梯的存在。

弗洛拉克市政厅的会计最后告诉她们，塔恩桥营地还在营业，然后就继续忙起了她的账目。维姬很顺利地订到了当晚的一间木屋房，一个木头立方体，洛拉说它看起来像一个真正的娃娃屋，可以看到卵石河滩、河流和卫生设施。

前台的男人也没有听说过汉斯。他七年前才接手管理这个露营地，所以维姬没有坚持问下去。她坐在洒满阳光的小露台上的一张塑料椅子上，给退休的小学教师马蒂厄·马里奥塔打电话。

铃声一响他的妻子就接起了电话，小声说马蒂厄正在睡午觉，"不，不能叫醒他，他的午觉是雷打不动的，就像他吃完点心后要散步到屈埃扎克，然后看电视上的新闻评论节目一样，但明天早上，是的，他会醒的，他起得很早，中午之前是他精力最充沛的时候，如果您要找的是很久远的回忆的话。"

维姬全部都答好好好。

约好明天早上在马蒂厄·马里奥塔家见面。如果汉斯真的在这里长大,老师肯定会记得他。

挂断电话后,维姬尽情地享受着阳光洒在她金色的皮肤上,尽管在山柳菊的户外度过了一个夏天,她的皮肤还是没有晒黑。在农庄里,节奏总是太快,她从不允许自己停下来。她正准备从包里拿出那张日本明信片再看一遍时,洛拉跑了回来。

"妈妈,妈妈,我可以去游泳池吗?我交了个朋友!"

一穿上游泳衣,给游泳臂圈充满气,洛拉就离开了。维姬一边浏览明信片,一边专心地看着她。

我永远爱你们,你们俩。

这些话听起来像是汉斯说的,但她能确定吗?汉斯是消失在了地球的另一端还是就躲在附近?

不要试图来找我,去找我太危险。

汉斯在害怕什么?他想保护她们免受什么伤害?

自从他们从马尔热里德地区吕讷出发后,有好几次,维姬都觉得自己被人跟踪了,一辆灰色的车,总是同一辆,不远不近地跟着她,却从来没有超过她,保持着足够的距离,让她无法确定地认出它。

维姬忍不住一直盯着她的后视镜,同时咒骂自己的愚蠢行为。她不会要开始怀疑所经过的每一辆灰色、白色或黑色的车吧!此外,在这个没什么人的家庭营地里,在这个美好的九月的周末,在令人头疼的铁球的碰撞声中,在更加温和的乒乓球声中,在木屋周围烤肉的香

Trois vies par semaine

味中，她们能出什么事呢？

为了停止反复思索同样的问题，维姬掏出了她的手机。她的目标是找到尽可能多的关于弗洛拉克的信息，并识别任何其他有可能证明汉斯的过去的人：一个邮递员、一个足球教练、一个面包师……

"妈妈，妈妈！"

洛拉已经回来了，身边有一个和她同龄的女孩，脚上穿着同样的凉鞋，手臂上绑着同样的臂圈。

"妈妈，我有好朋友了！她的名字叫玛侬。"

玛侬一笑露出所有的乳牙，显然她和洛拉一样为找到了一个玩伴而高兴。

"你好，玛侬。"

"看，妈妈。玛侬正在和卡斯帕的弟弟玩耍！"

女孩点了点头，递过来她的娃娃。洛拉也照做了。两位妈妈为她们的宝宝感到骄傲。

维姬惊讶得差点从她的塑料椅子上摔下来。

玛侬的卡斯帕和洛拉的一模一样！

同样用赛璐珞做的有尖尖鼻的面孔、同样的格子呢衣服、同样的帽子，只有那双蓝色的眼睛不一样。和卡斯帕一样，玛侬的木偶也是一个手工制作的木偶，手缝、手绘的，其自动装置内的复杂机械结构也坏了。

这个女孩怎么会拥有同样的玩具？

维姬一直以为这个奇怪的木偶是一件独一无二的作品，是汉斯在他的某一次旅行中在欧洲的一个偏远地区发现的……

对这些想法毫不知情的洛拉和玛侬已经再次跑向了儿童游泳池。维姬远远地跟着她们，一边走一边试图找到玛侬的父母。她开始在脑子里盘算如何在不引起怀疑的情况下询问他们。这不会很困难，任何父母都会对发现这样两个双胞胎娃娃感到惊讶。

当她到达游泳池旁边时，十几个孩子正在小池子和充气攀爬设施之间穿梭打闹。

洛拉坐在一个小弹簧独角兽上扭来扭去。没有玛侬的踪迹。

"宝贝，你的小伙伴走了吗？"

"是的，妈妈，她已经回去了。她爸爸来接她了。她不是在度假，她就住在这里。"

14

埃蕾阿

蒙马特公墓，巴黎

五个元音的复数形式构成的单词将把你带到我身边。

埃蕾阿让她的珍宝又读了一次短信，要求她提高音量。她的手机用低沉的嗓音重复着这十二个字，声音消逝在蒙马特公墓里。这个地方荒无人烟，或者说只有一些已经老去，也许已经失聪的老太太经常来造访，她们在这些年代久远的坟墓前扎了根。

埃蕾阿把她的戒指举到嘴边。

"再说一遍，我的珍宝。"

五个元音的复数形式构成的单词将把你带到我身边。

这句莫名其妙的话是什么意思？ 她的彼得鲁什卡就不能说得更清楚一点吗？

但她还是心甘情愿地同意和他玩寻宝的游戏……在这第二条短信之后，她已经彻底放心了！皮埃尔还活着，并且在和她逗乐。他在某个地方等着她，她只需要破译这个谜语。

埃蕾阿再次打量着瓦斯拉夫·尼金斯基的雕像，他穿着大号的彼得鲁什卡剧服，漫不经心地坐在坟墓上，似乎也在思考这个谜语。或者是在做梦。在过去的六十个小时里，她是如此害怕寂静，害怕在她的脚下、在她的手指间张开的空虚，她疯狂地等待皮埃尔给她写信，寻找解释，打消其中最糟糕的念头：皮埃尔，成了一场致命事故的受害者。

埃蕾阿把坟墓抛在脑后，抬头看了看天空，既非黑云密布，也不是晴空万里，只是一块白色的大屏幕。所以皮埃尔想玩？现在是时候来证明她确实是一个具有非常高智商的阿斯伯格女孩了！也是考验她最宝贵的盟友的时候了。

"这是给你的任务，大脑。"

埃蕾阿在坟墓前轻轻地随风摇摆，沉浸在与自己的对话里。

"你准备好了吗，大脑？"

在蒙马特公墓里，除了她，其他的一切都不存在了。

"给我列一个只包含五个元音的单词列表。"

不可能！大脑断然回答，法语中没有一个单词是只由五个元音组成的。至少需要一个辅音，如果可能的话，得好几个。

"我不管这些，大脑，我的彼得鲁什卡只说了五个元音！复数形式！你想让我找珍宝列出所有带 A，E，I，O 和 U 的单词吗？"

噗！你的珍宝只会复读她在网上读到的一切。唯一在这里思考的，是我！五个元音，复数形式，可能意味着你必须加上一个 S。

"好样的！"埃蕾阿讽刺地说道，"必须在复数上加一个 S。这是个配得上很高很高智商的推论！"

完美！这样的话，现在我们就有以下字母：A，E，I，O，U 和 S。

"五个元音和一个辅音。谢谢你，大脑！剩下的事情就交给互联网。"

埃蕾阿又把戒指放到她的嘴边。

"珍宝，打开字谜词典，我正在寻找所有……"

"OISEAU！（鸟）！"

"你说什么，大脑？"

鸟。不必上网搜了。相信我，这是唯一可能的词！

埃蕾阿原地蹦了起来。她觉得自己像一只刚学会飞翔的麻雀一样轻盈。她犹豫着要不要拥抱铜像彼得鲁什卡，后者一如既往地沉默不语。

"你是最棒的，大脑！鸟，一定是它。接下来我们做什么？这个词将你带到我身边。我们得跟随一只鸟，是这个意思吗？"

她环顾了一下墓地周围。黑色的影子在她周围飞舞。几十只乌鸦在坟墓之间喧闹，它们在十字架上停留几秒，然后飞快地藏身到小路两旁最高的树枝上。

她那爱开玩笑的爱人也把自己藏在树叶里，想给她一个惊喜吗？

埃蕾阿仔细观察着枫树和栗树，发现那里不可能藏人。她的彼得鲁什卡说的肯定是另一只鸟。

"我还是需要你，大脑。除了这六个字母之外，我们还有什么其他线索？"

大脑想了想，但一无所获。当她的大脑像一个陀螺一样旋转，没有任何东西可以阻止她的思想无休止地循环时，埃蕾阿总是感到一种可怕的空虚。她感觉自己好像只是一台电脑，发奋解决一个无解的方程式，直到将自己的电极一个又一个地烧毁。

她感到一阵眩晕，她把目光投向她能看到的东西。她面前的坟墓。坐着的彼得鲁什卡的雕像。墓碑上写着瓦斯拉夫·尼金斯基，1889—1950……

"颜色，大脑！"阿斯伯格女孩突然喊道，"看，刻在石头上的元音已经用铅笔画出来了。字母 A 是黑色，E 白色，I 红色，U 绿色，O 蓝色……就像……就像兰波的诗里一样。"

我正想说呢！大脑为自己辩解，有点气恼。

"很抱歉，我求助了我的即时记忆。我要把你留到情况更加困难的时候。瞧，例如兰波，这让你想到了什么？"

呃……沙勒维尔-梅济耶尔，亚丁，魏尔伦，军火贩卖，《醉舟》《幽谷睡人》《地狱一季》……

"好的，大脑！"埃蕾阿打断了它，"我在找一只鸟，但不是一只给我背诵维基百科的鹦鹉。专心点！"

……

"大脑？你在吗？"

很抱歉，我在我知道的所有兰波的诗里找。我尽可能地回想我们最久远的记忆，一直回溯到我们十五岁的时候，但我没有看到任何鸟的痕迹。

"不要紧，大脑，我去问我的珍宝！"

落败的大脑这次没有抗议。埃蕾阿把嘴唇靠近无名指。戒指闪烁着蓝色的光芒，然后响起科特妮·洛芙的声音——这是她最喜欢的女歌手，也是她选择用来阅读维基百科页面的人——用坚定的声音回答她。

阿蒂尔·兰波，在他的整个童年时期，拥有一只想象中的鸟。一只五颜六色的鸟，他在十五岁的时候为它写了第一首诗。根据小说家萨拉·科恩-斯加丽的说法，正是这只鸟激发了他逃离令他窒息的无聊生活。阿蒂尔·兰波给他的鸟起了个绰号叫巴乌。

Trois vies par semaine

巴乌？

埃蕾阿跌坐在了坟墓上，几乎倒在了她的铜像彼得鲁什卡的腿上。

巴乌？

这是位于阿朗松的那家书店的名字，她十五岁时曾进去过这家书店。她就是在那里发现了那本粉丝杂志，《我写下寂静》。兰波的诗句，那时候她就听说了。她正是在这本粉丝杂志上读到了皮埃尔的第一首诗。正是这些文字，皮埃尔的文字，激发她想逃离让她窒息的烦恼。

这就是她的彼得鲁什卡想要的吗？让她回到那里去？去阿朗松？

"我的珍宝，"埃蕾阿轻声说，"你能给我阿朗松的巴乌书店的电话号码吗？"

她的手机不同寻常地花了好几秒钟搜索，然后科特妮·洛芙用一种遗憾的声音说道。

阿朗松没有巴乌书店。

埃蕾阿叹了口气。为什么她的彼得鲁什卡会想出这么复杂的寻宝游戏？

"好吧，我的珍宝，在整个法国寻找巴乌书店。"

这一次，结果瞬间就出来了。

巴乌书店，巴黎维尼斯街3号。

埃蕾阿跳了起来。

"我们走吧，大脑！"

位于巴黎第四区的维尼斯街，离墓地有九站地铁的距离！

15

纳内斯和凯特尔

菲代勒堡，阿登省

凯特尔·马雷尔站在窗前。她看着雨点不断地落在杜瓦尔花园里。孩子们在滑梯下的草地上踩出的坑，正在变成泥坑。

"什么鬼天气！"上尉咒骂道，"通常这种天气下不会有杀人案。只要是看过电视剧的人，哪怕白痴都知道，没有比湿漉漉的路边、潮乎乎的碎石车道或浸湿的门把手更能说话的证人了。我们甚至可以从流过您鼻子的雨滴中获得DNA，不过我也是听说……"

上尉陪同阿涅斯·杜瓦尔回到她在菲代勒堡的家，并坚持要进去。绝不能让她一个人待着！而且她还有问题要问她，很多的问题。

在离开巴尔桥村之前，他们等着热雷米·博内罗中尉和其他五名宪兵过来，并勘察了犯罪现场。初步证实了纳内斯的说法。两名身份不明的男子从外面破门而入，进入地窖，并可能在此之前躲在楼梯上偷听了他们的谈话。他们在布鲁诺·普鲁维尔下地窖时袭击了他。是这位电子技术员撞见了两位不速之客，还是杀手们设下陷阱谋杀了他？没有任何证据能回答这个问题。

在现场没有发现任何武器，但法医证明布鲁诺·普鲁维尔曾被一个尖锐的金属物体击中。他的脸是在事后才撞到了架子角的，在他倒地的时候，也许是被凶手推了一下，从而使袭击看起来更像一场意外。

对现场的勘察、脚印以及没有凶器的情况，都从理论上证明了阿涅斯的清白。但是，没有任何指纹可以确定凶手的身份……要么他们戴着手套，要么他们的手指和他们的脸一样被烧焦了。"

如果纳内斯没有说谎的话，这是很有可能的。她必须尽快去宪兵队，画出嫌犯素描像，但刻不容缓要做的事情还有很多：将现场脚印与在艾蒙四子观景台发现的脚印进行对比，询问邻居，尽管又是雾又是雨的，证人不会有很多，并仔细搜查布鲁诺·普鲁维尔的所有计算机档案，以获得这份至关重要的报纸。这将需要几天时间，也许是几周。

"您在犯罪现场不是更有帮助吗？"纳内斯很焦急。

阿涅斯坐在凳子上，推开吉尼奥尔，看着玻璃花瓶里的皮埃罗和高隆比娜。重回她的日常环境中让她感到平静。一点点。

"我只会碍他们的事，"上尉请她放心，"热雷米，也就是博内罗中尉，很年轻，他喜欢这些，取样，装进试管，轻轻一晃。他从来没有离开过沙勒维尔，而且他自认为是电视剧中的英雄，我不会剥夺他的爱好。而且我提醒您，这个面孔烧伤的人，他可能还会回来在您的房子前转悠，我必须让您得到警察的保护。所以我还不如节省我们微薄的人力，我在审讯的同时也保护您！"

"作为一名警察，您很奇怪。"

"现在是该您来问问题了吗？"

"抱歉。职业病……我的工作也是为我的小春苗们建立心理档案，就是我收留的那些迷途的孩子。为教育工作者、儿童法官、儿童福利机构提供报告。"

上尉一直在透过窗户观察雨势。树木繁茂的阿登高原朝比利时方向缓缓地抬升。纳内斯的房子仿佛是棕色海洋中一只迷途的木筏。

"所以您认为，我们大体上做着同样的工作？"

……

"只是我的工作是把人送进监狱。而您，阿涅斯，是阻止那些青少年进去。"

……

宪兵似乎要敞开心扉，纳内斯不敢插话。

"这就是我们之间的区别。我不喜欢任何人，职业病，而您喜欢所有人。"

"对那些没有耳朵的大面积烧伤的人，我还是感到有点不适。"纳内斯反驳说。

"我对此不能确定！ 您的生活，是修复破碎的心、问题儿童和脸上受伤的伤员。您获得幸福的诀窍是以他人的痛苦为滋养。"

纳内斯正要起身抗议，但凯特尔·马雷尔用手示意拦住了她。

"这是一种赞美，阿涅斯。一个真正的优点。我真希望能像您一样。在粪堆上让鲜花盛放。凭我此生中见过的所有垃圾，我将会是地球上最幸福的人。"

上尉又用另一个专横的手腕动作让纳内斯明白，她应该继续让她说话。

"我打听过您的情况，阿涅斯，您应该已经猜到了。人们对您的评价众口一词。您是个圣人。每个人都知道纳内斯，阿登地区的特蕾莎修女。您心地善良，一心保护您的小春苗们，帮助当地的'大众救济协会'，为食品银行推小推车，而且小巧可爱像个糖人面包✖。总之，您不具备因嫉妒而杀死

✖ 瓦隆地区的一种小松软面包，上面有一个石膏或粉红色的杏仁蛋白软糖形状的襁褓中的婴儿耶稣。

Trois vies par semaine

丈夫的精神变态狂的特征，也不会雇杀手来做这件事并消灭证人……我也许弄错了，但是请注意，在调查中，必须向前迈进，下注，不能到处留下疑问。所以，还是咱们俩合作吧，让年轻人去玩内政部长在新学年送给他们的侦探工具吧。"

凯特尔一屁股坐在了椅子上。

"我们可能还需要很久，您有提神饮料吗？"

纳内斯在桌子上放了两瓶智美金啤酒，一些醋渍薯片和一些阿登的干火腿。凯特尔已经打开了她的笔记本电脑。

"那我们就开始吧！"上尉说道，"从环法自行车赛开始？沙勒维尔－梅济耶尔、巴黎和洛泽尔？您的丈夫在这里度过了他的童年和青少年时期，在沙勒维尔，和他的母亲一起。我们有足够的证据可以确定，而且布鲁诺·普鲁维尔也向您证实了这一点，他从巴亚尔中学开始就认识雷诺。但根据布鲁诺·普鲁维尔告诉您的，雷诺还知道洛泽尔所有的徒步旅行路线，以及巴黎的博物馆、地铁站和街道，就像他在那里长大的一样。要知道，根据另外两个驾驶证，这个汉斯·贝尔纳出生在洛泽尔，这个皮埃尔·卢梭出生在巴黎，很难相信这是一个巧合。法国的这三个地方相隔一千多公里。阿涅斯，您知道什么能把他们联系起来吗？"

纳内斯摇了摇头。她一生中只去过三次巴黎，而她去南方的那几次，在到达地中海之前，她从未离开过A4、A5、A6和A7高速公路。

"也许答案就在雷诺想找的那份报纸的当地版上？那是一座捷克城市的报纸，城市的名字让布鲁诺·普鲁维尔想起了一个啤酒品牌。"

凯特尔喝掉了一半的智美金。

"同意，阿涅斯，我们飞到波希米亚去！我再增加一千公里的路程。世界上有一万多个啤酒品牌，而捷克人是这个星球上最大的消费者。他们喝的甚至比比利时人还多，我向您保证，我核实过了！我打算让一个瓦隆的实习生来负责这个事情，这会让他感到很高兴，但我不太相信他一下子就能找到。至于这份报纸，我们没有任何日期，甚至不知道年份。"

"是在雷诺出生之前。"

"所以在1977年之前。在铁幕倒塌之前。当时的捷克斯洛伐克是东欧阵营中最封闭的国家之一，要得到它得花费很大力气……"

她看着她的智美金上的标签。

"在离这里二十公里的地方酿造的！为什么总是要把事情搞得复杂化？我得向您承认一些事情，阿涅斯。在这次调查之初，我以为我们只是在处理一个关于偷腥的故事。您的雷诺找人伪造了证件，这样他就可以安安稳稳地和他的两个情妇度过美好时光了。只不过这些证件却不是假的！而且您说的没有耳朵且大面积烧伤的男人也不完全符合一个嫉妒的丈夫的特征。那么，剩下还有什么假设，可以解释为什么三个不同的人会拥有同一张脸？"

纳内斯不知道该说什么。她的嘴唇几乎没有沾到啤酒。几乎是出于条件反射，她抬头看天花板，朝着芭蕾舞女演员、舞蹈家和持刀士兵的方向。

"承认吧，阿涅斯，您和我一样想到了这点。三胞胎！其中两个一出生就被您的婆婆米拉娜·杜瓦尔抛弃了，就像一窝数量太多的猫崽。您知道我想说的意思，阿涅斯，完全一样的三胞胎！但除了这三个孩子出生在三个不同的城市外，我们还有一个问题。当我做调查时，我了解到真正的三胞胎，那些看起来像三滴水一样相像，来自同一个卵子的单卵多胞胎，并且共享同一个胎盘，是非常罕见的。粗略地说，不到十五万分之一的出生率。这意味在法国每年最多只有三到四例这样的三胞胎。翻找档案并不难：以一个的代价生出三个孩子，这样令人惊喜的三胞胎相关的家庭，没有一个与您丈夫的家庭相符。我们打算把搜索范围扩大到国外，但坦率地说，我并不相信会有结果。"

"我也不相信。"纳内斯附和。

她仍然没有开始喝她的啤酒。凯特尔羡慕地盯着那瓶啤酒。她的瓶子已经空了。

"让我们来回顾一下，"上尉焦躁地晃动着电脑上的鼠标，"一方面，我们有证据表明您的丈夫对您撒谎了，至少在他的部分工作安排上。他每个月有一个星期可以做他想做的事，可能因此就变成了那个汉斯·贝尔纳和皮埃尔·卢梭，这两个目前为止我们还没有任何踪迹的幽灵。但另一方面，还有您了解的那个雷诺，一个多情的丈夫和尽职的父亲，一个忠于母亲的独生子，一个本地男孩，像您一样，一个好人……那么告诉我，阿涅斯，您丈夫的秘密是什么？"

纳内斯什么也没回答。她只是一个接一个地看着她周围的木偶，直到把眼光停在她床边的马尼卡的红头发和她的狗泽里克身上的白羊毛上。这些哑巴证人，这几十个由米拉娜创造的作品，是否比她知道得更多？

当纳内斯迷失在她的思绪中时，上尉已经站了起来。她手里拿着电脑的电源线。

"您有插头吗？"

"当然有，但是……"

"我快没电了！如果我想坚持到晚上，我必须给我的笔记本电脑插上电源。"

出于惊讶，纳内斯拿起啤酒，送到嘴边。

"您是要住在这里吗？"

"是的！远程办公！这是现在流行的！在办公室里，这些年轻人整天在复印机和咖啡机之间跑来跑去，我根本无法集中精力。他们惹恼我，而我对他们大呼大叫更让他们厌烦。他们知道自己该做什么，如果需要的话，该怎么联系我。而且我告诉过您，这省去了我为确保对您的保护而安排一个同事留在这里的麻烦。我和您在一起感觉很好，阿涅斯，这一定是因为您身上有以马内利修女[✗]的一面。"

"如果您住在这里，您就得像其他人一样，叫我纳内斯！"

"我可不这么认为，不。"

"还有，用你我相称！"

"更不行了！您愿意跟我一起工作吗，阿涅斯？"

"……"

"您会看到的，这并不难。我们让博内罗中尉去尝试美国式的办案方法，我们则坚持用好的老办法。"

她从她的公文包里拿出三张驾驶证的复印件。

雷诺·杜瓦尔

汉斯·贝尔纳

皮埃尔·卢梭

"我们一直在他们的地址周围寻找线索，但始终没有任何发现。但是，有关省市已经确

✗ 以马内利修女（Soeur Emmanulle），天主教修女，是法国最受敬重的女性宗教领袖，被尊称为"穷人的守护天使"。

106　　　　　　　　　　　　　　　　　　　　　　Trois vies par semaine

认这三张驾驶证确实是在注明的日期签发的,好像汉斯·贝尔纳和皮埃尔·卢梭真的存在一样。因此,我们只有最后一个信息可以着手了……"

凯特尔把手指放在其中一张复印件上,在名字行和地址行之间。

"出生日期和地点!法国是一个拥有高效的政府部门和一支敬业的公务员队伍的国家,他们不会前后矛盾,不是吗?那我们就去找找吧!"

纳内斯满怀伤感地盯着皮埃罗和高隆比娜。

"找什么?"

"汉斯和皮埃尔不是真正的婴儿的证据!但是不要心存任何幻想,阿涅斯,您的丈夫已经死了。即使他生前假造了身份,他也不能因此而复活。而汉斯和皮埃尔一定是和他一起死了。我们不可能复制他的生命!"

16

维姬

塔恩桥营地,弗洛拉克

"我饿了,妈妈!"

"耐心点,我的宝贝。"

塔恩桥营地提供可以外带的小吃:比萨、香肠、薯条和帕尼尼。维姬通常禁止她的女儿吃这些垃圾食品。在马尔热里德有充足的优质农产品,但就这一次……

维姬显然不是唯一一个向便利妥协的人。二十来个露营者在烤炉前排着队等候,分享着营地主管慷慨提供的一杯玫瑰酒,好让他们耐心等待。

"我可以去玩吗,妈妈?"

"不,不会太久的。"

"哦,看!"

洛拉的声音非常小,就像她想分享一个秘密一样。

"怎么了?"

"那边的两位先生,比萨炉前面,他们很奇怪。"

洛拉用手指着,维姬的眼睛顺着她的方向看去,然后她立即放下了女儿的手臂,既困惑又尴尬。

"洛拉,我们不能这样指别人!"

"但是你看到了吗,妈妈,他们……"

维姬也试图把目光移开，但也很难做到。那两个等比萨的男人的脸完全被烧毁了。第一个人只有鼻子、眼睛和嘴唇幸免于难。第二个人的耳朵和额头没有受到影响，但他脸上的其他部位同样被烫起了水泡。从他肿胀的脸颊上戴着的黑色墨镜和他挂着的白色手杖可以看出，他的眼睛已经永远睁不开了。

"轮到你们了！"比萨饼师傅说。

维姬对这个突如其来打乱她注意力的消息感到很高兴。她点了一个皇后比萨和一个塞文比萨。

"您没必要带着您的女儿在烟雾中等。给我留一个您的号码，比萨烤好了我就给您发短信。"

她们很快就走了。维姬拉着洛拉的手，请她不要转身。等她们走远了，维姬蹲在女儿面前，用低低的声音跟她说。

"这两位先生一定是遭遇了意外。他们一定遭受了很多痛苦。你知道吗，我的宝贝，当有人与众不同时，我们不应该害怕他们。要对他们好一点。"

洛拉骄傲地直起了身。

"我不怕他们，妈妈！"

17

埃蕾阿

巴乌书店，巴黎维尼斯街

埃蕾阿推开了书店的门。这家店隐藏在一条鹅卵石铺成的街道上，街道非常狭窄，天空只能从屋顶之间透进来一道细细的光。昏暗的橱窗里陈列着布满灰尘的天书，令人好奇却并没有让人想进去看一眼的想法。

这是比阿朗松的书店更凄凉的装潢，埃蕾阿想，然而，她对挂在书之间的俄罗斯、中国或日本的木偶有一种近乎创伤性的青春期记忆。

书商站在收银机后面，穿着一件整洁的棕色格子呢外套，打着绿色天鹅绒蝴蝶领结。她一眼就认出了他，尽管他已经老了很多。他干瘪的脸上布满了深深的皱纹，但岁月并没有让他秃头上山雀般的小辫子褪色，也没有模糊他那打探的目光。

"您好，埃蕾阿！"她一进门书商就说。

阿斯伯格女孩惊讶地跟跄了一下。她差点抓掉了挂在她面前的一条中国龙，但最后还是抓住了一摞旧地理书。

"您还记得我？"

"当然。读诗的少女很少见。而像您这样漂亮的就更少了。"

埃蕾阿不由自主地感到脸红了。她讨厌这样！特别是在一个至少有七十岁的笑眯眯的男人面前。她结结巴巴地说了几句傻话，说完就后悔了。

"真奇怪，在这儿重新找到您的书店，我是说在巴黎，离我住的地方这么近。"

巴乌又露出了神秘的笑容。

"也许您进入的是一家有求必应书店？就像在霍格沃茨一样。您梦见一本书，然后我就出现了，为了让您能找到它。"

一家有求必应书店？就是这样！埃蕾阿讨厌哈利·波特、星球大战、中土世界和所有那些必须与其他数十亿粉丝分享的幻想世界。

"好吧，我已经不是少女了！我再也不相信魔法书，更不用说那些会说话的东西。"

她故意看着挂在她面前的漂亮的日本娃娃。

"真的吗？"书商嘲讽地乐了。

突然间，埃蕾阿感觉到娃娃的嘴唇在颤动，它的手臂开始动了。

"不要害怕，"巴乌安慰她说，"这是一个机械玩偶！一个日本的机械人偶，一种可以追溯到十七世纪的传统艺术。这些制作精良的自动木偶能够行走，也能端茶倒水。顺便说一下，ningyō 既可以表示娃娃，也可以表示木偶，就像在许多其他国家一样。您注意到了吗，埃蕾阿？木偶用英语可以说 puppets（娃娃）、意大利语是 pupi（娃娃）……"

他在取笑你！大脑确定地说，他在用长篇大论麻痹你。

"没有，"埃蕾阿坦承，"但是请您不要再开玩笑了，回答我。您在这里做什么？在巴黎？"

书商平静地盯着她，用他那双清澈的眼睛炯炯有神地盯着她，他的眼睛是罕见的蓝色，有点接近珍珠灰。

"我几年前搬来了这里。在这里开店不是每个书商的梦想吗？在巴黎随便一个街区，都比其他地方一整个省的读者要多。"

埃蕾阿慢慢地朝商店深处的收银台走去。她越往书架里面走,商店就显得越黑暗。为什么要在如此狭窄的街道上建一个纵向的商店?阳光一定没有她走得那么远。

在一个显眼的展示架上,她发现了那本粉丝杂志,《我写下寂静》。

封面与她青少年时如此频繁翻阅的那一期不同。这么说来,这个老疯子多年后还在出版这本杂志啊!

她试图尽可能快地思考,不受大脑的干扰。

这个书商肯定知道她的彼得鲁什卡设计的寻宝游戏。他是他的同伙。他会递给她一个信封、一个暗示或一个字谜,引导她进入下一个阶段。你的游戏什么时候结束,皮埃尔? 我想要的是你的双臂,仅仅是你的双臂。

"您在找什么吗,埃蕾阿?"

"是的。我的朋友,皮埃尔·卢梭。您认识他吗?"

书商只是给了她一个遗憾的微笑,甚至懒得让它变得捉摸不透。

"也许吧。我不记得他的名字,但我看到有很多顾客进来。"

哦,你看到了吧,大脑说,我可以肯定,他在嘲笑你!

"是他让我来这儿的。"埃蕾阿克制地说。

"我并不感到惊讶。很少有人会偶然地进入我的店铺。"

浑蛋!

埃蕾阿别无选择,只能让大脑闭嘴,并接着玩游戏。

"您一定注意到他了,"她强装礼貌地坚持说,"他总是非常优雅,身材高大、修长。他走起路来就像一个被命运眷顾的自动木偶。他有一双令人惊奇的灰色眼睛,有点像您的眼睛的颜色。"

"在我这个年龄,您知道,我们已经不怎么看男孩了……连女孩都很少看。"

埃蕾阿的耐心通常非常有限,当谈话持续很久时,更是如此。她用乌黑的双眼盯着书商。

"不要再嘲弄我了!皮埃尔曾经在您的粉丝杂志上发表过文章!我甚至请您为我转交过给他的一封信!"

"啊?那他回复您了吗?"

"是的!"

确切地说,回复了8759次。大脑在她的脑海里说。

"我为您感到高兴,"书商表示,"您可以看到,我的小杂志还在出。请您拿一份吧。"

埃蕾阿犹豫了一下,然后再次提高了音量。

"够了!告诉我真相!您为什么会知道皮埃尔的地址?您为什么要发表他的诗?"

她举起手臂,忍住不去摇晃悬在她头顶的听话的机械人偶。

"为什么您的书店里挂满了这些木偶,而皮埃尔扮演的最有名的角色彼得鲁什卡也是其中之一?"

书商仍然不动声色。他用柔和的声音回答,同时用指尖检查他的小辫有没有在暴风雨中倒下。

"一个偶然,埃蕾阿,我向您保证。一个幸运的巧合。木偶艺术是所有其他艺术的概括。文学、舞蹈、雕塑、绘画、戏剧,当然还有诗歌。请拿着这本粉丝杂志,埃蕾阿。"

埃蕾阿明白了。这个书商已经得到了指令。保持缄默,把杂志给她。为什么她的彼得鲁什卡要跟她玩这样一个残酷的游戏?

"求您了,"埃蕾阿按捺不住自己,"至少告诉我皮埃尔是否还活着!"

书店老板不为所动。

"至少告诉我他在哪里！他好不好。我是不是可以写信给他，他会不会回复我。我求求您，回答我。"

老男人缓缓地伸手去拿那本诗集，硬塞给埃蕾阿。

"我很抱歉，我没有其他可以告诉您的了。但是拿上它，拿着。"

埃蕾阿的手指抓住杂志。它们颤抖着，然后渐渐地平静了下来，仿佛纸张有一种治疗的功效。埃蕾阿恢复了平静，书商不会对她再多说什么了。面对她的固执，这是一种屈从的方式。

她往外朝着威尼斯街的亮光走去，但在推开门之前，她最后一次转身。

"是不是只要我一出门，您的书店就会魔术般地消失？"

扎小辫的书商回赠给了她一个令人无比困惑的微笑。

"也许吧。我跟您说过，您进入的是一家有求必应书店。现在就看您的了。"

埃蕾阿急匆匆地走在街上，手里攥着那本卷起的杂志，非常恼火。

真是滑稽，这个书商！他以为自己是谁？这个微不足道的诗人，头上顶着小辫子，一副魔法师梅林的模样，打着补丁的木偶像万圣节的蜘蛛网一样挂在店内的天花板上。

显然，他的彼得鲁什卡和这个书商是同谋！

这场愚蠢的寻宝游戏的下一步将出现于……这本粉丝杂志中。

最后一步？

埃蕾阿甚至在不知不觉中走向了最近的广场，圣雅克塔广场。她推开小门，就近在一个空的长椅上坐下。几位母亲看着她们的孩子，恋人们在草坪上接吻，亚洲游客在等着登上哥特式大塔，欣赏巴黎的全景。她记得有一年夏天曾和皮埃尔一起登上过那里。

埃蕾阿驱赶掉正要露头的忧愁；这些旁观者的快乐幸福让她感到害怕。她从口袋里拿出两个耳机，把它们塞进耳朵里，没有把线插到手机上。这样一来，她就可以和大脑静静地聊天，而不会被当成一个疯子。再说，她确信，大多数在街上用手机、领夹麦克风或耳机自言自语的人都是狡猾的骗子，他们实际上只是在和自己的大脑交谈。

"那么大脑，你怎么看？"

这个书商认识皮埃尔，这很显然。但皮埃尔对他来说，可能只是一个富有诗意的顾客，与他性格投契，或者……

"或者？"

或者他们之间有更隐秘的联系。

"就是说？"

你完全知道我想说的意思。你看到他的灰色眼睛了吗？

"是的。而且我的彼得鲁什卡从未跟我说起过他的父亲。巴乌可能是我的……公公？"

为什么不呢？皮埃尔一直在寻找一种别出心裁的方式来把你介绍给你的公婆……接下来会是谁？你的婆婆？他的姐姐？他的弟弟？来吧，给我打开杂志，让我们来了解一下这个新的谜题。

这本粉丝杂志只有十来页。埃蕾阿把它展开，目光正好直接落在她想找的那页上，仿佛又一次，一切都是预先策划好的。皮埃尔的诗被展示在整个双页版面的中心。

《音乐声中》,阿蒂尔·兰波的诗作,皮埃尔·卢梭推荐

> 沙勒维尔站前广场,
> 铺着平平无奇的草坪的广场上,
> 花草树木都是循规蹈矩的模样,
> 每个星期四的晚上,
> 在热浪下喘息的布尔乔亚
> 满怀愚蠢嫉妒的心肠。
> ……
> 退休的杂货店商们围坐在绿色的长椅上,
> 用圆头手杖在沙地上点点画画,
> 神情严肃地讨论着条约,
> 然后掏出银器烟具,重复一句:"总而言之!"

埃蕾阿用这些韵文欺骗自己。这些平平无奇的草坪,这些绿色的长椅,这些布尔乔亚,这些杂货店商像在舞台上一样从她面前鱼贯而行。她感受到了兰波的感受,那种与世界的距离,那种像科学家观察可怜的昆虫一样观察城市的喧嚣的方式,那种确定自己是对的感觉,尽管没有人会像她一样思考。

这个兰波,大脑建议道,如果他也是阿斯伯格俱乐部的成员,我不会感到惊讶。

埃蕾阿缓缓地点头表示同意。

"专心点,大脑。为什么皮埃尔选择了这首诗,《音乐声中》? 他为什么要提到沙勒维尔火车站? 他想让我去那里吗?"

埃蕾阿的眼睛读了又读这几行诗，然后停留在为这首诗所配的一张插图上。一座奇怪的教堂的照片，教堂的入口处看起来像一座希腊神庙，有两根多立克柱支撑着一个三角形的门楣。

"还有这座教堂？"埃蕾阿继续问道，"是沙勒维尔的那座吗？"

不太可能。它的新古典主义风格与阿登地区的宗教建筑之间没有任何联系。

埃蕾阿笑了笑。大脑总是能让她感到惊奇。它有储存巨量信息的能力：她只记得很久以前翻阅过一本关于瓦隆的摄影集。

"有一点是肯定的，"埃蕾阿说，"皮埃尔让我去那家书店时，他就知道我会看到那本粉丝杂志，而且知道老板会把它给我。也许巴乌不是同谋，也许我的彼得鲁什卡更狡猾。"

她快速翻阅了杂志，在印刷日期处停了下来。2023年9月15日星期五。昨天！

"你看，"阿斯伯格女孩心花怒放，"这进一步证明了皮埃尔还活着。"

也许不是。他可能在上周就把那首诗交给了书商。甚至是一年前。

"我恨你！别忘了，他给我发了两条短信！与其做乌鸦嘴，不如给我找到那个教堂的位置。"

你想让我怎么做？我并不了解法国所有的小教堂！

"那你就是活该了！"

埃蕾阿举起手，就像要吻她的戒指一样。

"我的珍宝，你能不能把这个教堂的照片扫描出来并上传到地理定位系统上？"

手机的摄像头扫描着，大脑生着闷气，位置识别程序开始运行，尤其是在多年后定位假日照片时特别有用。几秒钟后，一个名字出现了，还有地址、地理坐标，以及手机所在位置与定位的建筑物之间的距离。

圣马丁教堂。弗洛拉克。

距离663公里。

需缴纳过路费的最快路线：六小时十二分钟。

"妈的！"埃蕾阿咒骂着，"弗洛拉克？在洛泽尔省？在大沙漠里？我得去那儿找彼得鲁什卡吗？"

好吧，你的皮埃尔在做梦！如果他认为我们要去朝圣！你怎么去那里？你没有车！你甚至没有驾照。所以，除非你想在火车上花十个小时……

一如既往，大脑是对的。如果仅凭一张简单的照片，就出发开始这样的一段旅程，那完全是疯了。埃蕾阿观察了一下她周围的广场，将被凝视的不愉快的感觉抛之脑后。也许是因为站在她上方五十米处的圣雅克塔顶上的游客。

"我的珍宝，"埃蕾阿突然说，"你能告诉我怎么才能乘坐长途顺风车从巴黎到弗洛拉克吗？越早出发越好。"

长途顺风车？

戒指里的宝石呈现出红宝石的色彩，然后是蓝宝石，最后用骄傲的声音宣布：

下一趟车将于明天早上5点出发。

金门上车。

Trois vies par semaine

上午11点到达弗洛拉克。

直达路线。25欧元。

埃蕾阿扬扬得意。

"收拾好你的行李,大脑。我们要去度假了!"

真是胡说八道!

"你在嫉妒我的珍宝吗?"

嫉妒一台机器? 你在开玩笑吗?

"那又怎么样? 有什么问题吗?"

你知道吗,长途顺风车是由那些厌倦独自旅行的人发明的。他们一路上都会忍不住地闲聊。他们喜欢结交新朋友。与你完全相反,我的阿斯伯格女孩。

18

纳内斯

菲代勒堡，阿登省

凯特尔·马雷尔上尉在第十次响铃后挂断了手机。

"妈的！他们不是所有人都在过周末吧？"

纳内斯和蔼可亲地看着这个宪兵。

"在一个星期六下午的五点半，有可能。"

"而我正在吹捧我们优良的行政服务。在这个国家，难道就没有办法在市政厅的开放时间之外去查阅出生记录吗？"

凯特尔站起身来，恼羞成怒，瞥了一眼纳内斯的智美金。

"您不打算喝掉它吗？"

"我还没开始喝。"

上尉的秀发又落在她的左眼上。她在房间里走来走去，看着雨还在继续敲打着窗户，悬挂在天花板上的木偶们轻轻地摇晃，仿佛它们也在凝视着远方。那个脸被烧伤的杀手和他的同伙是否躲在外面，在雨中的某个地方？

"我等不到星期一了，"凯特尔嘟囔道，"还有两个杀手不知去向。我需要确认雷诺确实出生在沙勒维尔，而这个皮埃尔·卢梭和汉斯·贝尔纳的出生地点和日期都是假的。"

纳内斯似乎并没有在听她说话。她看了看表，打开了橱柜的抽屉，显然她更担心一些比逃逸的杀手更要紧的事情。

"算了，我去搬救兵！我要把芒德和巴黎第18区的同事发动起来。他们会找到办法，差遣一名市政雇员去翻查市政厅的档案。在沙勒维尔，我会请维尼尔军士帮忙，他有个叔叔在市议会，这样我们能节省点时间。"

上尉喝了一口智美金，然后打开了她的公务电话，可以直接拨通法国所有宪兵队的电话。当凯特尔逐一完成通过录音电话进行的安全验证时，纳内斯拉住她的胳膊。

"上尉，如果您不介意的话，在您打电话的时候，我去准备一些吃的？"

"什么？"

"今晚的菜单，我本来计划的是一道光屁股烩菜。所以用文火慢炖的时间……"

凯特尔·马雷尔惊愕地瞪大了眼睛。

"等等，阿涅斯……您向我保证说，您的那些儿童福利机构的小春苗已经被暂时安置在其他地方，而您自己真正的孩子已经长大了，而且您的丈夫，呃，嗯，我是说，您只有自己一个人，而……而您要准备下厨？"

这回轮到纳内斯表现得吃惊了。

"是的，下厨总是能让我平静下来。帮助我思考。不管是一个人还是十个人吃饭，又有什么区别呢？"

上尉放下了啤酒，把手机放到一边。

"有什么区别？我会打开一个罐头或解冻一个东西。一个人在桌上吃饭已经很凄惨了，但如果每天都要在新手厨师菜谱上翻阅食谱，那就更惨了。你的光屁股烩菜是什么？"

"一道阿登地区的特色菜,在铸铁砂锅中烹制的烩土豆块。"

"那必须光着屁股来做吗? 即使是单身?"

纳内斯笑了,一丝细细的微笑,这是她两天来第一次笑。

"不,光屁股,这是因为它曾经是一道穷人的菜,意思是说没有肉,那时候肉太贵了,但现在我们做烟熏烩土豆,会用肥肉片或熏肠来做。"

上尉似乎思考了一会儿烩土豆块或独自用餐,然后重新专注于她的手机。她在接下来的十五分钟里试图联系芒德、巴黎第18区的宪兵和警察,当然还有沙勒维尔-梅济耶尔这里的。她给出了明确的指示,经常发火,是的,今晚,中尉,这刻不容缓,我在沙勒维尔和色当之间已经发现两具尸体了,有时平静下来,交涉谈判,最迟明天早上,您得答应我,如果有必要,您带点羊角面包给市长,但他必须给您钥匙。

她终于挂了电话。纳内斯已经穿上了围裙。

"马蒂亚斯,就是维尼尔军士,今天晚上会尝试联系他的叔叔。其他人保证在明天中午前打开市政厅的门。我们今天无法了结这个出生证明的事情,真是不可思议。我很抱歉。"

阿涅斯在哭。不是真的哭。洋葱切成了丁。

"别这样,凯特尔,人们有休息、和家人在一起共享天伦的权利。您有家人吗,上尉?"

纳内斯以一种令人措手不及的自然态度问出了这个问题。凯特尔目瞪口呆。

"您别提这些糟心事!"

上尉就差做出十字架的手势来驱逐厄运了。纳内斯温柔地看着玻璃花瓶里缠绵在一起的皮埃罗和高隆比娜。

"您留下来吃饭吗？"

"什么？"

"烩土豆的菜量，足够两个人吃，甚至三个人吃。"

上尉露出了一个真正的笑容。两天来的第一次。

"您真好。您是个真正的好人，阿涅斯。但是我得回家了，本来在这里进行远程办公就不太合法。您明天可以打包一盒带给我。无论如何，您都得去宪兵队录口供，还有那个烧伤的人的画像，以及所有的麻烦事。"

"上尉，您能答应我一件事吗？"

"不能。肯定不能。"

纳内斯在围裙上擦了擦手，用温柔的目光看着凯特尔。

"您回家后，试着为自己做一道菜。"

"我并不是一个人。我还有猫。"

"如果您愿意，我知道一些很好的浓汤食谱……"

凯特尔·马雷尔又笑了。在不到一分钟的时间里，第二次笑，创下了纪录。她看着纳内斯回到厨房忙碌起来。阿涅斯·杜瓦尔是那种任由自己被日常生活的浪潮所裹挟的女人，她们像木塞一样在生活中漂浮，孩子们，一日三餐，花园，总是忙忙碌碌，白天和夜晚像潮汐交替一样彼此相随，她们是勇敢的海洋，不知疲倦、取之不尽、用之不竭。

"我尝试过，阿涅斯，"上尉坦承，"我是说家庭。夫妻生活，美味的食物，床上的狂欢。"

凯特尔不知道自己为什么会对这样一个几乎陌生的人讲这些如此私密的知心话,而且她还是一个尚未侦破的犯罪案件的证人。

"我尝试交往过男人,阿涅斯,好几个。有孩子或没孩子的。经验丰富的或初出茅庐的。我想我绝对是厌恶男性,或厌恶人类,或厌男,总之就是这么一个词,表示那些不喜欢男人的女人。我也试过女人,我确定,我也一样厌恶女人。狗对我的吸引力一般般。所以目前我正在测试猫。我从一只白色的波斯猫开始尝试,但它已经让我很厌烦了。我本应该先弄一只来试试,但我却像个小孩子一样被小猫的视频所打动。我至少还得有十年的时间。吁……至少如果是个男人,当结束的时候,可以向他解释,他不必再来等他的食物。"

纳内斯转过身,俯身在炖锅上。她在哭。是真的哭。凯特尔意识到自己有多笨。纳内斯的男人再也不会回来吃她碗里的食物了。

"我真是个白痴,阿涅斯。对不起。"

她们共同度过了漫长的几秒钟,心照不宣的孤独时光。当沉默似乎久久不能散去时,上尉的手机铃声把她们解救了出来。

"一定是维尼尔。他一定是找到他的叔叔了。喂,马蒂亚斯?"

"不,对不起,让您失望了,上尉,我是热雷米。他们在警察局里到处找您。"

"我在远程办公!你看见了,你给我打电话,我就接,就这么简单。那么,你那儿有什么新消息吗?"

"是的!您会为您的年轻人们感到骄傲的。我们正在大步往前……46码!但在布鲁诺·普鲁维尔的地窖里发现的脚印与艾蒙四子观景台处的脚印不一致。如果雷诺·杜瓦尔是被谋杀的,那也不是被杀害布鲁诺·普鲁维尔的凶手所杀。"

"除非凶手换了鞋。"

"这倒是,我们没有想到这一点。"

凯特尔叹了口气,热雷米·博内罗紧接着说。

"但是,我们把雷诺·杜瓦尔死亡当晚停在观景台停车场的汽车轮胎印迹与在阿登运河边上停在布鲁诺·普鲁维尔家门前的汽车的轮胎痕迹进行了比较,结果,对上了!它们是一样的!因此,上尉……"

"现在有两个凶手逍遥法外!"凯特尔打断他,"其中一个脸被烧伤,另一个身份不明,因为阿涅斯·杜瓦尔只看到了他的脚。她明天一大早,香槟地区天刚泛白,就会到宪兵队。晚安,热雷米!"

她正要挂断电话,博内罗中尉咳嗽了一声。

"上尉,等等,还有一件事。"

"什么事?"

"同事们还在继续搜查现场,他们下到草地中间的深坑,羊毛洞里,一无所获,然后他们又攀绳从观景台下到默兹河边,你猜他们在荆棘丛中发现了什么?"

在紧随而来的沉默中,热雷米明白,上尉没有心情玩猜谜游戏。

"一把手枪!而且不是随便一把枪。一把CZ75。世界上最常见的手枪之一。根据弹道分析,只开过一枪。如果雷诺·杜瓦尔是目标,他并没有被击中。在他身上没有发现弹痕。"

"他可能是想从护栏上跳下,以躲避射击者……或者,还有一种可能,这把枪属于他。"

"枪托和扳机上的指纹不是他的!指纹属于另一个人,我们目前还不知道他是谁,但他可能穿的是46码鞋。"

"干得好,热雷米。"上尉赞赏道。

"上尉,还是有一个令人想不通的巧合。"

中尉静候着凯特尔默默寻找她所忽略的细节的短暂时刻。但并没有发现。

"你还在等什么,热雷米,"上尉终于恼了,"让我认输,求你说出答案?"

中尉结结巴巴地说。

"不,不,凯特尔。好吧,嗯,CZ75是一种捷克武器!冷战时期在捷克斯洛伐克研发的。您还记得阿涅斯·杜瓦尔告诉我们的吗?布鲁诺·普鲁维尔要去他的地窖里找一份捷克报纸!"

"很好,热雷米。"

"所以,"博内罗中尉鼓起勇气,"我先行一步。找到这份报纸的唯一线索,据普鲁维尔的说法,是一个啤酒的名字……所以我咨询了,可以说,一位专家。准确地说,是一个和我一起露天烧烤的邻居,但他懂这些,您可以信任他,您可以看看他的酒窖,那里的比利时啤酒比比利时大使馆的还要多……"

"长话短说!"

"好的,呃,所以,他说了一个名字……比尔森。"

"比尔森?"凯特尔重复道。

"就是这个!"一个声音从厨房深处喊道。

上尉惊讶地停了下来。

"您是说比尔森吗?"纳内斯一边大步走过来一边说,"肯定就是!我曾经好几次听雷诺和米拉娜谈到这个城市。"

"这个城市有什么特别之处,"凯特尔抱怨道,"除了啤酒之外,这个比尔森?"

纳内斯依次看了看吉尼奥尔、匹诺曹、天花板上的牵线木偶和餐具柜上的人头杖。

"这不可能是一个巧合！比尔森是世界木偶艺术之都！"

凯特尔·马雷尔陷入了沉默，电话贴在耳朵上，她被阿涅斯刚刚告诉她的事情惊呆了。

他们找到了第一条线索！

这该死的拼图中的两块终于凑在一起了。

"太好了！热雷米，你继续往下查！我们要仔细搜查所有能找到的比尔森当地的报纸，然后把它们放到谷歌翻译上。你等着我，我马上来！"

电话那头出现了短暂的沉默。

"只是……"

"只是什么，热雷米？今天是星期六晚上，是吗？你本来计划陪妈妈和孩子们一起度过？那么，取消它！而且你要给我派两个人到这里来，到菲代勒堡，来守卫阿涅斯·杜瓦尔的房子。我不想让她一个人待着，那两个杀手知道她住在哪里。如果再出现第三起谋杀案，你的周日也会被毁掉。"

"倒是可以安排威尔和梅迪，但他们会骂人，而且……"

"告诉他们有道光屁股烩菜在等着他们，这会让他们高兴一点。"

我以为我在地狱,所以我就在地狱

《地狱一季》,阿蒂尔·兰波

米娜的故事

彼得鲁什卡的春天

1968 年 8 月

我叫米娜。1956 年出生于捷克斯洛伐克,一个如今已不复存在的国家。一个现在的年轻人一定会认为从未存在过的国家。一个名字很拗口的国家。所以我更愿意说我出生在波希米亚(Bohême)。

我知道,在法国,这个名字让人们向往……

这只是一个音符的问题。法国人所喜爱的波希米亚(bohème [1]),是艺术家和率性任情之人的波希米亚,是巴黎阁楼和被诅咒的诗人 [2] 的波希米亚,是兰波和阿兹纳弗的波希米亚,书写的时候带开音符。

而我的波希米亚戴着一顶帽子。波希米亚地区(Bohême)。一个盖子。一道铁幕。1956 年,当我出生在布拉格的高堡区时,我还不知道这些。

我的父亲是布拉格应用艺术学校的一名绘画老师,我的母亲是瓦茨拉夫-汉卡中学的法语老师。

生活优渥的知识分子。我们住在采莱特纳街的一个大公寓里。我的父母听斯美塔那和德沃夏克的音乐,沃尔塔瓦河或新世界交响曲的小提琴声一直回荡至马尼斯桥上。他们读恰佩克和卡夫卡,当然还有很多法国文学。妈妈甚至在我的婴儿床上挂了一幅阿蒂尔·兰波的画像,并给我朗诵他的诗。

这是一个快乐的童年,我在查理大桥上听音乐家演奏,尤其是一有机会就去斯佩尔布勒和胡尔维内克剧院看木偶戏。

[1] "波希米亚"(Bohême)是指中欧一个地理上的特定区域,现属于捷克共和国。"波希米亚"(bohème)的另一个含义指的是不受传统束缚、放荡不羁的艺术家和作家群体。

[2] 指那些拒绝社会传统价值观,以自毁的方式生活与写作,在死后其价值才得到越来越多认可的诗人。

我父亲是约瑟夫·斯库帕的朋友，这位世界上最伟大的木偶艺术家。他自己设计布景。我的房间里甚至还有一张照片，斯库帕把我抱在他的腿上，那会儿我刚出生几个月，在他去世的前几个月。也许我对木偶的喜爱就是从这张简单的照片中诞生的？是约瑟夫·斯库帕，把我的婴儿手臂当作布偶手臂一样玩耍的时候，激发了我的这一使命吗？

那时候我的生活就是童话故事。在波希米亚无忧无虑的生活。布拉格只是一个巨大的舞台，我在上面表演。通常是用法语。在我十岁、十一岁、十二岁的时候就差不多会讲两种语言……

……那是一个春天。我从未见过我的父母如此笑容满面。每天晚上，他们邀请朋友们来到我们的公寓里，喝着法国葡萄酒，谈论着我不知道的单词和名字，什么人性化的社会主义，人民的春天，亚历山大·杜布切克。

一天晚上，我很晚才在母亲的怀里睡着。我梦中的最后记忆是大人们的笑声，阳台上聊天的女人们吞云吐雾，夜晚的温暖，钢琴的琴音，父亲的胡子在我脸颊上的摩擦，一阵战栗，当他拥抱我的时候，当妈妈给我和我的木偶们塞好被子的时候的最后一下颤抖，这些木偶是斯库帕送给我们的木偶，胡尔维内克，他的红发女友马尼卡，他的狗泽里克，还有我最喜欢的毛绒玩偶，我的宝贝：彼得鲁什卡。

第二天早上，当我醒来的时候，地震了！

我只来得及抓住彼得鲁什卡。

下一刻，公寓就爆炸了。

当我再次醒来的时候，我浑身布满了灰尘和瓦砾。爸爸的建筑师朋友们引以为傲的新艺术风格的墙壁只剩下了破碎的外墙。人们到处尖叫、奔跑和逃亡。是谁？发生了什么？妈妈和爸爸在哪里？

我当时什么都不知道，我只有十二岁。

我不知道五十万外国士兵、六千辆坦克和近千架飞机刚刚入侵了捷克斯洛伐克，正在轰炸布拉格。我不知道他们架起同样多的大炮对准在阳台上欢笑、唱歌、读书和抽烟的家庭。我不知道我父母所向往的社会主义的人性一面将被多瑙河行动中的苏联士兵的靴子踩在脚下。

妈妈和爸爸在哪里？

我尖叫着，我呼喊他们，我也跟着逃跑。我看到成百上千的空降兵从天而降，我经过成千上万的示威者，他们蒙住雕像的眼睛，移动交通信号牌，他们以为这样就可以让苏联的坦克迷路吗？我在布拉格的街道上徘徊了几个小时，然后瘫倒在查理大桥下，旁边是一个比我大不到三岁的男孩，他正在拉小提琴以掩盖机枪声。

我独自一人，带着彼得鲁什卡。

妈妈和爸爸去哪儿了？

我从未找到答案。在我们的采莱特纳街的公寓中被炸死了？在攻克布拉格时像大多数参与政治的知识分子一样被监禁？被打开国门的保守党人杀害了？

我对此始终一无所知，但我只是成千上万被扔在街头的小仙女中的一个，她们因为自己的父母相信乌托邦而受到惩罚。必须在孩子们真正相信梦想之前就将它打碎，这样才能避免在他们长大后，不得不亲手将它们杀死。

当我在查理大桥下醒来时，那个拉小提琴的男孩已经走了。彼得鲁什卡仍然睡在我的怀里。

"早上好，"摩尔人对我说，"你叫什么名字？"

摩尔人站在我身边。他的嘴随着他所说的话而一张一合。他的胳膊和腿像真的一样摆动。纤细而结实。他在空中站了起来，几秒钟以后又像乌鸦的羽毛一样轻盈地落下。在清晨的阳光下，银色的线几乎看不见。

我没有一次想要抬头看看赋予它生命的木偶师长什么样子。

我抓起我的布偶，让它也活跃起来。在斯库帕的戏剧学校里，用手指操纵提线木偶，我是最棒的。

"大家都叫我彼得鲁什卡！"

"你迷路了吗？"

"我想是的。"

"你做得很好，你很有天赋。"

我开始围着他跳舞。

"谢谢你！"

摩尔人微笑着，眨动着眼皮，轻轻摇头，就像一个惊慌失措的男孩那样。我从来没有见过一个木偶师给木偶赋予如此逼真的表情。

"如果你迷路了，要不要来和我一起休息一会儿？"

我看着河畔的尸体，看着坎帕公园草坪上沿伏尔塔瓦河一字排开的坦克，看着布拉格城堡上空飘扬的红旗，看着四处升起的火焰和烟雾。

然后我说好。

利博尔·斯拉维克当时还不到二十五岁。他自称卢卡。

尽管我当时还太小，并不具备真正睿智的见解，但我认为他是一个非常好的木偶师。他开着大篷车已经在捷克斯洛伐克，以及在所有华沙条约国巡回演出了好几年。

利博尔很帅气。他有那种从一个走江湖的大力士变成芭蕾舞女演员的天资。那种靠近现实边缘的魔术师的诱惑力。那种神吹胡侃的欢乐魅力，还有一双灰色的眼睛，就像炙热的熔岩，只要他一看你们，就会让你们燃烧起来。

利博尔虽然帅气，但已经结婚，而且是两个四岁和三岁男孩的父亲，即克里斯托夫和阿莫斯。他带着他的儿子和妻子祖扎娜，行驶在波希米亚和中欧的道路上，自由自在，行踪不定。

他们在中途停留，当他们把大篷车停在村庄的广场上时，祖扎娜扮演芭蕾舞女演员，而利博尔则扮演彼得鲁什卡或摩尔人。

利博尔还会表演魔术、杂耍和喷火。祖扎娜会算命。她在这方面有一定的天赋。波希米亚、摩拉维亚和西里西亚的村民们都怀着敬畏和尊重听她讲述。我必须承认，祖扎娜让我着迷。

利博尔和祖扎娜很快带着我走了，去了很远的地方。向着奥地利边境。远离布拉格是他们唯一的执念。远离城市，去那些不追捧艺术家的地方。我不假思索地跟着他们。除此之外我还能做什么呢？

我在路上长大，在谷仓里睡觉，在市场里吃饭，我让彼得鲁什卡与跳舞熊跳华尔兹，逗得成千上万的捷克人哈哈大笑，而当我的彼得鲁什卡被摩尔人的木剑击中而奄奄一息时，成千上万的人哭出声来。

彼得鲁什卡成了我最喜欢的角色。我把头发剪得很短，穿得像男孩一样，用围巾把乳房缠起来让胸部平坦。我看起来就像我的木偶一样，年轻、美丽、轻盈。利博尔扮演一个暴力而强壮的摩尔人，而祖扎娜则是一个善于操纵、爱嫉妒的高贵的芭蕾舞女演员。

克里斯托夫和阿莫斯也在长大。在路上的孩子，像我一样。我经常照顾他们，比祖扎娜还多。我常常想，他们收留我只是出于这个原因。

克里斯托夫无所畏惧，甚至不怕拽我们的母马金斯基的耳朵，也不怕尝试像他的父亲那样喷火，那会儿他甚至还不会认字或数数。阿莫斯更加安静，更加温和，他喜欢听故事和讲故事，他可以待上几个小时出神地看巨人山上的日落，或者用老师给他的铅笔去模仿画那些颜色，老师被他在学校墙上的粉笔画所折服。

我是他们的母亲，他们的保姆，他们的大姐姐。我和他们一起醒来，和他们一起吃饭，和他们一起睡觉。

至少我尽力这样做。

我尽量让自己不单独一个人。

和利博尔在一起。

Part 1 133

他第一次强奸我时，我才十三岁。那是在比尔森附近的一个田野里，在木偶戏剧节期间，在布拉格之春后不到一年的时间里。

他经常故技重演，越来越频繁，几乎每天晚上，当祖扎娜在大篷车里睡觉的时候。

我把床垫放在露天。我睁着眼睛等着，我知道他会来。

我本该逃跑，但我无处可去。

我本该逃跑，但利博尔给了我一个住所、一个家、一份工作。

我本该逃跑，但我害怕，害怕反抗，甚至害怕恨他。

我本该逃跑，但我爱彼得鲁什卡，如果没有我，他将变成什么样子，如果没有他，我将变成什么样子？

如果没有发生那场意外，也许我最后会接受这种生活。

它是被派来惩罚我，还是来拯救我的？

是祝福还是诅咒？

我想我至今也不知道。

2023年9月17日　星期日

19

维姬

塔恩河畔，弗洛拉克，洛泽尔省

尼科尔和马蒂厄·马里奥塔住在一座传统的、用塞文石头建造的小房子里，位于塔恩河畔的一个小村庄，离镇上有几百米远，似乎是这位老教师特意选择在远离城镇的地方定居，以便他关注以前的学生，又不必每次出门都撞见他们。

维姬买了大约十五个奶油泡芙，洛拉礼貌地将它们递给了为她们开门的女士，令人盛情难却。

"这是给您的，夫人。"

尼科尔·马里奥塔就像一个在阳光下晾晒太久的苹果一样干瘪、皱巴。一个做苹果酒或苹果醋用的苹果。她几乎没有瞥一眼那个纸袋。她请她们进来，把泡芙放在门厅最近的一件家具上，这让从面包店出来就一直觊觎这些酥皮点心的洛拉很是失望。

"我最好还是提醒您一下，"尼科尔·马里奥塔压低声音说，"我丈夫什么也记不起来了。医生向我保证，这不是阿尔茨海默病，他的大脑一切正常，只是有点迟钝，但他们可不跟他一起生活。"

她与维姬交换了一个心照不宣的微笑，以此结束了她的警告。马蒂厄·马里奥塔坐在一张宽大的扶手椅中，面对着阳光明媚的窗台和穿过花园的河流。维姬只能看到扶手椅上方露出一束灰白的头发，下面有两只方格莫列顿呢拖鞋。

"您的女儿可以去外面玩，"尼科尔提议，"我们四处放了很多鸟食盒，她会很开心的。"

维姬本能地透过打开的落地窗看了看树上的孵鸟笼，以及三十米外的塔恩河像瀑布一般激烈的水流。尼科尔·马里奥塔用冷冷的语调补充道："那里有栅栏。这里还从来没有人在河里淹死过。"

洛拉明白了。她把卡斯帕塞到母亲手里，转眼已经在阳光明媚的花园里追着蓝山雀后面跑了。维姬用眼睛追随了她一会儿，然后在马蒂厄·马里奥塔旁边坐下。一只眼睛看着外面，一只眼睛看着老教师。他的脸，与他妻子的相反，是圆圆的、红红的。一个用来做果酱或果泥的苹果，或者直接啃的苹果。

"先生，"维姬开腔，"我不想打扰您太久，所以我就直奔主题了。我在找一个人，汉斯·贝尔纳。我想他曾在弗洛拉克上过学。您记得他吗？"

"汉斯？汉斯·贝尔纳？是的，当然了！他怎么了？"

老人的肯定让她的心直跳。维姬不知道该往哪边看了，是看着洛拉，仔细观察马蒂厄·马里奥塔的每一道表情，以评估他所说的话的可信度，还是偷偷地抬眼看尼科尔，她在她丈夫的背后不停地耸动着肩膀，无声地叹息着，表示他老糊涂了。

"您……您确定吗，马里奥塔先生？"

马蒂厄在椅子里微微摇晃，微笑着。

"当然，我确定！我从不忘记我的任何一个学生。而这个小汉斯，比起其他人我更不会忘了……"

维姬吓了一跳。

"这是什么意思，比起其他人更不会忘？"

"是这样，我教了他很久，在他整个上学期间。他是个非常讨人喜欢的孩子。"

在他身后，尼科尔·马里奥塔将食指在太阳穴上转动，以防维姬没有明白她丈夫的神经元出了问题。

"汉斯是什么样的？"维姬结结巴巴地说，"我是说，相貌上。"

退休教师坐直了身子。

"您不相信我，是吗？ 您认为我已经失去理智。等我一下，我给您找点证据。我保留着所有的资料！"

马蒂厄·马里奥塔慢慢地站起身，拖着脚让鞋子在地板上滑过，走到隔壁的房间。他一走进那个应该是他书房的地方，尼科尔就责备起了维姬。

"不要相信他说的话！ 如果您问他是否记得雅克·希拉克，他会发誓说他曾教他读书写字。"

马蒂厄已经回来了，胳膊下夹着一份厚厚的档案。他再次在闪闪发亮的打蜡地板上滑行，他的拖鞋每移动一步都会擦亮地板。当他坐回到椅子上时，维姬已经再次仔细观察了房间和花园。洛拉在垂柳的低枝上挂着的鸟食盒旁玩耍。尼科尔·马里奥塔一直在抬头看天花板，看那些蜘蛛筑巢的难以接近的角落。

马蒂厄打开档案袋，拿出第一张纸，塞到维姬的手里。

"请您读一读，小姐。我看不太清楚。"

维姬默默地垂下了眼睛。马蒂厄·马里奥塔给了她一份孩子们的名单，可能是他教过的所有孩子，按字母顺序排列。她的手指在这些名字上划过。

热罗姆·阿弗里尔

伊莎贝尔·巴龙

塞利姆·贝尔卡塞姆

西尔维·贝朗热
汉斯·贝尔纳

洛拉想和鸟儿们玩耍,但这并不好玩。只要她一靠近,鸟儿就飞得高高的、远远的,完全不像风铃草和蝶须,她的小马只听她的话。洛拉本想去栅栏的另一边,去河边,去爬石头,去找一只蜻蜓或蟾蜍,但她未经允许,而且栅栏太高了,妈妈还在看着她,然后……

洛拉停了下来。

在栅栏的另一边,两个男人正看着她。

他们对着她微笑,她勉强自己回以微笑。

妈妈昨天晚上告诉过她。当人们与众不同时,要对他们好一点。而且不要害怕他们。

洛拉走上前去,她强迫自己表现得非常友好,因为栅栏后面的两位先生实在太不一样了。

"看,"其中戴墨镜的一位说,"你认得它吗?"

另一位,就是那个脸被烧伤一直到耳朵的人,正拿着一个木偶朝她走来。

卡斯帕的另一个孪生兄弟!尽管这个木偶的皮肤很黑,手里还拿着一把木剑。

洛拉走得更近了,非常好奇。

我不害怕,妈妈,她在脑子里嘀咕道,我不应该害怕他们。

尽管她想的正相反……

尽管她从未见过如此可怕的先生们。

这不是他们的错,她必须努力去微笑,去和他们交谈。

并且在她看着那两张被烧伤的脸的时候,不露出厌恶的表情。

20

埃蕾阿

A71高速公路，阿利埃省

萨米埃尔·加莱驾驶着他的雷诺卡缤旅行车，越来越不想掩饰自己的恼火。然而，他曾对这段从巴黎到弗洛拉克的旅程浮想联翩，他去对塞文的奶酪工场进行卫生检查，他每个月都要去各个乳品合作社巡回检查三次。搭乘火车是不行的，因为他要去的乡下没有火车站，而且他的后备厢里还携带有五十公斤重的检查设备。

因此，是的，对这段巴黎到弗洛拉克的旅程，从这位女乘客在长途顺风车上下单开始，他就开始幻想了。埃蕾阿·西蒙。从她在社交网络上的照片来看，她年轻而可爱。这与那些一路上在后座打情骂俏的情侣，以及那些叽叽喳喳说个不停并问他是否可以打开薯片和啤酒罐的学生相比，很不一样。

当他早上5点在金门接她坐进他的卡缤车时，萨米埃尔发现她本人更可爱，黑眼睛上画着眼影，紫红色的小短裙下穿着花式连裤袜，紧身上衣的吊带下露出文身的肩膀。

六小时的车程开始了！

萨米埃尔倒不是想和这个女孩发生点什么，更别说把手放在她的膝盖上，或者让自己的目光顺着她的大腿看下去，她比他小二十岁。但是，正如穿越山丘和葡萄园的风景比单调的平原更令人愉快一样，在一个漂亮的、笑盈盈的女孩身边旅行，可以和她聊天，也更令人心情舒畅。

她确实是笑盈盈的。笑盈盈却沉默不语!

这个娇小可爱的女孩在长达六百公里的路上一直盯着她的手机屏幕,手指上闪烁着她那该死的智能戒指。萨米埃尔尝试了十几次与她交谈,都没有成功。当他设法转头看时,他却看到她的嘴唇在动,仿佛她在和她的戒指、电话……或者她自己说话。

所有这些智能设备正让我们发疯,萨米埃尔心想,甚至长途顺风车,这样的团结共享的现代性旗舰应用。以前,只需在路边竖起大拇指,就可以让汽车停下来!

距离弗洛拉克还有三十八公里。

他要把这个女孩放在教堂广场上。这是她自己要求的,而他将赚到25欧元,就得了。下一次,他将选择一个男人,即使是一个屁股坐不下椅子,让他挂不上五挡的光头大汉,但他可以和他谈论足球、汽车和女人。

21

纳内斯和凯特尔

国家宪兵队，戴高乐大道，沙勒维尔－梅济耶尔

威廉·瓦尔库尔中士将蓝色梅甘娜停在宪兵队门口，就在阿涅斯·杜瓦尔的克力奥后面。他和梅迪一起全程护卫阿涅斯从菲代勒堡到沙勒维尔。在熄火之前，他看了看仪表盘上的时钟。

11点15分。

上司又要大发雷霆了！上尉往他的手机上至少发了五条信息，你们在哪里？我们在等你们！你们在搞什么？

威廉能怎么办呢？这个由他和梅迪一起负责保护的纳内斯·杜瓦尔，今天早上为他们准备了一份特别丰盛的早餐，她还拿出了阿登的黄油、黄香李果酱，甚至摊了一些薄饼。而且他妈的，马雷尔很可能因为迟到几分钟而对他大吼大叫，他可不打算拒绝这顿让人盛情难却的早晨的盛宴。它弥补了四十八个小时没有停歇的工作，以及在梅甘娜车里度过的、梅迪在他身旁打鼾的夜晚。

他狼吞虎咽地吞下一块纳内斯几乎强行塞进他口袋里的巧克力饼干，给孩子们吃，威廉，然后手指在制服上擦了擦。他要在回家前吃完剩下的饼干，这样他的孩子们就不会像他们的爸爸一样胖了。毕竟，他只负责看管阿涅斯·杜瓦尔，而不是他的身材。

凯特尔·马雷尔上尉在宪兵队门前等着他们，抱着胳膊，黑发散

落在左眼上。她那只不祥的眼睛！在沙勒维尔宪兵队，有一个传说，当凯特尔的刘海落在她的右眼上时，说明她心情很好。在警员们的记忆中，从来没有人见到过。威廉伸出他那只肥大的手，上尉没有握住。

"威尔和梅迪，你们去公爵广场增援。今天早上那里需要尽可能多的人手。"

两名宪兵叹了口气，但还是服从了命令。他们知道，在接下来的十天里，他们几乎没有时间回家拥抱他们的妻子和孩子了。这个周末，沙勒维尔－梅济耶尔本年度最大的活动将要开幕：国际木偶戏剧节。沙勒维尔将在这十天内成为木偶剧之都。艺术家们将从世界各地前来，预计会有四十万游客，所有的广场都会变成开放的舞台。戏剧节期间，在欣喜若狂的人群中，一种独特的、欢乐的、家人间的节日气氛将笼罩整个城市。这正是宪兵们要被动员起来的原因：为了保持欢乐和家人间的气氛。

为了每一个人，除了他们自己！

在这个周日的早晨，位于城郊被摩托车经销商和折扣店环绕的沙勒维尔－梅济耶尔的宪兵队，看上去格外的空荡。一座被忙着准备节日的卡罗洛人[✕]遗弃的小楼。除了负责前台接待的助理宪兵法图玛塔之外，只有热雷米·博内罗中尉和凯特尔·马雷尔上尉孤零零地守在这里。

"休息得还好吗，阿涅斯？"凯特尔一边为她打开办公室的门一边问，"威尔和梅迪没有整夜在您的花园里荡秋千而让您睡不了觉吧？博内罗中尉要和您一起画那个脸被烧伤的嫌犯的素描像，就

✕ 沙勒维尔－梅济耶尔居民的别称。

Part 1 143

是您在家门口和布鲁诺·普鲁维尔的地窖里看到的那个人。然后我们将解放热雷米,由我们俩继续一起工作。"

博内罗中尉把阿涅斯领进他的办公室,慢条斯理地拉出两张椅子。他用带着黑眼圈的眼睛看着证人,这位警察从前一天晚上起就没有睡过觉,也没有在早上获赠丰盛早餐的好运气。他们在一个电脑屏幕前坐下。博内罗打开了一个程序,看起来像是史前版本的数字图像编辑应用程序。

他滚动浏览了几十个下巴、嘴唇、鼻子、额头,但阿涅斯不得不承认,只有凶手疙疙瘩瘩的皮肤引起了她的注意,她完全忽略了他的脸型、眼睛的颜色,甚至不知道他头发的颜色:浅褐色?深金色?至于他的同伙,她只通过被雨拍打的窗户看到了他的脚。

不过,中尉还是画出了一幅粗略的画像,看上去就像随便一个弗兰肯斯坦或狂欢节反派。他把全部图像都保存下来,一边轻拍自己的脸颊。

"累了吗,中尉?"纳内斯担心道。

"我和凯特尔一晚上都在互联网上浏览。我们开始仔细搜索关于比尔森的一切:十七万五千居民,2015年欧洲文化之都,游览玛丽恩巴德或卡尔斯巴德的波希米亚门户。它也是埃米尔·斯柯达、门将彼得·切赫和物理学家彼得·格林贝格的出生地,尽管我必须承认我只知道前两个。我想我对汽车和足球要比对量子物理更懂一些。然而,比尔森成为世界木偶的摇篮,这要归功于另一位当地明星约瑟夫·斯库帕。这个人在第二次世界大战前就已经是世界上知名的木偶创作大师。但是,目前还没有发现雷诺·杜瓦尔寻找的这篇报纸文章的踪迹,而这篇文章确确实实让布鲁诺·普鲁维尔付出了生命的代价。我们不能灰心,我们会找到的!"

马雷尔上尉已经走了过来,站在他们身后。

"还有那两个在逃的杀手,我们也会找到的!但在我们抓住他们之前,您不能在没有安保的情况下出门,阿涅斯。我们全天都会有两名警察贴身跟着您。这对您来说可能有点夸张,但我们面对的是想要消灭棘手证人的杀手。除了一张毕加索重现的食人魔素描像,扔在您丈夫尸体附近的捷克手枪上的指纹,以及四个通常配备于中档越野车上的米其林跨悦全季节轮胎以外,我们对他们仍然一无所知。"

博内罗中尉打了个哈欠。

"这次您能放我走了吗,凯特尔?我从星期三开始就一直战斗在前线。连续作战。您能让我喘口气吗?我答应安娜苏和孩子们带他们去看越南的水上木偶戏。"

"同意。"凯特尔说。

"等等。"纳内斯说。

她从包里拿出一个小塑料盒,递给中尉。

"光屁股烩菜。如果您收下,我会很高兴的。威廉和梅迪昨晚吃掉了半锅,而且他们没有被毒死!"

"我可以留您一会儿吗,阿涅斯?"

这并不完全是凯特尔·马雷尔上尉的命令,但纳内斯明白,她其实没有选择。她们独自在宪兵队最大的房间里,这里可能通常有一群穿着制服的男人和女人紧张地忙碌着。

"过来,我给您看一些东西。一些应该会让您感到放心的东西。"

22

维姬

塔恩河畔,弗洛拉克

汉斯·贝尔纳。

维姬一直拿着马蒂厄·马里奥塔给她的学生名单,看了又看她所爱的男人的名字。

汉斯就在那份名单上!

他没有说谎,他确实是在弗洛拉克度过了童年。汉斯不是一个幽灵,只是一个来自这里的孩子。

她让自己的呼吸平稳下来,放心了。

"马蒂厄,"她以护士般的温柔问道,"您能跟我说说他吗?这个您觉得很讨人喜欢的小汉斯?"

"哦,"老教师挠着他的秃顶回答说,"那是很久很久以前的事了……"

维姬想,并没有那么久远。但恋人心中的时钟肯定比退休老人的时钟跑得快。马蒂厄仍在挠头,寻找一段已经远去的记忆。尼科尔还在他身后指手画脚,维姬开始感到怀疑了。

"马蒂厄……您有……他的照片吗?"

"当然有!我去找找。"

老教师站了起来。他的拖鞋又开始了缓慢、无声、流畅的滑动。他一消失在书房里,他的妻子就悄声说:

"我告诉过您,这个名字,他记不起来!您希望他在那个名单上,

Trois vies par semaine

不是吗？您已经有答案了！但至于其他的，不要相信他。他编造一切，他老糊涂了。"

马蒂厄拿着一本气派的相册回来了。他稳坐在扶手椅里，小心翼翼地翻开相册。学生们的照片，那些普普通通、斑斑点点、泛黄的照片复印件，一张张翻过。数以百计的面孔。马蒂厄到底是对的，一切都很久远，非常久远。

他终于停了下来，把打开的相册放在维姬的腿上，趁机扶了扶眼镜。她立即低头看相纸，上面排列着二十来个学生的面孔，他们都很乖巧，很严肃地盯着学校摄影师的镜头。

又一阵电流让她激动起来。

她确信她认出了汉斯，在第三行，那会儿就已经有点心猿意马，有点心不在焉……

这是一个意想不到的机会，可以测试马蒂厄·马里奥塔的记忆力！

"马蒂厄，"她天真地问，"您能给我指指汉斯吗？"

老教师毫不犹豫地用手指着那个金褐色头发的神情恍惚的孩子。

"就是他。"

维姬感到一股强烈的热流涌向她。

不，马蒂厄·马里奥塔并不是老糊涂！是的，他清清楚楚地记得汉斯，这个敏感的小男孩。

老师已经在收回他的相册了，这是他最珍贵的财宝。他抬起头来，对着维姬笑了笑。

"这是个测试，对吗？就像那些愚蠢的医生，那些我的爱人强迫我去看病的江湖骗子对我做的一样？"

尼科尔·马里奥塔仍然站在她丈夫的椅子后面,龇牙咧嘴。她奇怪地扭动着手指,像一个女巫在施展笨拙的法术。

"完全不是,"维姬为自己辩护,脸涨得通红,"这只是因为……"

"汉斯有一双特别漂亮的灰色眼睛,"老师接着说,"碳、石墨或即将凝固的熔岩般的眼睛。当他愤怒地看着您时,他的虹膜会变成两根铅笔芯,准备在您身上画出最凶恶的字眼。而下一刻,他的目光就会变得柔和,仿佛他已经用橡皮抹去一切。他的动作也很奇怪,就像一只爪子僵硬、翅膀被缚的鸟,但只要他把翅膀展开……"

他就飞走了,维姬在脑子里接上话茬。这眼神,这走路的姿势,就是汉斯,一定是他。她的脸可能已经红了,马蒂厄给了她一个温柔的眼神。

"汉斯是您的爱人,是吗? 他很幸运,有一个如此年轻漂亮的未婚妻。"

他背后的女巫正准备施展新的法术……而这一次,维姬处于射击线范围之内。马蒂厄·马里奥塔甚至头也不回地对他的妻子说:

"亲爱的,你能帮我去拿一下曲马多药片吗?"

尼科尔不情愿地低声埋怨,但她没有选择。她一消失在厨房里,马蒂厄就把他的手放在维姬的腿上。

"我还记得别的事情,小姐。我还记得汉斯的母亲。我妻子不喜欢她,弗洛拉克的大多数女人都不喜欢她。汉斯的母亲,怎么说呢,有点太艺术家范儿了。"

老教师说出最后一个词,艺术家范儿,好像赋予了汉斯的母亲一个几乎神圣的光环。

"什么样的艺术家?"

"几乎像所有类型的,确实是。舞蹈、歌唱、戏剧、绘画……但她集所有这些于一身。她是个木偶师。"

维姬用手指紧紧捏住了卡斯帕胖乎乎的胳膊。她女儿坏掉的自动木偶仍然夹在她的膝盖之间。

"汉斯的妈妈曾经在附近的学校演出,"马蒂厄继续说,"她会支起她的木偶戏台,在圣诞节或生日聚会的时候进行小型演出。"

"她的木偶,她……自己做的吗?"

"是的,她有自己的小作坊。她把自己的作品送给镇上所有的孩子。我想大多数家庭都保留着。现在,母亲们把它们传给她们的女儿或孙女。"

"木偶……就像这个?"

马蒂厄推了推鼻子上的眼镜,端详着卡斯帕。

"是的,毫无疑问。这是马里翁的一个玩偶。"

"马里翁?"他们身后的一个声音重复道。

尼科尔·马里奥塔在她丈夫的鼻子跟前挥舞着一片白色胶囊和一杯浅浅的水。

"你记不得你孩子们的生日,更不用说我的生日了,但你记得这个疯女人的名字?"

马蒂厄只是给了维姬一个忍气吞声、很快就要离开探视室的囚犯的微笑。她把卡斯帕紧紧抱在胸前。有那么一会儿,她犹豫着要不要站起来,走到窗前去用眼睛寻找她的女儿,但她想多了解汉斯的愿望更强烈。她神秘的卡车司机从未告诉过她,他对木偶的热爱和修理木偶的天赋从何而来。

"您还记得其他细节吗?"

尼科尔·马里奥塔耸了耸肩，拿着杯子凑近，只差等马蒂厄一张开嘴，就把药片塞进他的嘴里。

"有一些，"这位退休教师喃喃自语道，几乎没有张开嘴唇，"汉斯这个孩子身体比较弱，经常生病。他的母亲有时去巡演，但她总是会回来。她没有一年忘记在慈善游园会上表演她最喜欢的节目。她不计报酬、低调谨慎，甚至不想让当地报纸提及此事。然而，马里翁真的非常有天赋……"

这一次，马蒂厄沉浸在过去的回忆里，眼睛睁得直直的，嘴巴张得大大的。他的妻子把胶囊塞进他的嘴里，杯子撞在他的牙齿上。

"咽下去！而且不要再胡说八道了。您知道吗，女士，他所谓的歌剧院不过是一个很久以前就滚蛋了的吉卜赛女人拼凑的一个破烂戏台。"

马里奥塔没有张开他的下巴，咬着玻璃杯，差点将它咬碎。

"他把一切都搞混了，"尼科尔·马里奥塔坚持说，"孩子们、妈妈们，这么多年……吞下去，我跟你说！"

维姬最后一次犹豫着，想朝花园走去呼唤洛拉，但还是抽空问了最后一个问题。

"马蒂厄，您记得这场演出的名字吗？"

他犹豫了一下，然后突然张开嘴；水流了出来，药也流了出来，老教师咳嗽起来，就像要窒息一般，然后不等喘口气就说道：

"我怎么能忘记呢？这是我在这里看过的最美的演出。您知道我如今有多想念它。我们一整年都在翘首期盼它，摩尔人、芭蕾舞女演员……当然还有彼得鲁什卡！"

洛拉站在花园的栅栏门前，那两个脸被烧伤的男人站在栅栏的一边,她在另一边。起初,洛拉曾试图把目光投向无耳男人向她伸出的黑色木偶上,只投向它——卡斯帕的孪生兄弟,但最终,她习惯了他们奇怪的面孔,现在能毫不反感地看着他们被烧伤起泡的面孔。妈妈是对的,我们都是不同的。并不是因为一个人长得丑,他就是坏人,往往正是相反。

她盯着那个戴墨镜的男人。

"你,你看不见,对吗?"

盲人把脸转向声音传来的方向,然后摘下他的黑色眼镜。他的眼睛就像死鱼的眼睛一样白,一样呆滞。

"是的。"

洛拉不禁吓了一跳,迅速把头转向那个无耳男人。

"而他能看到我,却听不到我说话?"

那人仔细观察着她嘴唇的每一个动作。

"是这样,"盲人说,"我哥哥是聋哑人。"

洛拉站了一会儿,从一张面目全非的脸移到另一张,试图理解这两个有如此残疾的人是如何应对日常生活的。

"那么,"洛拉问,"你们没法分开?你需要他帮你看,他是你的眼睛,而他需要你帮他听,你是他的耳朵?"

"你全都明白!"盲人肯定地说,"告诉我,你这个五岁的女孩,怎么这么机灵?"

盲人对她笑了笑,但洛拉还是保持警惕,感到有些不对劲。

"如果你是盲人,你看不到我,你怎么知道我多大了?"

"我哥哥告诉我的!"

"你哥哥不会说话!"

Part 1

"他不会说话，但他能把他所看到的一切都写下来！"

为了证实这一点，盲人向她递过来手中拿着的手机。屏幕比普通手机大。洛拉踌躇着，然后又向前迈了一步，走到花园的栅栏门前。盲人摸索着去拉洛拉的手。

"摸一摸平板，你就明白了。"

女孩没有让自己被抓住，但是用食指摸了摸屏幕。

她吓了一跳。屏幕并不光滑。她感到手指下有数百个凸起和凹陷，就像人起了鸡皮疙瘩一样。

"它让指尖痒痒。"洛拉颤抖着说。

"这是盲文，"盲人解释说，"通过训练，我们可以书写和阅读盲文，甚至比用真正的字母更快。你现在明白了吗？ 我哥哥也有一台同样的InsideOne（盲文触觉平板电脑），就是这台平板电脑的名字。他把看到的一切写给我，而我把听到的一切写给他。"

洛拉好奇地转向那个无耳男人。的确，他手里也拿着另一个大屏幕手机，那只没有把卡斯帕的黑色双胞胎兄弟举过栅栏门的手。盲人的手指继续跳动。

"那现在，"洛拉问，"你在写什么？"

"你的声音很好听！"

"那他呢，他又对你说了什么？"

"你是多么漂亮啊！"

洛拉像一只胆怯的小猫一样往回跳了一步。离着栅栏有一段距离，她警惕地看着那个盲人。

"你不应该知道漂亮是什么意思。你什么都看不见！"

"我知道，我记得……"

女孩咬了咬嘴唇。她没有想到这一点。

"哦，你以前能看见？"

"是的。"

"那……你遭遇了意外？"

"是的。但我不愿意谈这个……走近点，克里斯托夫有东西要给你看。"

洛拉没有走近。

"你哥哥叫克里斯托夫？你叫什么名字？"

"阿莫斯。过来，你害怕我们吗？"

洛拉立刻辩解。

"不！妈妈说不应该这样！"

"但妈妈没有禁止你玩娃娃吧？"

克里斯托夫立刻让卡斯帕的双胞胎兄弟在花园的栅栏门上方跳起了舞。牵线木偶像个精灵一样旋转。洛拉已经不好哄了，她知道是克里斯托夫那只看不见的手让它动起来的，但他是如此有天赋，她几乎可以肯定，这个自动木偶是活着的，它真的在挥舞它的剑，洛拉是如此喜欢它……

"拿着它，"阿莫斯提议，"这是给你的。"

洛拉伸出手，但克里斯托夫把玩具拿得太远、太高了，洛拉不得不更靠近，几乎要贴到门上了。

"他叫什么名字？"洛拉问，"我的叫卡斯帕，但它已经坏了。爸爸答应我会修好它。"

"你知道吗，洛拉，如果他修不好，我还有很多其他的木偶给你看。有女孩有男孩。为村里所有的孩子准备的木偶。它们都在我的车里，你想选一个吗？"

"我无权这样做！"洛拉很确定地说。

"至少你有权利去看一看。"

就像变魔术一样，花园的门打开了。洛拉往前走了一步，只是一步。再往前走一点，在塔恩河边，一辆银色的汽车停在那里。

妈妈一直禁止她和陌生人说话，但也禁止她说那些与众不同的人的坏话，残疾人、老人……

洛拉突然停下了，停止思考、停止移动。阿莫斯，在树篱的另一边，一边继续对着空气微笑，一边拄着一根手杖。

一根白色手杖。

白色和红色。

沾满了血。

洛拉想尖叫、想奔跑、想逃走，但一只毛茸茸的大手捂住了她的嘴，把她举了起来。她能闻到那只手上的汗味，但她无力反抗，她没有足够的牙齿去咬，没有足够的指甲去抓，脚上没有足够的力量去踢打。只有她的眼睛可以哭泣。当她听到阿莫斯的声音时，她没有忍住，这个声音前一刻有多么温柔，此刻就变得多么刺耳。

"我们走了。我们要去塔恩峡谷兜一圈。我们接下来要做的事情，去那里不会有人来打扰。"

克里斯托夫听不到！所以那个瞎子是在跟她说话。

洛拉尖叫起来，但哭声被堵住她嘴巴的手掌盖住了。

23

纳内斯和凯特尔

国家宪兵队，沙勒维尔－梅济耶尔

"请过来，"凯特尔说，"我有东西给您看。"

上尉走到宪兵队的一台电脑前。键盘边上放着一张打印出来的单子。

"一些应该会让您感到放心的东西。"

凯特尔的提醒产生了相反的效果，纳内斯在颤抖。

"维尼尔军士刚刚给我发来的，"上尉解释说，"他的叔叔今天一大早为他打开了沙勒维尔市政厅的门。"

纳内斯低头看了看。

沙勒维尔－梅济耶尔市政厅

出生证明

（完整副本）

名字：雷诺·里夏尔·阿兰

姓氏：杜瓦尔

1977年1月29日出生于沙勒维尔－梅济耶尔

出生证明上有签名、盖章，甚至还能看到开具证明的户籍主管官员的名字，某个叫玛丽·塞西尔·弗里德里希的人。

"我还在等芒德和巴黎的回话。他们答应在中午之前给我答复。那样的话，我们就很清楚了！"

纳内斯本能地看了看宪兵队墙上挂着的红色杜卡迪钟上的时间。

11点38分。

"就很清楚了是什么意思？"

"好吧，"凯特尔解释说，"我们会有证据证明汉斯·贝尔纳和皮埃尔·卢梭从未存在过，他们是您丈夫可能需要的假身份。阿涅斯，您知道出生证明和户籍登记是如何运行的吗？"

"呃……"

11点39分。

"我了解过了，这是有严格规定的。出生证明是一种关于公民个人身份的法律文件。用行政部门的行话来说，是公证文件。其目的是让孩子出生有一个官方证明。因此，户籍主管官员必须一方面确保孩子不是偷来的或被非法收养的，另一方面也要确保孩子是活着出生的。因此，他通常需要一份医学证明，但根据法律，他也可以询问产妇。"

"这种情况从未发生过！"

11点41分。

"如今已经不常见了，"凯特尔承认说，"但是为了在出生证明上盖章，他必须得有一份出生声明，也就是参与分娩的助产士或助产医生的证明，以及来市政厅申报孩子出生的人的身份证件，显然通常是父亲或母亲。这是一个信息的宝库！继续念，阿涅斯，读一读您丈夫出生证明的剩余部分：

母亲的姓氏：杜瓦尔

母亲的名字：米拉娜

1956年9月29日出生于沙勒维尔－梅济耶尔（阿登省）

父亲的名字：不详

申报人：母亲，声明她自今日起承认他，并知晓由此建立的亲子关系的可分割属性[1]。

纳内斯浏览了一下文件，然后抬起头，毫不掩饰一丝疲惫。

"妙不可言。我的婆婆叫米拉娜·杜瓦尔。这些我已经知道了！"

"正因为如此，我才想确定不存在以汉斯·贝尔纳和皮埃尔·卢梭名义办理的出生证明。因为这份文件也包含了父母的信息，而米拉娜不可能在1977年1月29日这一天在三个不同的地方分娩。"

11点47分。

上尉把两把转椅推到最近的电脑屏幕前。

"在芒德，和巴黎一样，"她继续说，"他们肯定已经完成了在市政厅地窖里布满灰尘的档案中的礼拜日闲逛。他们应该很快就会打电话来。与此同时，阿涅斯，您想去捷克散散心吗？去皮尔森？热雷米和我已经确定了五家当地报纸。我们预约了去查他们的档案，我们可以获得在铁幕倒下前后近七十年的信息。我们已经开始将那些有抓人眼球的照片的文章复制并粘贴到谷歌翻译上……我现在几乎能说流利的捷克语了！来吧，让我们行动起来[2]！"

[1] 可分割属性意味着母系和父系这两种亲子关系是相互独立的：亲子关系可以在母亲方面确立，而未在父亲方面确立，反之亦然；确立与父母一方的亲子关系不需要得到另一方的同意。

[2] 原文为捷克语。

24

维姬

塔恩河畔，弗洛拉克

"洛拉？"

洛拉已经不在花园里了。

维姬走到栅栏门前，打开门，沿着河边走去。

"洛拉？"

洛拉也不在塔恩河附近。

维姬走到小村庄里，看着沿陡峭河岸延伸的公路，往南是去弗洛拉克市中心，往北是塔恩峡谷。

"洛拉？洛拉？"

洛拉绝不会在一个不熟悉的村庄独自一人走远。

维姬转过身来。尼科尔和马蒂厄·马里奥塔一动不动地站在鸟食盒旁，一句话也说不出来。

"洛拉？"

没有卡斯帕，洛拉绝不会离开。洛拉不会不打招呼就沿着那条激流去冒险。

维姬尖叫起来。担心的邻居们一个接一个地从村里的其他房子里走出来。

"洛拉？洛拉？洛拉？"

25

埃蕾阿

106号国道，塔恩河谷，洛泽尔省

距弗洛拉克还有十一公里。

萨米埃尔·加莱平静下来了。旅程即将结束，令人叹为观止的美丽风景帮助他平静了下来。随着道路往上攀升，塔恩河的峡谷在他面前舒展开来。他欣赏着壮阔的全景风光，耸立的悬崖峭壁，高悬在岩石缝隙中的树木，夹在峭壁之间开阔的峡谷弯道，波光粼粼的河面。

毫无疑问，与这里相比，博斯平原或旺代的乳品合作社的风景就像一片烤软后刮着吃的奶酪一样平平无奇，萨米埃尔更喜欢拜访塞文、奥弗涅和比利牛斯山的乳品合作社。

"在那里放我下来！"埃蕾阿突然喊道。

司机吓了一跳，车辆差点失控。他一个急刹把车停在一边，在尘土飞扬中，尽可能地靠近悬在峡谷上方的铁栏杆。

萨米埃尔很善良，完全不爱记仇。这让他在工作中容易犯错，他总是听信那些在安全标准上做手脚的奶牛养殖户。

"离弗洛拉克的教堂还有十一公里，小姐。我不会把您丢在这条蜿蜒的盘山公路上的。这里都没法并排通过两个人，您会被车轧死的。"

女乘客并没有听他的话，她已经打开了卡缤车。当她从车门和铁栏杆之间钻过时，萨米埃尔只看到她戒指的紫色光芒和全屏显示在手机上的照片。

萨米埃尔双手紧握着方向盘。

这张照片显示的就是他们面前的风景！

一模一样。同样的曲流，同样的阻滞水流的沙洲，同样的河滩乱石堆，同样的石桥穿过下方的塔恩河。

埃蕾阿已经跨过了安全防护栏。她在深渊的边缘停了一会儿，最后一次比较眼前的风景和她的照片，然后就消失不见了。

萨米埃尔犹豫了一下。

是重启汽车？还是追着那个女孩跑？然后呢？

她更年轻，比他更快，也更坚定。他检查了一下，后面没有车过来，然后就再次上路了。车里的寂静和之前一样，和他把她放下之前一样，但有些事情让他不舒服。在下一个弯道之前，他最后看了一眼后视镜，希望能再次看到埃蕾阿的身影。这个可能会困扰他很长一段时间的女孩，因为她是如此的漂亮……而且彻底疯了！

你彻底疯了！

"闭嘴，大脑，现在不是时候！"

埃蕾阿正在估算山谷惊人的坡度，并寻找一条下达塔恩河的路。

你看到高度差了吗？大脑坚持说，至少有一百一十米，平均五十五度的斜度。还有那些荆棘？那些岩石？穿着你的公主裙和平底鞋，你认为你装备齐全吗？

"那你呢，你看到皮埃尔刚刚发给我的照片了吗？这是寻宝游戏的下一步！这座桥，这条曲流，这个山谷。他想让我在这里停下！"

埃蕾阿开始下山了。她的平底鞋一走就滑倒了，她在最后一刻抓住了一根磨破她手掌的花楸树枝。

除非给你发信息的不是你的彼得鲁什卡！大脑固执地说，他通常更喜欢文字而不是图片。可能有人偷了他的手机，好让你知难而退。或者更糟糕的是……

埃蕾阿松开了树枝，任由自己在斜坡上滑行了几秒钟，然后抓到了下面几米处的另一棵树。

"别出声，大脑，我需要集中注意力！"

埃蕾阿发现她的右边有一条不那么陡峭的通道，一个岩石平台，上面的石头形成了某种台阶。她可以扮演蜥蜴，贴着墙壁爬行。她拉起裙子，把平底鞋塞进包里，一边继续前进，一边试图让心跳平静下来。

"别紧张，大脑。千万别紧张！"

她快到谷底了，步履维艰，紧身衣撕开了口，膝盖蹭破了皮，脚被磨破，手上沾满了血。山坡终于变得平缓一些了，她在一棵刺柏树下停下来喘口气。她离皮埃尔刚刚发给她的照片中的石桥只有六十米了。

你真的相信你的彼得鲁什卡正在桥孔下等你吗？

"哦，是的，大脑！"

在荒无人烟的石头和水中央，她有那么一瞬间希望如此。

她刚刚看到一个影子在动！

"彼得鲁什卡？"

下一刻，她的心跳停止了……

不是他，是三个人。

两个身材魁梧的男人，和一个瘦小的女孩。最多五岁。

埃蕾阿的眼睛睁得大大的，被她发现的这一幕惊呆了。

女孩使劲挣扎，用手和脚踢打，试图从那个把她举在塔恩河上空的男人手里逃脱。

"妈的，他们在搞什么？"

你和我看到的一样，这只是一个歇斯底里的小女孩，她的爸爸正努力让她平静下来！

"你就是个卑鄙的懦夫，大脑。看看那两个家伙的嘴脸。他们正要把她淹死。"

女孩身边的两个男人看起来就像她刚爬过的花岗岩石块一样结实。如果埃蕾阿冲上去，她不是他们的对手……

理智的意见是按兵不动，并且……

"让你自己有点用吧，脑子！给我找一件武器，什么都行！"

不等大脑作出反应，埃蕾阿俯身捡起手边的一块石头，一块略微尖锐的燧石，握在手掌里，开始往下山的方向跑，她赤裸的双脚掀起一片灰尘。她使尽全身力气尖叫，以吓唬那两个男人，希望这足以让他们听见她的叫声就逃走。

他们只是转过身来。

埃蕾阿的心再一次怦怦跳。

两张恐怖的面孔！两张支离破碎的脸！那种只在战争片中看到过，需要几个小时的化装才能看到的脸……

只不过，这既不是化装，也不是电影。

这可能是一场战争。

快躲开！大脑喊道。

在塔恩河边，无耳怪物拔出了一把枪，对准她。

来不及了，埃蕾阿刹那间想到。

她来不及听从她的大脑，来不及分析形势，来不及做出理性的反应，她被斜坡、奔跑、那个女孩投来的满怀希望的眼神所裹挟。埃蕾阿不过是被派去冲锋陷阵、刺死在敌人刺刀上的敢死队员中的一个。

除了更大声地喊叫，她还能做什么？

"放开她！你们快走开！"

那两个怪物似乎并不打算动。大脑是对的，她就这样冲上前去，独自一人，甚至没有发出一条信息，真是疯了。大脑总是对的，而她错了，最后一次错了。

一把手枪的枪管头上闪了一下光。

埃蕾阿尖叫着，用尽全身力气，在子弹穿透她的心脏之前。

"放开她！"

她的叫喊声回荡在狭窄的峡谷中。

"放开她！她——她——她——"

"那里——洛——拉！洛拉！洛拉！"

那怪物没有开枪。

一阵呼喊声刚刚呼应了埃蕾阿的尖叫声。

呼喊声来自山谷，惊慌失措的呼喊，可能是喊这个女孩的，因为她听到自己的名字时有反应。

洛拉？

女孩用十倍的力量挣扎着。

此时，一切都疾速进行。

埃蕾阿发现下面有一条土路，可以通向石桥。一辆灰色的 SUV 停在附近。这两个脸部烧伤的男人放开了女孩,无耳男人抓住了同伙的胳膊,他们匆匆走向越野车。几秒钟后,汽车启动了。

小女孩站在河边,瑟瑟发抖。

埃蕾阿走过来。所有的危险都过去了。她甚至伸出胳膊想安抚她,但洛拉,这是她的名字,已经转身往回走了。她沿着塔恩河的小路摸索着,几秒钟前呼喊她的声音就是从这条路上传来的。

"洛拉?"

小女孩突然开始飞奔起来,在布满了沙子和卵石的陡峭河岸上,从一块石头跳到另一块石头,几乎是飞而不是跳,顾不得滑倒或摔跤。

"妈妈!"

26

凯特尔

国家宪兵队，沙勒维尔－梅济耶尔

凯特尔盯着时钟的秒针，每过一秒就抱怨一下。

"他们答应在中午之前给我回电话！我只是要求他们打开芒德市和巴黎第18区的市政厅的大门，又不是爱丽舍宫！"

纳内斯没有发表任何评论。她专心致志地看着电脑屏幕，上面开着两个窗口：左边是捷克的报纸，右边是文章的粗略翻译。她辨读着整篇毫无用处的信息，首先是看当地报纸标题的含义，《捷克人民之友》《波希米亚真理》《比尔森报》《社会主义话语》《真正的比尔森》……

11点59分。

"他们到底在搞什么？见鬼……"

就在凯特尔骂人之前，电话响了。电话上显示出一个名字，是巴尔雅克，芒德的联系人，她保存了这个号码。上尉立即接了起来。

"巴尔雅克，您那儿有什么消息吗？"

一阵刺耳的铃声回答了她。巴尔雅克那个白痴是触发了市政厅的警报吗？凯特尔本能地低头看了看她的屏幕。

是她的电话在响！

呼叫等待！还有其他人在尝试联系她……

01 43 38 95 86。一个来自巴黎的电话？巴黎第18区的军士长拉格朗热？"

凯特尔咒骂道，这次是骂她自己。这样给同事施加压力，"我要不惜一切代价在中午之前得到消息！"他们同时冲过终点线！

"等等，巴尔雅克，又有一通电话找我。"

……

"拉格朗热？等一下，我马上就回来。"

……

"巴尔雅克？我在听。快告诉我，您没有在芒德市政厅的地窖里找到这个汉斯·贝尔纳的鬼魂吧？"

"有，上尉。"

"有什么？"

"有，我找到了！出生登记簿就在我眼前。汉斯·贝尔纳于1977年1月29日出生于芒德。一切都是合法合规的，日期、地点、时间，户籍登记员的印章和签名，申报人的签名。他确实在这里出生，而且是活着的，这个孩子，四十六年前！"

"该死的……"

……

"不要挂断，巴尔雅克，千万别挂。"

……

"拉格朗热？您能听到吗？请向我保证，您不会让我心脏病发作……"

"我找到他了，上尉！皮埃尔·卢梭。1977年1月29日生于巴黎第18区的比夏医院。经过认证、核实、公证，我有全部的文件。我把所有文件的扫描件电邮给您？"

……

凯特尔把电话从耳边拿开。她需要冷静地思考,并白纸黑字地写下这一切。一直专注于捷克语文章翻译的纳内斯,将目光转向上尉。

"有什么问题吗,上尉?"

凯特尔继续在脑海中运算着这个无解的方程式。

三个有同一张面孔的人,在同一天,在三个不同的地方出生。

"不,阿涅斯,没有问题。我只是弄错了一件事。"

……

"您的丈夫真的成功地复制了他的生活!"

27

维姬和埃蕾阿

塔恩桥营地，洛泽尔省

维姬安顿洛拉睡下。她很少再睡午觉了，但维姬没有让她选择。女儿在她的怀里颤抖了一个多小时，哭泣，为自己辩解，这不是我的错，妈妈，是因为卡斯帕的弟弟，他们看上去很友好，妈妈，慢慢地让恐惧消退，慢慢地让心跳平静，最后在塔恩桥营地的小房间里睡着了。

维姬蹑手蹑脚地走了出来。埃蕾阿正坐在露台上的两把塑料椅子中的一把上等着她。

"我想来瓶啤酒，您呢？"

"不，谢谢，我滴酒不沾。"

烈日当空，炙烤着小木屋前的帆布遮阳篷。离他们几米远的塔恩河缓缓流淌，却给人一种截然不同的凉爽印象。自相矛盾的感觉。不合常理的情绪。

维姬机械地打开冰箱，拿出一瓶酒，一个开瓶器，一个杯子，脑海中回放着一个小时以前的画面，洛拉的失踪，她的恐慌，邻居们的到来，临时发起但有组织的搜寻，她不可能走远，她可能迷路了，您别担心，夫人，她不可能被绑架，这里每个人都互相认识。他们加快脚步，沿着塔恩河走，因为洛拉不在村子里的任何一个地方，她可能跟着河水、鸟、鱼或金龟子走了。居民们的态度变得越来越警惕，您真的确定没有发生什么特别的事情吗?

维姬没有回答他们,她把嗓子的所有力量都留给了洛拉,而当他们到达法耶桥时,奇迹发生了:洛拉在那里!

还活着! 她扑向了她的怀抱。当地人放心地离开了,但也很恼火,她不能好好看着她的孩子吗? 如果孩子淹死了怎么办?

只剩下她们了,维姬和洛拉,还有这个给他们指路的陌生女孩,她刚好在他们之前到达现场。

她是从哪里来的? 她是谁? 从天而降的天使?

她看起来并不像,化着浓妆的黑眼睛,文身的肩膀,卷起的裙子下撕裂的连裤袜,野孩子般的赤脚和无名指上那枚奇怪的高科技戒指。

维姬拉出椅子,在埃蕾阿对面坐下。小木屋的影子将露台一分为二,维姬选择坐在阳光下,而埃蕾阿坐在阴影里。阳光下的金发女郎和月光下的棕发女郎。

维姬舒出一口气,露出一个大大的微笑。

"谢谢! 没有您,我不知道会发生什么。洛拉把一切都告诉我了。她描述了那两个脸被烧伤的家伙。他们没有伤害她,但他们威胁她。显然,他们想让她告诉一些关于她的爸爸,好吧,其实是她的养父——汉斯的事情。还有关于汉斯妈妈的事情,洛拉并不认识她,但他们似乎并不相信。等洛拉一醒来,我就会去宪兵队报警。我想让她好好休息。这……这是一个奇迹,正好您出现在那里,还敢去吓唬那两个人。"

埃蕾阿喝掉了给她的半杯水。

"是的……我经常想得太多,而有时又想得不够。"

维姬回赠一个灿烂的微笑。她们有一会儿就坐着不说话，然后维姬终于打破了沉默。

"别担心，我不是警察，不会问您来这里做什么，或者您为什么出现在那里。但如果您不知道去哪里吃饭，在哪里睡觉，如果您有任何需要，我随时都在。"

"谢谢，我自己可以。"

"您不爱说话，是吗？"

"应该说，我更习惯自言自语。"

"我理解。我在马尔热里德地区吕讷经营一家农庄，叫山柳菊。我一年四季都在接待客人。我想我还算有天分，知道什么时候应该闭嘴，什么时候应该说话。"

那你闭嘴吧！ 埃蕾阿想。

她需要和大脑聊聊，搞清楚为什么皮埃尔会在那个女孩被绑架的确切时间和地点给她发那张照片。她的彼得鲁什卡在监视他们吗？

"你怎么想的，大脑？"

没想法，抱歉。你很清楚，当事情变得不合理时，我就无能为力了。

"那两个脸被烧伤的人呢？"

我只能告诉你，他们上的 SUV 是一辆斯柯达柯珞克。一个相当老的车型。除此以外……

埃蕾阿叹了口气，抿了一口杯子里的水，以免维姬看到她无声的嘴唇在动。这个女人与她完全相反，埃蕾阿猜测。一个应该不会考虑太多的女人，她一往无前，披荆斩棘；她应该很爱孩子，而埃蕾阿躲避孩子；她应该喜欢让事情经常变动，而埃蕾阿喜欢保持它们的原样；

她应该喜欢乡村的热情好客，而埃蕾阿喜欢大城市的孤独；她应该紧扣现实，而她坚持梦想；她是金发，而她是棕发，一个黑夜一个白天，正如人们所说……

然而，她也猜到，有一种比她们之间的差异更强大的东西将她们联系在一起。她们的相遇并不是偶然的结果。

我也许已经黔驴技穷了，大脑说，但你简直是胡说八道。

而如果，埃蕾阿继续思索，是皮埃尔希望她在那一刻拯救那个孩子呢？这样她就能见到这个维姬。而如果这就是寻宝游戏的下一步呢？她的彼得鲁什卡的新挑战，就是信任这个女孩？

埃蕾阿喝了一大口水，然后才开始说道。

"您不想扮演警察，但您仍然想知道我在这里做什么？"

"我想我有一点点见解。"维姬回答。

"哦？您对心理学这么在行吗？"

"得您告诉我……我打赌您是失恋了，或类似的原因。"

埃蕾阿耸了耸肩，皱起了眉头。她以输掉了最后一把赌注的赌徒虚张声势的心态回答道。

"好吧。差不多是这样。"

阳光照耀着维姬金色的头发。她变得更加光彩照人。

"会好起来的，别担心。你就像一颗心一样漂亮。原汁原味。男人都喜欢这样的。"

"不……男人讨厌这样的。除了极少数的例外。当您找到一个能接受您本来样子的男人的时候。"

"我理解您……"

"我不这样认为！"

你不必这么咄咄逼人,大脑教训她说。

"我要告诉您一个秘密,埃蕾阿,我也是来这里寻找一个男人。"

"您的汉斯? 洛拉的养父? 那两个疯子在找的人?"

对了,大脑鼓励他说,你感兴趣,那就好了。

"是的。"

维姬把她的棕色啤酒举到嘴边。瓶子在阳光下闪闪发光。

"您确定什么都不想喝吗?"

"如果没有爱……就来点冰水吧。"

维姬开始起身,但埃蕾阿拦住了她。

"不用麻烦了,我自己去。"

维姬听到度假小屋地板上柔韧的板条在埃蕾阿的赤脚下弯曲,她听到橱柜门开了又关上,她听到水龙头的水在流淌、流淌、流淌,没有停止,时间太长了,杯子肯定接满水有一阵了,然后她就什么都没再听到,在漫长的几秒钟里。

然后她听到了杯子炸裂的声音。

维姬冲上前去。她的脚踩上了玻璃碎片,差点在水坑里滑倒。

埃蕾阿站在冰箱上贴着的汉斯的照片前,目瞪口呆。维姬为了她在弗洛拉克的这次调查,选择了她爱人最近的一张照片,是在一条宽阔的峭壁夹岸的河流前拍摄的,曲流形成一个几乎完美的环形。

听到身后传来嘎吱嘎吱的脚步声,埃蕾阿以母老虎般的速度转身。她的拇指和食指之间仍然攥着一块带血的玻璃碎片。她用它指着维姬的喉咙。

"您到底是谁? 您拿这张照片想做什么?"

172   Trois vies par semaine

维姬保持着冷静。现在不是恐慌的时候。这个女孩只是精神失常了,失恋让她神志不清。维姬以前见过这样的,她可以处理。

"冷静点,埃蕾阿。放下这块玻璃碎片。这个男人叫汉斯。汉斯·贝尔纳。我和他一起生活并抚养洛拉。"

"你撒谎!"

玻璃碎片靠近了维姬的颈动脉。

"他的名字叫皮埃尔。皮埃尔·卢梭。他就是我正在寻找的人。我的彼得鲁什卡,我生命中唯一的男人!"

28

凯特尔和纳内斯

国家宪兵队，沙勒维尔－梅济耶尔

拉格朗热军士长和巴尔雅克中尉立即注意到，马雷尔上尉的语气发生了变化。她的语气突然从一个吹冲锋号的元帅变成了一个乞求获准外出的一等兵。在他们刚刚向沙勒维尔－梅济耶尔宪兵通报的消息中，有一些东西让她倍感震惊。

他们没有进一步讨论，也没有试图去追根究底。从前一天开始，阿登省的这个女宪兵已经够给他们添麻烦的了！他们已经扫描了出生证明，并把所有资料通过电子邮件发了过去。

不到三分钟，凯特尔就收到了邮件，她立即把两份出生证明打印了出来，她努力保持冷静，没有看纳内斯一眼，把它们放在了宪兵队最大的桌子上，放在雷诺·杜瓦尔的出生证明旁边。

雷诺·杜瓦尔

1977年1月29日出生于沙勒维尔－梅济耶尔

母亲的姓氏：杜瓦尔

母亲的名字：米拉娜

1956年9月29日出生于沙勒维尔－梅济耶尔（阿登省）

父亲的姓氏：不详

汉斯·贝尔纳

1977年1月29日出生于芒德

母亲的姓氏：贝尔纳

母亲的名字：马里翁

1956年10月13日出生于芒德（洛泽尔省）

父亲的姓氏：不详

皮埃尔·卢梭

1977年1月29日出生于巴黎（第18区）

母亲的姓氏：卢梭

母亲的名字：朱迪丝

1956年5月20日出生于巴黎（第5区）

父亲的姓氏：不详

凯特尔把三张驾驶证放在每张对应的出生证明上面，然后转向纳内斯。

"那么阿涅斯？您有什么看法？"

纳内斯站了起来。她看了一会儿证件，然后用湿润的眼睛盯着上尉。

"雷诺是最普通的一个丈夫。一个平庸的男人，没有故事，没有秘密。一个深情但缺乏想象力的丈夫。一个可靠的父亲，平淡无奇，甚至有点无聊。这就是我过去所认为的，在您告诉我他死了之前，我这一生都确信这一点。"

"无聊？"凯特尔重复道，"缺乏想象力？平淡无奇？毕竟，为什么不行呢，也许他并不知道那两个克隆人的存在……即使他的手套箱里放着那两人的驾驶证到处跑。"

纳内斯努力低头看那三张照片。一张一张地依次端详三个同样的微笑，三双同样的灰色眼睛，三个同样的……

"那您呢，上尉，您怎么看？"

凯特尔没有回答，而是在房间里走来走去，在墙上挂着的白板前停下。

"您真的想知道吗？"宪兵说着，抓起一支记号笔，"如果我们想得没错，这其实只是一个有三个未知数的方程。或者更准确地说，是两个方程，一个有三个未知数，另一个也有三个未知数。"

她在白板上画了三个十字架和三个圆圈，并将每个十字架与不同的圆圈相连。

"我们首先可以想象，有三个女人在同一天分娩，三个单身女人，而她们每个人都会在孩子出生地申报孩子出生，分别是巴黎、沙勒维尔和芒德。但由于某种未知的奇迹，这三个孩子看起来一模一样。"

"如果驾驶证上的照片可信的话。"纳内斯纠正道。

"我们的专家已经几乎可以确定那些证件是真实的，上面的照片不是被撕下来然后再贴上去的。"

"专家们，您知道……"

"好吧，但这仍然是同样的假设，不管是不是造假的证件。三个不同的女人，三个不同的婴儿。"

纳内斯仍然盯着白板。

"我在听您说……您别的想法是什么？"

"严格来说，只能有三种其他可能。"

凯特尔,在第一张草图下,画了一个十字,三个圆圈,然后把它们连接起来。

"同一个女人,在三个不同的身份下,申报了三个不同的孩子。三个孩子长相非常相似,也许是她自己的孩子,我们姑且认为他们是三胞胎。"

纳内斯表示赞同。

"那么朱迪丝·卢梭、马里翁·贝尔纳和米拉娜·杜瓦尔只能是同一个女人?这似乎符合逻辑。根据出生证明,她们是在同一年出生的……那这个女人有三个孩子?那么这个女人一定是米拉娜,我的婆婆。她可能捏造了这两个身份来掩盖雷诺两个双胞胎兄弟的存在?我了解米拉娜,我可以向您保证……"

"什么都无法保证,"凯特尔打断她,"她完全可能对您撒谎,但不管怎样,这个假设并没有解决分娩日期这个无解的问题。"

凯特尔迅速画了一个新的示意图。只有一个十字架,一个圆圈,两者之间有一条线。

"另一种可能性。同一个女人,以三个不同的身份,为她的独生子申报了三个不同的身份。为什么?怎么做到的?这三个身份对她有什么用?这都是谜……但是这个假设和最后一个假设比起来,至少没有那么天马行空。"

她画了三个十字架和一个圆圈。

"三个女人,在同一天,在三个不同的地方,生下了同一个孩子。"

"哇哦!"一个声音在他们背后响起,"这完全不可思议,但我喜欢这个想法!"

她们吓了一跳,转过身来。马蒂亚斯·维尼尔军士,一个有着综合体能训练运动员身材的年轻警员,刚刚进入宪兵队,身边有一个与他祖母同龄的女人。

"你们会为我感到骄傲的,"维尼尔补充道,"我找到了一个证人!"

凯特尔·马雷尔打量着这个刚进门的女人。一个六十来岁的僵硬的女人。如果她是一个木偶,她应该是一个木制人头杖,而不是一个布袋木偶。一个富人木偶,从手指到耳朵都闪闪发光,戴着金耳环,无名指上是单粒钻石,也许是为了转移人们对她右鼻孔上那颗难看的红疣的注意力。她向凯特尔伸出了一只坚定有力的手。

"玛丽-塞西尔·弗里德里希,是我为您的同事打开了市政厅。我负责沙勒维尔-梅济耶尔的户籍登记已经快三十年了。"

凯特尔和纳内斯在脑子里计算着。三十年……差点!1977年,玛丽-塞西尔·弗里德里希还没有开始负责沙勒维尔的户籍登记……而且再说,就算她当时已经负责,她怎么可能记得四十多年前的一个出生申报呢?

"但是,"玛丽-塞西尔·弗里德里希继续说,"我是从底层做起的!"

她直勾勾地盯着宪兵队的官员,带着那些爬上高位后从不往下看的人的自负。

"C类公务员,"她细细说来,"1977年1月,我通过了户籍主管官员的选拔考试。我在沙勒维尔实习,在那里签订了我的第一份合同,至今我仍然在那里。还有三个月。"她补充说,声音里有一丝遗憾。

凯特尔和纳内斯交换了一个眼神,分享了同样的兴奋。有没有可能玛丽-塞西尔还记得……

"您的同事把一切都告诉我了!"玛丽-塞西尔直截了当地说,"我可以吹嘘自己记性好,但肯定不能记住我盖过章的近两万两千份出生

Trois vies par semaine

证明。应该说您很幸运……"

纳内斯再也忍不住了。

"您还记得米拉娜吗?"

玛丽-塞西尔终于笑了,几乎和站在她旁边的马蒂亚斯·维尼尔军士的笑容一样得意扬扬,仿佛一些荣耀的闪光片也落在军士宽阔的肩膀上。

"米拉娜·杜瓦尔?是的,我记得还很清楚。我想是因为那会儿我刚参加工作只有几周。人们总是对自己的第一批客户或学生记得更清楚,不是吗?而且还因为那位母亲……怎么跟您说呢,这么多年过去了,我依然很困惑。"

"困惑?"凯特尔和纳内斯异口同声地重复。

"她自己来的,这很少见。通常都是父亲来申报新生儿,而母亲在产房里。她带着孩子一起来的,这就更稀奇了,您一定理解为什么。最后,怎么说呢,她的眼神里有一种忧伤、一种恐惧、一种急迫,但当我在她的文件上盖章时,这些就都消失了。

"从那时起,我学会了辨认这种忧伤。我几乎总是能在移民家庭的眼神中看到这种神情,无论他们是否为合法移民。他们都因为担心法国不承认他们的孩子而感到纠结。就好像他们无法相信,只要他们的孩子在法国领土上出生就能获得国籍,然后从市政厅开具官方文件就可以有保障了。"

凯特尔很惊讶,转向纳内斯。

"您的婆婆米拉娜不是法国人?"

"她是法国人,她当然是。我从来没有任何理由去怀疑它。即使……"

"即使什么?"上尉坚持问道。

"她说的法语非常标准，但有时，非常少见，她说话时会带点轻微的口音，几乎不可能被注意到。"

"您能说出来是什么样的一种口音吗？"

"嗯……一种东方口音，斯拉夫语……也可能是德语。"

"是捷克语吗？"凯特尔提示。

纳内斯还没来得及回答，玛丽-塞西尔挥舞着手指上的钻石要求再次发言，显然对她的陈述被打断而感到不快。

"上尉，我还没说完。我还没有告诉您最重要的事情。"

凯特尔谦恭地垂下眼帘，也是为了避免长时间盯着这个从C类晋升到A类的公务员嘴巴上面的疣子。

"我后来又见到了米拉娜·杜瓦尔。有一次！我想这就是我记住她的原因。而今天尤其如此。"

"是因为我要求您重新打开那个出生登记簿？"

"不，跟这个无关，别老是不停地打断我的话，上尉，这很烦人。"

纳内斯以为凯特尔要爆发，但没有，宪兵礼貌的笑容几乎一点都不僵硬。

"是国际木偶戏剧节让我想起了这段回忆。今天早上在沙勒维尔根本没法通行！整座城市因为一个皮埃罗和三个吉尼奥尔水泄不通，坦率地说……但我们不说这个，我再次看到米拉娜·杜瓦尔，正如我刚跟您说的，是在2017年，在第19届木偶戏剧节期间……"

"那是她去世前的几个月。"凯特尔和纳内斯计算着，却没有发表任何评论。

"我的孙子孙女们把我拉到公爵广场。为什么我一眼就认出了她，那是因为她在舞台上！独自一人。仅凭她那十根灵活的手指，她就同时为三个木偶赋予了生命！坦白说，我并不特别喜欢这种无聊的东西，但我必须承认，这个米拉娜的表演令人惊叹。我知道市政厅花了很多钱，从世界各地请来了一些天赋差很多的艺术家。"

凯特尔暗暗咒骂。这个 A 类盖章员没有给她提供任何新的信息。上尉已经从纳内斯那里知道了，米拉娜在受癌症折磨时，为她的孙子们表演了最后一场演出。

"她的演出讲的是彼得鲁什卡的故事，"玛丽-塞西尔继续说，"这当然不如斯特拉文斯基在歌剧舞台上表演的芭蕾舞，但另一方面，沙勒维尔-梅济耶尔既不是米兰也不是悉尼……"

这一次，凯特尔没能忍住。

"我就直说了，弗里德里希夫人。我们的时间很宝贵，而且我们已经掌握了您刚才告诉我们的信息。所以非常感谢您，除非您还有其他的细节……"

玛丽-塞西尔·弗里德里希向上尉投以责怪的目光。她那猩红的疣子仿佛要闪烁起来。

"在我们从市政厅到宪兵队的路上，您的同事提到了您的调查。两个在逃的杀人犯。两个脸被烧伤的奇怪男人……"

上尉用眼神狠狠盯着军士。马蒂亚斯·维尼尔的健美的身体似乎一下子就泄了气。

"不要责怪他，"玛丽-塞西尔带着傲气随口说道，"我们都是政府工作人员，需要一起合作，不是吗？这两个脸被烧伤的人，我想不会有一百个那么多，像他们这样的两张脸，我向您发誓，我会永生难忘，所以，当时，这两个怪物，在离我几米远的地方看彼得鲁什卡的表演，而且眼睛始终没有离开过米拉娜。"

Part 1　　　　　　　　　　　　　　　　　　　　　181

29

维姬和埃蕾阿

塔恩桥营地，洛泽尔省

在弗洛拉克和塔恩桥营地，夜幕已经降临。只有一些若隐若现的微光在木屋的露台上闪烁着：手机、用以阅读的小夜灯、玩具灯笼或香薰蜡烛的光亮。塞文地区夏季最后的萤火虫，用柔和的光拉长了晚上的时间，以对抗不断变短的白天。

洛拉在下午睡了两个小时，醒来时把卡斯帕紧紧抱在胸前，什么也没说，只是报以微笑，仿佛她被绑架只是一个噩梦。维姬不忍再去唤醒那些噩梦，再跟她提起那两个脸被烧伤的怪物。她晚点再和她讨论这些问题，明天早上，她不得不带她去造访让她心惊胆战的宪兵队，今天洛拉也有她的情绪。

维姬让她在木屋附近玩耍，千万别走远，宝贝，然后很快就做了一道三人份的菜，用意大利面、鸡蛋、奶油，有点像奶油培根意大利面。太阳还没落山，洛拉就又倒下了，筋疲力尽。

维姬在她的小杯子里倒了一点点蔷薇甜酒。她和埃蕾阿坐在露台上的唯一一盏灯下，享受着这一刻。游客和蚊子都离开了，只有这令人难以置信的初秋的炎热还在持续。

"通常，"埃蕾阿突然说，"我不太喜欢孩子。但洛拉，还可以。"

"我应该把这当作一种赞美吗？"

Trois vies par semaine

"哦，是的，正是这样！"

埃蕾阿看着她，吸吮着她指尖上凝固的血迹。几个小时前，一听到大脑在脑海里朝她大叫，她就扔掉了对准维姬颈动脉的玻璃碎片。

住手，埃蕾阿，住手！

但她仍然站在那里与这个女人对峙，四目相对，她的信念没有丝毫动摇。

这个女人在对她撒谎！

这个女人想给她下套，或者这个女人搞错了，说到底这都不重要，但真相只有一个：挂在这间小木屋里的照片上的那个男人，那个有着灰色眼睛、身材纤细瘦长的男人，他的名字叫皮埃尔！他在世界各地跳舞，创作纯净的诗歌，对她说尽甜言蜜语，从未超过三个小时不给她消息……至少在四天前是这样。

维姬也没有退让，事实对事实，眼神对眼神，两个人都在自己内心深处思考。

而如果……

"我想我要尝尝您那个玩意儿，喀斯的蔷薇甜酒。"

维姬惊讶地盯着她。在她们见面之初，埃蕾阿曾信誓旦旦地说，她不喝酒。维姬给她倒了一杯，没有发问。

你不应该喝酒，大脑提醒她。

哦，应该喝！埃蕾阿为自己辩解，却没有张开嘴唇。我就是觉得把你灌醉很好玩，大脑，这样我就不用再听你教训我了。

维姬把那张照片放在露台的桌子上，离她们的两张椅子一样远。在洛拉醒着的时候，她们谁都没有再谈及此事，默契地同意休战，每个人都准备着各自的论据，或者衡量论据的薄弱。

维姬首先出了第一颗棋子。

"您的皮埃尔和我的汉斯也许是孪生兄弟?"

埃蕾阿用嘴唇抿了点蔷薇甜酒。她感觉到,似乎有一股熔岩流穿过她的身体,让她的大脑燃烧起来。

来,喝点这个,大脑!

"皮埃尔是独生子,"埃蕾阿回答说,"而且我相信您的汉斯也是一样。"

维姬点头表示同意。

"也许他不知情? 他们可能在出生时就被分开了。这种事情也是有可能的……"

埃蕾阿又抿了一下嘴唇。一次新的喷发。把一切都燃烧,就连最细微的想法也不放过,难道不是最好的解决办法吗?

"不,这种事情不会发生。生活中,一切总是要简单得多。"

维姬龇牙咧嘴,一口气干掉了杯中的烧酒,但这似乎并没有比一杯茶更令她上头。她弯下腰去翻找她的包。

"毕竟,这很容易核实。"

她拿出一本红色的记事本,在埃蕾阿面前打开。

"我们打开天窗说亮话? 我在这个本子上记下了汉斯和我在一起的每个星期,平均每个月一周。我肯定您也会把一切都记下来。我们现在只要核实一下汉斯是否有分身术。"

埃蕾阿犹豫了一下。她真的想知道真相吗?

你在害怕什么? 大脑激她。

埃蕾阿又喝下了一满杯的甜酒将它点燃,在酒劲释放下全身颤抖着,然后低头看她的戒指。

"我的珍宝,"她用颤抖的声音问道,"你能列出今年皮埃尔来找我的所有日子吗?"

一切都存在她的电子日程中,每一段回忆,精确到分钟。

她们进行了比对。

在过去的一年里,维姬见过汉斯十三次,总共有八十八天在一起度过。埃蕾阿只见过皮埃尔六次,总共有十八个夜晚和二十三个白天在一起……

没有一个白天和夜晚是重合的!

当汉斯与维姬一起度过那一星期时,埃蕾阿从未与皮埃尔在一起,而当皮埃尔到巴黎与埃蕾阿见面时,汉斯又从未与维姬在一起。

"所以从技术角度讲,"维姬用一种看破一切的声音承认,"汉斯和皮埃尔可能是同一个人。对他来说,过一种双重生活是很容易的。不过话说,我们能把这叫作双重生活吗? 他每三个月才见您一次,埃蕾阿。"

埃蕾阿讨厌维姬脸上小人得志的笑容。

"而当他离开三个星期的期间,他有没有向您报过平安? 他会在晚上给您发一条短信,对吗? '亲亲洛拉,我想你,我爱你。'我们,我们之间的联系是不间断的,亲密无间的。我甚至不知道您是否能够理解。没有什么能将我们分开,从来没有。没有什么能磨灭我们的爱。没有例行公事,没有日常烦忧。"

"我明白了……这很方便,虚拟的感情!"

埃蕾阿笑了,对自己的优势信心满满。

"我会跟您交代得明明白白,维姬,即使它会让您不高兴。即使他和您在一起的时候,皮埃尔也总是给我写信。他脑子里想的是我,而不是您！他去见您的时候，欺骗的是您，而不是反过来！"

维姬又给自己倒了一杯蔷薇甜酒，飞快地。它溢出来了，一条黏稠的酒痕，像一只粉红色的鼻涕虫，爬过塑料桌。

"好吧！"维姬嘲讽道，"我确信，反过来，当汉斯和我在一起的时候，您收到的短信没有平时那么多。因为他有别的事情要做，而不是像在旅途中一样，除了在手机上敲字没有其他可以打发时间的事情可做。给您写信，对他来说一定就像玩糖果粉碎机一样，我想您应该明白我的意思。但是埃蕾阿，请您核对一下，您一定把他的每一条信息都保存下来了，在您天资聪颖的小脑瓜里读了又读，数了又数。既然我的记事本已经在您眼前，去吧，去问问您的珍宝吧。"

埃蕾阿开始发慌。她不用等维姬的建议。她已经核对过了，她正悄悄地查看手机屏幕，上面正向她显示所有的数据。在皮埃尔和维姬在一起的那几周，她平均每天收到4.6条短信，而其他几周则是7.8条。

她不是那么愚蠢，这个金发女郎，大脑清醒地悄悄告诉她。

埃蕾阿没有时间回答，也没有时间喝酒。残忍的维姬又重复解释一遍。

"我想汉斯和您在一起，是想寻找一点异国情调。有点暧昧的状态。一剂小小的肾上腺素，就像我们偶尔去尝试一家情调小餐厅，一个买醉的夜晚，一点行为失检来证明我们仍然是自由的。但他的家人，是我。我和洛拉。"

埃蕾阿笑了起来。可能是酒精的作用。她感到一种绝望的快感。一种幽灵般的轻盈，可能是在接近死亡、灵魂脱离身体时的那种感觉。

"是的，维姬！您已经全都明白了！一个家庭！是洛拉给皮埃尔布下的圈套，而不是您。他回到你们身边是出于责任，只是为了不让她失望。而他回到我身边……则是因为激情！"

维姬也哈哈大笑起来。她的眼睛闪闪发亮。她也喝醉了吗？埃蕾阿问自己。她没有像她想表现的那样能喝吗？她也进入了那个令人窘迫的绝望的快感地带吗？

"因为激情？我的上帝，埃蕾阿，清醒点吧！您对男人一无所知（她还在笑，笑得很大声）。您的，您刚刚怎么说的来着？彼得鲁什卡，他跟您说什么了？哦对，他是一个明星舞蹈家！那为什么不是宇航员呢？或者是孟加拉的猎虎人？您就没有在互联网上查一查吗？我肯定没有您的皮埃尔·卢梭的任何踪迹！"

这个金发女郎真的不傻，大脑认为指出这一点很有用。

"你还没醉？"埃蕾阿低声埋怨。

她又喝了一满杯甜酒，希望能淹没她的大脑，但这只会加速她无休止的失误。

"请说吧，埃蕾阿，"维姬继续冷酷地说道，"您是网络达人！给我看看！给我找一个您的皮埃尔表演过的节目的踪迹。一个节目单，哪个都行。一本剧情简介，一次巡演……"

埃蕾阿当然找过，但这么多年来，她从未有任何发现。

"他在撒谎！"维姬几乎是喊出来的。

"不！"埃蕾阿恶狠狠地为自己辩护，"他是用假名跳舞的！他的艺名，我从来没有问过！我从来没有问过他的艺名，我尊重他，我……"

埃蕾阿感到自己被嫉妒的旋涡以令人眩晕的速度卷走了。

"我也要对您实话实说，维姬！这个我们共同拥有的男人，他和您在一起时喜欢做什么来消磨时间？切割石膏板？给您打磨横梁？给您的屋顶铺瓦片？而到了晚上，在忙碌了一天之后，他还会倒在电视前的沙发上？他一定无聊透顶了！以至于我无法相信，以他的细腻和敏感，他居然能承受这个。"

埃蕾阿似乎有一瞬间失去了平衡，但随后又恢复了镇定。

"坦率地说，维姬，您告诉我的一切听起来都像是一个笑话。我什么都能相信，但实在没法相信我的彼得鲁什卡会成为一名卡车司机。"

"这个职业，对您来说有问题吗？"

"没有……但请您继续，您井井有条，和我精通网络一样。给我看看工资单，卡车保养、维修的发票，行车路线，过路费票据，同事、老板的名字。"

"他是个体经营者。"

"看吧！"

30

凯特尔和纳内斯

国家宪兵队，沙勒维尔 – 梅济耶尔

马蒂亚斯·维尼尔军士已经录下了玛丽 – 塞西尔·弗里德里希的口供，然后凯特尔·马雷尔上尉派他去丘吉尔广场接班，那里正在举行一场南美人头杖比赛。她不知道这样的比赛包括哪些内容，但能让他放松一下！

她想和阿涅斯单独在一起！没有人打扰她们，即使那些宪兵会经常在开始或结束工作之前进进出出。他们用力地摔打着门，大声抱怨着外面的恶劣天气，或者更糟糕的，吐槽他们上司的臭脾气。

"他妈的，梅迪，"威廉·瓦尔库尔中士怡然自得地说道，"终于结束了！七十二个小时没有回家了。一看就知道，马雷尔没有孩子！"

"周末愉快，威尔！"

"谢谢！也祝你周末愉快……哎呀，是您呀，上尉？对不起，嗯……我没注意到您。"

威廉·瓦尔库尔重新整了整他那件包裹得紧紧的制服，然后都没有遮挡自己一下或打开雨伞就走了。

"关门，该死的！"

"好的，老板，我关上。明天见……呃，祝您度过美好的夜晚。"

终于只剩下她们两个人了！

凯特尔·马雷尔本想锁住那扇该死的门，挂起那该死的电话，拥有一个或几个小时没人来打扰的时光。调查不是像那些疯狂的美国电影中那样去追捕；也不是像蹩脚的法国电影中那样慢悠悠、一丝不苟地拼拼图。不，调查往往是放空，停下一切，然后思考。就像做任何其他数学作业一样。您看过题目了吗？ 您有三个小时来解决这个问题，现在我不想听到任何声音！

夜幕已经降临沙勒维尔－梅济耶尔。大多数卡罗洛人已经回家了，或者正在观看最后一场夜间演出。宪兵、警察和共和国保安队组成的巡逻队在街上穿梭。除非发生灾难，今晚没人会来打扰凯特尔。他们从隔壁的快餐店叫了汉堡包外卖，纳内斯几乎不碰这些东西。

"抱歉，阿涅斯，在工作期间绝不会有光屁股烩菜！"

"您还是不愿意叫我纳内斯？ 或者用你我相称？"

凯特尔没有回答，把油腻腻的食物残渣扔进附近的垃圾桶。

"我们现在可以重新开始了吗？"

她们在屏幕前坐下，屏幕上仍然是两个窗口，左边是捷克报纸，右边是译文。

"阿涅斯，我需要您跟我说说您婆婆的情况。任何您能记得的事情。您听到玛丽－塞西尔·弗里德里希说了，关于那两个被烧伤的人的证词。问题的关键是米拉娜。"

纳内斯盯着屏幕上一连串难以理解的捷克语文章。

"所有我记得的？ 那可是一段很长的时间！ 我一直都认识米拉娜，可以这么说。就是说，自从我遇到雷诺开始，一直到她六年前去世。"

"子宫癌，对吗？"

"是的。别想在这个方面找突破口,是我陪着我婆婆去看专家的。如果您想要,我可以给您提供她所有的医疗记录,她被一场漫长的疾病带走了,正如人们所说的,在将近一年半的时间里……用十八个月的时间来准备去往另一个世界,似乎是很长的。"

凯特尔短暂地思考了一下,在这样一个平淡无奇的悲剧面前,不表现出无动于衷是最起码的要求。

"所以你们很亲近?"

"是的。非常亲近。米拉娜生命的最后一段时间和我们住在一起,当时她已经非常虚弱了,无法独自待在家里,不管是在她沙勒维尔的公寓里,还是在她工作的车厢工场里。她还经常照顾她的孙子们,那时他们还小,而我接收春苗们的房子里总是满满的……"

"而雷诺则带着他的三张驾驶证到处跑!"

纳内斯没有发表任何评论。

"她是个了不起的女人,上尉。一个谨慎低调的女人,甚至到了过分的地步。可能正是因为如此,她把自己隐藏在她的小玩偶后面。木偶戏,是腼腆的天才的艺术!即使她拒绝承认,米拉娜是一个非常有天赋的艺术家。"

"您能详细说一说吗?"

"您还记得吗,在我的家里,她做的那些木偶。米拉娜有多种令人印象深刻的才能。她会雕刻、绘画和缝纫,这是肯定的,但她还具有扎实的机械知识,她精通一切需要精确到极致的东西,比如音乐盒、拉洋片机,我曾亲眼看她把时钟拆开并修理。她的这种热爱传给了她的儿子。没有她,雷诺就不会对微型机器人感兴趣。"

凯特尔·马雷尔把这一切都记录在脑子里,全神贯注。

"就是说,一个特别有天赋的女人,但只把她的艺术展现给她的亲人、她的家人。她拒绝公开展示她的才华。您不觉得这很奇怪吗?"

"大多数女人都这样,不是吗?"

这一次,凯特尔·马雷尔忍不住笑了。

"通透!但是米拉娜还是上台演出了,至少有一次。"

"只有一次!"纳内斯保证,"为了国际戏剧节,在她死前的几个月,那时候她知道自己已经时日不多了。"

"在那两个脸被烧伤的家伙面前表演了她的天鹅之歌✕。对不起,阿涅斯,我很尊重您的婆婆,但恕我直言,您的婆婆,我认为她隐藏了一个天大的秘密……而这个秘密很可能就在波希米亚正中央的比尔森这个古老的城市里。"

✕ Le chant du cygne,在法文里,寓意为最后的杰作。

31

维姬和埃蕾阿

塔恩桥营地，洛泽尔省

维姬和埃蕾阿决定短暂休息一下，仿佛停战的锣鼓已经敲响。营地里，隐藏在专为十岁以下儿童设计的游乐场里的大孩子们的笑声刺破了夜色。恋人们的耳语伴着河水的潺潺声在卵石滩上响起。维姬心不在焉地听着。在等待下一轮对战的时间里，她又给自己倒了一杯蔷薇甜酒，这次没有洒出来。埃蕾阿正仔细看着她面前打开的记事本。

88+18，大脑把两数相加，仍然还能留给你心爱的人一年中另外259天的自由时光。

埃蕾阿懒得回答。她不需要大脑来计算。

她也不想面对这个明显的事实。

维姬也在盯着那些画上红圈的星期，似乎已经明白了一切。她的语气突然变得柔和起来。

"我想我们两个人都是对的，或者都是错的。他可以变成我们希望他成为的那个人。我们期待的那个人，我们希冀的那个人。一条变色龙，能够披上他所睡的每张新床单的颜色。汉斯、皮埃尔……他还有多少个名字？多少种职业？多少种性格？"

埃蕾阿也已经平静下来了。她推开了那杯甜酒。她已经喝得够多了，大脑肯定已经被灌醉了。她看着桌上的照片，皮埃尔的微笑，他那灰色的眼睛可能也迷住了维姬，还有他的温柔，他的身体……她曾经那么爱他。她始终那么爱他。

"他妈的,埃蕾阿!"维姬突然崩溃了,"这家伙是谁?他为什么要这样对我们?他为什么愿意这样?两种如此不同的生活!这……是我们的错吗?"

埃蕾阿抬起头来。

"什么?"

"该死的水手妻子的美德,"维姬继续说,"也许他需要两个妻子是因为我们不够爱他。"

"不够?"埃蕾阿想喊出来,但维姬已经纠正了。

"不,这么说不对……也不是因为我们爱他的方式不对……也许他需要两个女人是因为我们不拴住他,因为我们没有像其他大多数妻子那样:嫉妒,在他脖子上拴上绳索和所有这些。"

"这就是您所说的水手妻子的美德?"

"差不多吧,是的。"

埃蕾阿笑了,对开始萌芽的默契感到惊讶。

"我只会这样爱一个人!"

"我也是,"维姬补充道,"那这就是我们的共同点?我们都很自私!我们想要爱,但又不想牺牲我们的自由?不束缚对方的手脚?不……"

"还有另一个共同点!"埃蕾阿突然说道。

这一次,她直视着维姬的眼睛。她刚刚意识到一件明显的事情,之前她们一直没有注意到。

"皮埃尔和汉斯互相认识!"

"显然,"维姬无精打采地回话,"他们甚至共享同一个身体。"

Trois vies par semaine

这下你被动了，大脑跳出来说。

"我不是这个意思，"埃蕾阿试图澄清说，"但我开始意识到，汉斯和皮埃尔的生活并不是完全隔绝的。他们之间存在着桥梁，或隧道，随你怎么说。首先，皮埃尔让我到这里来，到弗洛拉克来，到汉斯度过童年的村庄。为什么？"

维姬则刚刚反应过来埃蕾阿另辟的蹊径。

"你说得对（以你我相称对她来说也变得顺其自然了）。我今天早上刚了解到，汉斯的母亲是一位专门制作木偶的艺术家，每年她都会为学校的孩子们组织一场小型演出。"

"这就是联系吗？木偶？你认为这个寻宝游戏还会继续下去吗？你认为我们会找到他吗？我是说，找到他们？下一步是什么？在哪儿？"

"你认为他们还活着吗？"维姬追问了一句，没有回答，"好吧……他还活着吗？"

"当然！"埃蕾阿信心满满地保证，"你不这么认为吗？"

"我希望如此……为了……为了洛拉。"

埃蕾阿奇怪地看着她，但没有重新发起关于爱的最佳方式的竞赛，尽管这种冲动让她心痒难耐。她意识到，这么多年来，除了皮埃尔之外，她从来没有和任何人说过这么多话。在与维姬开始这次谈话之前，她的记录应该是七个月前与一个糕点师说过十来句话，当时她为皮埃尔的生日订购了一个异国水果派。看，再说，他是和她一起庆祝的，而不是和另一个女人……除非他的生日和他的女人一样多！

维姬把那瓶蔷薇甜酒推开，也许是希望这个简单的举动能让她清醒过来。

"汉斯给我寄来,更确切地说,放下了一张日本的明信片。如果这对你有帮助的话……"

"但你并没有任何证据,你不知道是不是他自己来把它塞进了你的信箱?"

"就像你也并不知道是不是真的是你的皮埃尔在给你发这些短信。"

哟!平局!大脑醒过来了。别激动,姑娘们,让我们继续冷静地合作。

"你想让我给你个惊喜吗?"

维姬有一瞬间怀疑埃蕾阿是否在和她说话。这个女孩有时特别心不在焉,仿佛在自言自语。

"看看这张皮埃尔的照片,"埃蕾阿继续说,"如果你愿意,也可以说是你的卡车司机汉斯。我一周前收到了同样的一张,这是另一个共同点,也许是一条路子。"

"然后呢?"

"再看看他拍照时的背景:一条曲折迂回的河流,几乎给人一种在岛上的错觉。"

"你在找什么呢? 这可以是任何一条夹在峭壁之间的河流。塔恩河、多尔多涅河、阿尔代什河……任何一条……除了塞纳河!"

白费劲了吧? 大脑打趣道。

"我的珍宝,"埃蕾阿继续说,对自己信心十足,"请选择2023年9月文件夹中的彼得鲁什卡第221号照片,并扫描到地理定位系统上。"

维姬睁大了眼睛。戒指在闪动。大脑还在醒酒,她喝得太醉了,并不真的感到嫉妒。

Trois vies par semaine

几秒钟后，答案出现了。

这张照片是在阿登省的默兹河畔博尼拍摄的，在艾蒙四子观景台上。

"妈的，"维姬说，"那并不是日本！"

埃蕾阿已经点击了她手机上的 GPS。

"观景台几乎已经快到比利时边境了，在一个被称为济韦手指的小地方。"

她跟着她的珍宝口述了以下这段话。

"济韦手指是一块长二十五公里、宽十公里的领土，它像手指一样深入比利时的阿登地区。如果看一下法国地图，你就不会错过它，它看起来就像一个用尺子描画法国 – 比利时边界的绘图员笨手笨脚画出来的。这个手指，大致说来，是沿着默兹河谷走的。它紧挨着⋯⋯"

埃蕾阿的声音哽住了，维姬感到很惊讶。

"紧挨着什么？"

"沙勒维尔 – 梅济耶尔。"

"那又怎样？"

"那又怎样？ 我认识皮埃尔是因为兰波的一句话，我写下寂静。兰波出生在沙勒维尔。为了让我到这里和你见面，在弗洛拉克，皮埃尔用了另一首诗，《音乐声中》，它描述了沙勒维尔火车站的站前广场。"

"这也许只是一个巧合？"维姬一边寻找理由辩解，一边点开自己的手机，看看这个法国北部的小镇长什么样子。"他喜欢这个诗人，他只是去参观他的故居，或者他的坟墓，而且⋯⋯"

她突然停了下来，惊恐万分。

"他妈的！你是对的，埃蕾阿！"

"关于什么？"

"应该去那里！去沙勒维尔－梅济耶尔！我刚刚在网上找到了答案。"

你看，大脑补充道，这都用不着你的珍宝……

维姬把她的手机滑到了埃蕾阿眼前。

在阿登省政府的官方网站上，一个巨大的标题横跨在主页上。

沙勒维尔－梅济耶尔，国际木偶戏剧节，2023年9月16日至24日

32

凯特尔和纳内斯

国家宪兵队，沙勒维尔－梅济耶尔

凯特尔·马雷尔上尉的手指一直悬在空中，就在回车键的上方。

"您准备好了吗，阿涅斯？ 准备好大跃进去波希米亚了吗？"

纳内斯点头表示确认。

"我用法语和捷克语打了五个词，"上尉告诉她，"这五个词概括了我们所掌握的线索：

比尔森

木偶

彼得鲁什卡

1977年1月29日

米拉娜和雷诺·杜瓦尔

我们把所有这些都扔进互联网的大炖锅里，然后看看这汤会是什么味道。"

凯特尔按下了回车键，立刻愤怒地咆哮起来。

什么都没有！

原地打转！ 她的电脑仍然显示着同样的捷克报纸上的文章，这些报纸的名字她已经都熟记于心了，《波希米亚真理》《比尔森日报》《真正的比尔森》……

她们往下翻了几十页，但都没有结果。

"那如果,"纳内斯建议道,"我们输入与那两个脸被烧伤的人,就如您所说,有关的信息呢?"

"无意冒犯,阿涅斯,但这是我们追踪的第一条线索!热雷米列出了过去几十年来捷克共和国的主要刑事案件。您知道就是那些,悬案、逍遥法外的罪行、连环杀手……我们在这方面也没有任何发现!您还想让我在网上输入什么? 无耳? 弗兰肯斯坦? 集市怪物?"

"不,就是一些像火灾一类的东西。我们在找一个社会新闻,但不一定是谋杀案。也许这只是一个意外?"

上尉用一个尴尬的微笑回答纳内斯,其中夹杂着困惑和钦佩。这是多明显的一件事! 她怎么会没有想到呢?

上尉迫不及待地把火灾和事故这两个词加到锅里,开始搅拌。

她憋出了一句骂人的话。

一张图片很快出现在她的屏幕上,上面有一个标题。

1976年6月3日,比尔森火灾

《真正的比尔森》上的这篇文章很简短,凯特尔点击两下就把它粘贴到了翻译框中。

1976年6月3日,比尔森发生一起惨烈火灾

比尔森地区的居民,父母,尤其是他们的孩子,都认识木偶师利博尔·斯拉维克,也就是大家熟知的卢卡。十五年来,像他的祖父母和父母一样,他远近闻名的大篷车一直在整个波希米亚地区从一个村庄开到另一个村庄。只要他在广场上或田野里一驻扎,孩子们和家长们就会跑过来,甚至比文塞斯拉斯广场上的鸽子还要急切。利博

尔·斯拉维克和他的小型流动剧团一年前甚至曾在马里恩巴德演出，在古斯塔夫-胡萨克和捷克斯洛伐克共产党中央委员会的其他几位成员面前表演。

昨天，就像他们一年中的每一天一样，为了让孩子们和大人们高兴，卢卡和他的剧团在关闭他们的小剧场之前表演了他们最知名的节目《彼得鲁什卡》。

他们怎么能猜到这是他们的最后一场演出呢？

半夜发生了一场原因不明的大火，迅速将大篷车烧毁，并围困了睡在里面的人：利博尔·斯拉维克、他的妻子祖扎娜和他的两个孩子，克里斯托夫和阿莫斯。

根据我们了解到的最初的调查结果显示，这似乎是一场意外。国家安全局的官员正在寻找可能在现场附近的人。我们欢迎所有能提供线索的人，虽然奇迹般地只是小面积烧伤的利博尔向我们保证：他没有看到或听到任何东西……

生活是人人都要扮演的闹剧

《地狱一季》,阿蒂尔·兰波

米娜的故事

罪行

1976年6月

　　我就这样长大了，在波希米亚的路上。我没有逃跑。也许我已经习惯了这种流浪生活，每天晚上到一个新的村庄，一个新的营地，听到新的孩子们的笑声。利博尔说，这是一种自由的生活，在捷克斯洛伐克这个被剥夺了自由的国家。什么样的自由？每天晚上，利博尔都来找我。我的秘密只有自己一个人知道。

　　不过，不完全是一个人。

　　祖扎娜知道。

　　她自称是一个通灵者，一个会用纸牌占卜的人或一个女算命师。她会从轻信她的村民那里敲诈钱款，有时候数额巨大，这些村民不能在教堂里点燃蜡烛，就把希望寄托在一个路过的江湖骗子身上。

　　祖扎娜知道利博尔到外面来找我。她怎么可能没有注意到？他每天晚上都会起来，然后又回去在她身边躺下，一直打呼噜到天亮。

　　祖扎娜知道，但她什么都不说。

　　利博尔不是那种能忍受别人指责的人，也不是那种会请求原谅的人。尴尬、羞愧、怨恨、恐惧，这些都是为别人准备的。他统治着他那贫苦的流动王国，两个孩子、两个妻子、一匹母马。

　　祖扎娜从未说过什么，也从未对利博尔有任何责备。也许，当他在我身上寻欢作乐之后，回到大篷车里躺下时，她会紧紧贴着他，因为害怕失去他，害怕我偷走她的丈夫。而第二天，她会进行报复。

　　1968年8月，当利博尔把我捡回来时，漠不关心地收留我的祖扎娜，自此把我当成了对手，只要有机会，她就会惩罚我、逼迫我、羞辱我。她会给我分配繁重的杂活：打水、在冰冻的地面上挖茅坑、捡拾木材直到天黑。

我在晚上是一个性奴隶。白天则就是一个奴隶。

祖扎娜的坏心情影响了利博尔的心情。也许祖扎娜拒绝了他，我从来不知道，但曾经那个迫不及待的情人利博尔变得很暴力。他打我、咬我，甚至用鞭子抽，只要他手边有绳子或树枝。有时，当一瓶苦艾酒喝完了并被摔碎在火堆边时，他会拿碎片割我的皮肤。有时会用火烫，用壁炉的木炭余烬。

我任由他这样，星星有一天会见证我的苦难。

当时我十九岁。那两个男孩分别十二岁和十一岁。我负责他们的教育，我和他们说一点法语。每天，克里斯托夫像他父亲一样强壮、快乐和暴虐地成长；阿莫斯则像他母亲一样隐秘、沉默和顺从。

一天早上，在德国边境附近，当利博尔去巴伐利亚森林与西方走私者非法交易时，这种情况越来越频繁，我鼓起勇气与祖扎娜谈了谈。我们俩都在洗澡，几乎赤身裸体地在魔鬼河的河边。

"我不想偷走你的丈夫，请你放心。我不爱他。我尽可能地推开他。如果我们讲和，我们两人团结起来，我们可以更强大。"

祖扎娜打量着我的身体。我想我确实让人想入非非，我可以从她的眼睛里看出来，也经常能从村庄里的男人们的眼睛里看到。我已经放弃了男孩的装束。在舞台上，孩子们一直看着彼得鲁什卡，但丈夫们却都看着我。

"巫婆，"祖扎娜对我破口大骂，"你蛊惑了我丈夫！就是因为你，他才会喝酒！就是因为你，他才去偷窃。就是因为你，他任由卢卡死去。"

我明白了。

卢卡，那个和他的大篷车一起走遍波希米亚的著名木偶师，现在只是一个手指打战的

Trois vies par semaine

酒鬼。摩尔人关节灵活的手已经快握不住他的木剑，如果说我们的木偶戏台一支起来，人群仍然蜂拥到村里的广场上，那是为了看彼得鲁什卡跳舞。

我的艺术，我的才华，这是我的救命稻草和十字架。利博尔和祖扎娜再也不会把自由还给我。没我，就没有演出了。

而没有了演出，我又是谁？

我只为这些演出而活，每天一小时的逃离，拉拽着不属于我自己的命运的线。

"如果一切都是因为我，"我一边把自己沉入水中，一直到脖子，一边对祖扎娜说，"就让我走吧。"

"如果你逃跑，美丽的人儿，相信我，我们会找到你。而且会杀了你！"

那天早上我想让自己淹死在魔鬼河里，河里的水温肯定不超过十四摄氏度。我明白了自己是一个囚徒，而他们两个是刽子手。

我明白了祖扎娜并不在乎利博尔是否觊觎我、占有我、强奸我。

我是她的避雷针。如果我走了，利博尔就会打她。

我们越来越频繁地沿着奥地利和巴伐利亚的边境村庄流动。利博尔利用旅行艺术家的身份谋利。木偶戏是当局所允许的仅有的几种表现方式之一。中央委员会热衷于保持历史悠久的拉洋片、传统故事和街头戏剧的传统，以娱乐最偏远的农村中没文化的人群。

五颜六色的大篷车，彼得鲁什卡的俄罗斯花式舞姿，阿莫斯和克里斯托夫围着我们营地的母马奔跑，整个场面构成了一幅如诗如画的乡村图景。我们的流浪家族是一个理想的掩护。

我花了一段时间才明白为什么我们不再远离铁幕。而且更重要的是，为什么利博尔从此以后能赚这么多钱。并不是村民们在木偶戏台前面的帽子里投下的那些微不足道的硬币让我们富裕起来。

然后，由于不断地听到一些利博尔和国家安全局成员之间的对话片段，我意识到他在

Part 1　　　　　　　　　　　　　　　　　　　　　　　　　　205

进行不正当交易。他有各种办法，从西方运进来走私物品，香烟、威士忌、香水、唱片、牛仔裤、口香糖，并以高价出售。人们支付给他的是捷克克朗、卢布、马克，有时甚至是美元。他把钱藏在大篷车车顶下的一个袋子里。

利博尔，这个1968年8月的一个早晨在布拉格查理大桥前收留我的天才木偶师，现在只是一个小走私犯，利用正常化的机会，在捷克斯洛伐克社会主义共和国成为东方阵营中最贫穷和最顺从的国家之一的那些悲伤的岁月里，像任何一个发国难财的吸血鬼一样在历史的黑暗时期发家致富。

意外发生在1976年春天的一个早晨。

三个月前，利博尔用一辆两百马力的基洛维兹拖拉机代替了我们的老马金斯基来拉大篷车。我们把车停在离比尔森只有几公里的拉德布扎河畔。世界木偶之都是每年必去的地方，尽管利博尔越来越不喜欢这些大型聚会。

我该说，这是一种祝福，还是一种诅咒？

我知道什么呢？

我怀孕了。当然是利博尔的。那时我还不到二十岁。

祖扎娜比我更早知道。

甚至在我的月经消失之前，甚至在我第一次恶心之前，甚至在利博尔决定找来一位比尔森的医生确认之前。

1976年6月的那个晚上，夕阳下山并没有让炙热的温度下降。一个大铁罩子笼罩在中欧上空，使田地和河流干涸。

克里斯托夫在拉德布扎河里光着身子和当地的少女们一起玩耍。他变得越来越英俊，越来越傲慢。世界的狂热让他陶醉。他喜欢向比他大的女孩炫耀他的肌肉和那张好看的流氓脸蛋。阿莫斯在岸边看着他们，比起那些兴奋的女孩的透明衬衣和小内裤，他更着迷于暮色在奔腾的水面上反射出来的倒影。世界的色彩让他着迷。

那天，克里斯托夫亲吻了村里的其中一个女孩吗？

阿莫斯能否知道，这是他最后一次欣赏夕阳下的金光灿烂、银色的激流和钻石般闪烁的星星？

当祖扎娜把我们叫来一起围着火炉的时候，火上的匈牙利式烩牛肉刚刚停止沸腾，利博尔已经喝多了。

"你不能留下这个孩子。"她直截了当地说道。

"为什么不？"利博尔破口大骂。

我什么都没说，只是双手抱着我的肚子。

"我会处理好的，"祖扎娜说，"随便一根长针就可以解决。"

我并不幼稚。我知道婴儿是如何被打掉，我也知道其中的风险。利博尔喝醉了，但他从我的眼睛里看到了无声的痛苦。也许实际上他心里是有我的？也许他不会任由他的妻子对我下手？

"为什么不把这个孩子留下来？"他提议道，（他看了看祖扎娜，又看了看我，然后看了看河边的男孩们。）"说到底，我们是一家人。"

祖扎娜瞪着他。这是她有生以来第一次对抗他。

"为什么？我来告诉你吧！"

她把她用来迷惑村民的塔罗牌撒在我们面前，然后捡起掉在我和利博尔之间的那张。第13张！换句话说，是无名的阿卡纳，死神……死亡！

"为什么？"祖扎娜挥舞着卡片重复道，"因为就是这么写的，因为我看到了。这个孩子，利博尔，你的孩子，会杀了你！"

利博尔只是含混不清地笑了笑以示回答，喝光了他那瓶苦艾酒，但他冒的汗比以往任何时候都多。他害怕了。那时我才意识到，祖扎娜正在操纵他，她已经在他和两个儿子

Part I 207

面前产生了巨大影响，她正在一点一点地积累她的报复，而且她绝不会让我的孩子活下来。而在谋杀我的孩子的同时，她不会放弃趁机也把我杀死的机会……

当利博尔最后一次把目光转向我，似乎想问我的想法时，我垂下了眼睛，表示我顺从，我接受，我相信他们，我不在乎这个在我肚子里长大的东西。祖扎娜把孩子们叫了回来，甚至还帮我洗了碗，这种事从来没有发生过。利博尔在喝完最后一瓶酒后倒下了，然后大家都去睡觉了。

剩下的事情自然而然地发生了。我的行动一个接一个，仿佛一个牵动另一个，而我从来没有觉得我有选择的余地，事情会有不同的结果。

我首先从大篷车的车顶下拿走了钱。

我想，这只是一个补偿，也是谈判的筹码，如果接下来发生的事情不顺利。

我们大篷车的后面一直带着汽油罐，每天早上用来给基洛维兹拖拉机的油箱加油，有时也给利博尔喷火用。我把两个桶里的汽油都倒在大篷车周围，围成一个完美的圆圈，然后将它点燃。

拉起一道帷幕，是我能想到的全部。在我和他们之间筑起一道墙，一道燃烧的墙，像引爆汽车轮胎一样烧掉大篷车的轮子，给我争取逃跑的时间。

高高的干草地立即燃起了火焰。火圈升腾，一个不可逾越的壁垒将大篷车包围起来。

我往前奔跑，尽可能地避着风，跑到森林边缘的一棵柳树的树荫下。烟雾使我在几分钟内无法看到任何东西，一直到田地里不再有足够的燃料，只有大篷车的木材烧成了一个巨型火炬。

我的天啊，我想，我做了什么？

我爬到柳树最茂密的树枝上，好在不暴露自己的情况下观望远方。

我看到了。

我看到利博尔，第一个冲出火焰，把一桶水倒在他身上的毯子上，试图返回火场。

我看到大篷车的屋顶坍塌。

我看到一个燃烧着的火炬，祖扎娜，将两个孩子推在她的前面，她被活活烧死。

我看到火炬烧得只剩一团黑色的东西。

我看到两个少年的身体在颤抖，我看到利博尔用湿毯子盖住他们。

我听到他们的尖叫声，"我什么都看不到了，爸爸，我什么都听不到了，爸爸。"

我看到利博尔哭了，第一次，对着他妻子的尸体和他儿子们残留的脸哭泣。

我听到利博尔对着星空，对着黑夜，对着无边无际的世界大喊。

"我会找到你的，米娜。无论你在哪里！我会像你杀死祖扎娜一样杀死你。而在此之前，我会让你的孩子，以及你孩子的孩子饱受折磨，就像你让我的孩子遭受痛苦一样。"

2023年9月18日　周一

33

维姬和埃蕾阿

A31高速公路，朗格勒高原，上马恩省

"阿斯伯格症是什么意思？"洛拉问道。

小女孩坐在布丁狗的后座上，卡斯帕坐在她旁边的增高座椅上。在最初的几公里路程内，车行驶在上卢瓦尔省起起伏伏的路上，她玩得很开心。维姬指给她看像巨型鼹鼠洞一样的死火山、火山顶，以及经过勒皮时屹立于山顶的红色圣母像。

但之后的路程，当高速公路绕过圣艾蒂安、里昂、第戎等大城市的时候，就变得单调多了。离开勃艮第的葡萄园后，他们在荒芜的朗格勒高原上行驶了近一个小时。GPS显示，距离沙勒维尔－梅济耶尔还有三百一十八公里。她们起得很早，早上5点就起来了，把钥匙放在弗洛拉克营地的度假小屋的门上，没有造访宪兵队。

独自开车的维姬，在第一个高速公路服务区喝了半升咖啡。7点左右，她给山柳菊隔壁的农场打电话，告诉他们洛拉先不去上学了，让弗洛琳喂兔子、鸡和小马。洛拉在8点左右再次醒来了。而她的耳朵可能稍微更早一些。

"阿斯伯格症是什么意思？"她重复道。

维姬和埃蕾阿在布丁狗的前座聊天，没有听她说话。尤其是埃蕾阿在不停地说话。在不到四十八小时的时间里，她已经两次穿越法国，先是从北到南，然后从南到东，而在过去的五年里她几乎没有坐过车，除了在下雨天和皮埃尔一起在巴黎短暂坐过几次出租车以外。

埃蕾阿来的时候坐在萨米埃尔·加莱的座位上有多沉默,她在维姬的副驾驶座上就有多滔滔不绝。她把一切都告诉了维姬:她在巴乌书店遇见皮埃尔的诗,他们在巴黎充满激情的忙里偷闲,把她带到弗洛拉克的寻宝游戏。

我还不知道你这么能说。大脑在脑海中讥讽道。

我也不知道,埃蕾阿承认。

为什么她觉得如此有必要把自己的秘密告诉这个陌生女人?因为维姬需要了解她是谁?理解为什么皮埃尔爱她,爱的是她!理解为什么她与皮埃尔的关系是排他的,一种不可能打破的独一无二的纽带把她和她的彼得鲁什卡联结在一起。

"你说什么,宝贝?"

维姬终于听到了她女儿的话。洛拉赶忙第三次问她的问题。

"阿斯伯格症是什么意思?刚才,埃蕾阿总是说她被诊断为阿斯伯格症。"

埃蕾阿转头看着女孩。

"你睡醒了?你不是在看动画片吗?"

在布丁狗的后座,洛拉拥有长途高速公路旅行所需的所有现代设备:iPad 平板电脑、4G 网络连接、耳机……

"我更喜欢听你们说话!"

埃蕾阿做了个鬼脸。她确信,今天的孩子比以前更容易养育。一个屏幕、一个平板电脑、一个电话、一个操纵杆,大人就可以安静几个小时。

这就是进步!不再需要给他们找事情做。只需要不时地让他们抬头吃饭或洗漱。但是,后座的那个小鬼显然更喜欢听大人聊天,而不是宝可梦、花栗鼠或小黄人。埃蕾阿试图问大脑该怎么做。

抱歉,亲爱的,我也搞不懂这些孩子。他们的大脑还没有完全发育好。还不到1.3公斤。这就像试图弄清楚一个机器人是如何运行的,而所有的部件还没有组装好一样。

"那么?"洛拉坚持说,"什么是阿斯伯格症?"

"这是说埃蕾阿有自闭症。"维姬终于插话了,她的眼睛没有离开道路,"但是要向你解释这是什么,就有点复杂……"

"不,我知道!我班上的艾诺拉就是自闭症。隐藏型。这意味着只有她想说话的时候才和别人说话。这很酷!"

"你完全不必担心这个问题,"埃蕾阿评论说,"你从来没有闭嘴的时候?"

"你为什么这么说,蕾阿?"

"我叫埃蕾阿,不叫蕾阿!"

"我刚刚说的就是。"

"不是……"

"是!"

自前一天以来,维姬第一次爆发出爽朗的笑声。

"别吵了,你们两个!"

"告诉我,蕾阿,"洛拉还在坚持说,"自闭症患者的感觉如何?你会和你的大脑说话吗,诸如此类的事情?"

"我不会。"

你不认我了?大脑有点生气。

"你现在在和它说话吗?"

"现在别烦我了。你看到了，这就是自闭症患者，能够对一个孩子说这些话。别烦我。看你的屏幕。"

洛拉终于低下头看她的iPad。维姬正专心致志地开车，超过一队络绎不绝的货车，它们之间的距离很近，看上去似乎停在一个传送带上。

干得好！大脑鼓起掌来。终于我们都安静了。你想聊什么？

"什么都不想说！别烦我，你也是。我只想念皮埃尔！我从昨天到达弗洛拉克后就没有再收到他的任何消息。所以现在我又在为我的彼得鲁什卡担心……"

一个小小的声音从后座突然冒出来。

"我看见了，蕾阿！你的嘴唇动了！你在自言自语，真的。就像我和卡斯帕一样，只是你没有娃娃。"

埃蕾阿叹了口气。

"洛朗斯，"女孩继续说，"洛朗斯是我的老师，她说，虽然艾诺拉不和我们说话，她也是超级聪明的。你也超级聪明吗？"

大脑抓住这个机会。

别犹豫了！告诉她我的情况！我会受宠若惊的，这一次。

埃蕾阿保持沉默。维姬终于把车开到了右侧车道上，下一辆卡车只在她前面几百米处。

"是的，宝贝，"维姬证实了她的说法，露出一个大大的微笑，"埃蕾阿的大脑工作方式与我们不一样。例如，她不会煮面条，或者像这一类简单的事情，但如果你打翻了一盒牙签，她就能在三秒钟内数出来，或者记住你在UNO游戏中玩过的所有的牌，你明白了吗？"

"哇！"

洛拉望着窗外，寻找可以数的东西。

"蕾阿,你能告诉我到前方的下一个路牌有多少根电线杆吗?"

埃蕾阿看着维姬,故意不理会这个女孩。

"你为什么跟你女儿说这些? 这很愚蠢,也很坏! 还有歧视性。并且是错的!"

"你害怕了吗,蕾阿?"洛拉生气地说,"我在 UNO 游戏中是无敌的! 只要你愿意,我随时都可以挑战你! 不管你是否有阿斯伯格症!"

埃蕾阿又发出了一声长长的叹息。

"你只需要向她解释,"维姬最后说,"告诉她真实的情况。"

埃蕾阿抬头看了看汽车顶灯,然后又转向后座。

"作为一个阿斯伯格自闭症患者,首先意味着我不能忍受虚伪,或谎言。我的大脑从来不能像大多数成年人那样,以一种扭曲的方式工作。"

谢谢!

"正是因为如此,"埃蕾阿继续说,"当我爱一个人的时候,它是持续一生的。而我爱的那个人,我很抱歉,洛拉,就是那个你叫爸爸的男人。"

洛拉翻了个白眼,先是惊讶,然后是愤怒,但她不知道应该回答什么,只好把 iPad 的耳机塞到耳朵里。

"说这些不仅愚蠢而且很坏,"维姬用冰冷的声音抗议道,"而且还是错的!"

她们沉默了很久。高速公路穿过东方森林。橡树和千金榆滚滚而过、不知疲倦。

如果是为了维护我的声誉,大脑最后建议说,我不反对玩一局 UNO 游戏。

34

凯特尔和纳内斯

国家宪兵队,沙勒维尔-梅济耶尔,阿登省

从早上8点开始,沙勒维尔-梅济耶尔宪兵队再次变成了一个熙熙攘攘的蜂巢。二十来名宪兵在走廊里来来往往,欢快而轻松,高声分享着奶油泡芙和咖啡。这个星期注定是异乎寻常的。在一张悬挂在大厅的城市地图上,节日活动用图钉来表示,并以不同的颜色来表示负责其安全的不同小组。夜里,雨势稍有缓和,到清晨雨终于停了。天气预报说这一天将不再下雨,周一的演出主要是为分散在各个街区的学龄儿童举办。

这一天的规划会很复杂……只是马雷尔上尉有其他更重要的事情要处理。

"热雷米,"上尉说,"我需要你。"

"只是……"

"听着,热雷米,后勤部门已经为节日的安全保障辛苦了几个月。如果这些地方政府官员还知道做点什么,那就是撑开伞。在沙勒维尔的街道上,穿着制服的人,警察、共和国保安队,甚至还有军队的预备队,将比孩子们的数量更多。所以你和我可以让他们自己去搞定。如果遇到紧急情况,他们会吹响号角。"

"但是……"

上尉并没有屈服。她迅速向她的副手简单说了说调查的最新进展,确认了在沙勒维尔、芒德和巴黎的三份不同的出生证明，以及在《真正的比尔森》上出现的这条社会新闻，一个流动木偶剧团的大篷车发生了一场被认为是意外的火灾。

"这与我们的案件有什么关系？"

"听听这个。这场大火困住了正在里面睡觉的人：利博尔·斯拉维克，他的妻子祖扎娜和他们的两个孩子，克里斯托夫和阿莫斯。如果他们在1976年的时候只有十来岁，而且从火灾中逃过一劫，那么他们今天应该已经超过五十岁了。两张烧伤的脸，不会让你想起什么吗？这可能契合阿涅斯·杜瓦尔的素描像。"

"纳内斯已经回家了吗？"

凯特尔皱起了眉头。整个宪兵队的人都已经称呼阿涅斯·杜瓦尔为纳内斯了！除了她……

"是的，我让她回去睡觉了，让她婆婆做的木偶陪着她。我还把威尔和梅迪叫了回来，让他们保护她，一直到今天早上。他们抱怨了几句，他们似乎不太喜欢在梅甘娜车里再过一晚上。"

"住得不好，但吃得不错。"热雷米悄声说。

"你说得对，他们有什么好抱怨呢？他们奉命在中午之前将她带回宪兵队。在此期间……"

"在此期间？"中尉犹豫了一下。

"在此期间，你得告诉我你能找到的关于汉斯·贝尔纳和皮埃尔·卢梭的所有情况。现在我们知道了他们母亲的名字，一切都应该清楚了。带上法图和马蒂亚斯，给所有你们能想到的地方打电话。别垂头丧气，我来联络国际刑警！"

35

维姬和埃蕾阿

A4高速公路南香槟服务区，马恩省

又老又旧的布丁狗车艰难地爬上塞纳河谷的山坡，再是奥布河，然后进入香槟区。快一个小时以来，维姬无意从后视镜中注意到，有一辆灰色的斯柯达在跟着他们。但没有超车。

维姬、埃蕾阿和洛拉在葡萄园中间停下来，在A4高速公路的南香槟区服务区进行了短暂的休息。逐渐远去的弗洛拉克阳光明媚的夏天，一公里又一公里地变成了潮湿的秋天。

从未到过这么远的北方的洛拉似乎并不在意。她踮起脚，从陈列着各种旅游景点的展示架上拿起一张传单，这些景点或多或少都是当地的，希望能把在高速公路上匆匆赶路的乘客吸引过去。

在维姬又点了一杯咖啡，埃蕾阿不顾一切地寻找一盒连裤袜来遮盖她紫红色短裙下的裸腿时（她没有为她的环法之旅带任何换洗衣物），洛拉在她的娃娃面前挥舞着那张折页传单。

"你看，卡斯帕，这就是我们要去的地方！去木偶节！你会遇到很多很多伙伴的！"

自从维姬告诉她此行的终点，以及埃蕾阿同意用手机给她看木偶节的照片后，洛拉就一直心心念念那些巨型的毛绒玩具、可怕的动物、栩栩如生的娃娃……

但女孩最终还是安静了下来。最后一段旅程漫长而单调，洛拉开始打哈欠，然后闭上眼睛。她强撑着睁开眼睛，仿佛之前的对话突然回到了她的脑海中，说道：

"总之，在我睡觉的时候，妈妈和你，蕾阿，可以尽情地继续争吵。我才无所谓呢！爸爸，他只爱我！"

洛拉在兰斯附近打起了瞌睡。再有正好六十分钟就到了。维姬已经开了七个小时的车，似乎并没有很疲乏。她经常从后视镜中查看后面的车辆，但那辆灰色的斯柯达已经消失了。一辆旧的米色大众高尔夫接替了它，在几十公里内一直跟着她却没有超车，同时保持着足够的距离，使她无法辨认车上的人。

她傻傻地想象是汉斯在跟踪她，同时尽力赶走这种可笑的直觉：她不会相信她被几个能中途换车的家伙跟踪，更不会相信是她要找的那个人在跟踪她！

埃蕾阿的声音把她从思绪中拉了出来。她一直在等待洛拉睡着后再继续讨论。

"维姬，您听到您女儿说的话了吗？爸爸，他只爱我！这正是我不想要孩子的原因。"

"我觉得作为一个自闭症患者，您的话有点多。"女司机回答道。

"不要把话题岔开！孩子是吸血鬼，他们吸食流淌在父母血管中的红色激情血液。爱上一个男人并希望有一个他的孩子，我不知道，是不是就像喝陈年香槟的时候给它加上黑醋栗果酒让它变甜一样。"

生动的比喻，大脑赞扬道。

"您不经常说话，"维姬评论说，"但当您开口的时候，就会说出很多的废话！"

大约五十公里后,一个巨大的横幅飘扬在道路上方。

第22届国际木偶戏剧节

在横幅旁边,有一块指路牌上显示:您已进入阿登省。

维姬和埃蕾阿陷入了沉默,俩人心里都充满了同样的试图掩饰的恐惧。

汉斯和皮埃尔是躲到这里来了吗?

为了掩盖什么样的残酷真相?

36

凯特尔和纳内斯

国家宪兵队，沙勒维尔－梅济耶尔

三个小时后，热雷米·博内罗、凯特尔·马雷尔和阿涅斯·杜瓦尔才在上尉的办公室里见了面。凯特尔关上了门，并命令不得以任何理由打扰她，除非有一群恐怖分子威胁要炸毁市政厅或查尔斯·德·冈萨格亲王的雕像。

凯特尔的办公室理论上与宪兵队的其他地方连通，通过大玻璃窗，她可以控制一切，但上尉用她能找到的最大的海报遮住了它们，年代久远的《教父》一、二、三季的系列海报，以保证办公室的私密性。她的手下不需要被监视，她也不需要在她的玻璃宫殿后面变成一个摄政王后。

"就从我这儿开始吧，"凯特尔说，"我很快！我花了一上午的时间在国际刑警组织的各个部门之间跑来跑去，向他们解释说我正在寻找一起近五十年前发生的事故的信息。在捷克共和国！我遇到了一个叫扬·霍拉克的人，这个笨蛋应该是负责协调全体东欧国家的警察局，他很高兴地提醒我，当时捷克共和国并不存在，那会儿我们称为捷克斯洛伐克，女士，而且在苏联坦克入侵布拉格之后的十年内，那里的环境不一定允许与西方民主国家分享信息。在《真正的比尔森》那篇文章中提到的国家安全局实际上是前国家安全局，它更为人所知的名字是 StB，它在捷克斯洛伐克就相当于东德的史塔西或罗马尼亚的秘密警察。前东欧阵营中最令人闻风丧胆的间谍、酷刑和谋杀机器。霍拉克答应我去打听情况,想办法知道利博尔·斯拉维克后来的情况,看看那两个脸被烧伤的人是否在那里有档案,并给我回电话。"

热雷米毫不掩饰地撇了撇嘴,表示怀疑。

"好吧……那是五十年前……在比尔森……"

"在波希米亚的中心,"上尉补充说,"是的,孩子,我和你说的是一个二十岁以下的人不可能知道的时代。"

纳内斯笑了笑,但这个年轻的宪兵显然没有明白这个暗示,这让他的上司更加恼火。

"该你了,自作聪明的家伙。我希望钓鱼工作更有成效。"

"法图和马蒂亚斯扮演的电话推销员简直完美。如果他们有一天被我们这个优秀的机构解雇了,他们就准备去卖阳光房或者空调。我先说说汉斯·贝尔纳,也就是马里翁·贝尔纳的儿子,1977年1月29日出生。我们毫不费力地找到了他的踪迹,先是在芒德,然后在弗洛拉克。他整个小学都是在洛泽尔上的。女市长甚至给我扫描了那时候的一些班级照片:学校的郊游、校园内的慈善义卖集会,每次都能看到汉斯。弗洛拉克的女市长比汉斯大十岁,但还能清楚地记得他。据她说,汉斯很快地完成了学业,然后就没有消息了,连同他的母亲一起。这并不奇怪,因为大多数来自洛泽尔的年轻人只要一有机会就会去其他地方。她只记得他母亲是个艺术家什么的,以前时不时地为学校组织演出,但她对此毫无印象。汉斯上小学的时候,她已经上高中了。"

纳内斯虔诚地听着,一听到艺术家或演出这几个字,就会大吃一惊。

"那我接着说皮埃尔·卢梭?"热雷米继续说,"找到他就更容易了。他总是住在同一个地方,也就是他母亲的地址,巴黎第18区的索菲亚街17号。巴黎一个还算安全的角落，就像布波族的阿拉莫堡一样。居民们成立了一个邻里协会，叫'我爱索菲亚'，你们可以想象大概是什么样的，智利小吃和澳大利亚葡萄酒品尝晚会，邻居之间的阳台野餐，刚搬进来获得街区街籍的新人欢迎会。总之，他们的协会保存有一百五十年的档案！第三共和国以来当地学校的所有成绩报告单，参加当地协会的成员名单，商贩或手工艺人的顾客档案……

"在这里，毫无疑问，我们的皮埃尔·卢梭是这个街区的机灵鬼：学习成绩优异，是社区图书馆的忠实读者，尤其还是一个天赋异禀的舞蹈演员，据第18区舞蹈俱乐部的主席说，她也还很清楚地记得他。一个非常帅气的男孩，走路的时候姿势很奇怪，有点僵硬。而且还有一双令人难以忘怀的灰色眼睛，会把街上所有的女孩从阳台上引诱下来。显然，年轻的皮埃尔毫不犹豫地把她们搂入怀中。他和他的母亲，一个低调谨慎、有点神秘的女人，在他十八或二十岁的时候消失不见了。自此以后，就没有消息了……'我爱索菲亚'的成员们都感到遗憾，但是，唉，这很常见，在大城市里，孩子们长大后就没有任何消息了。"

纳内斯，在热雷米长长的报告期间，一直倚靠在办公室的墙上，面对着《教父》的黑色海报。她从博内罗中尉那里听到的东西毫无意义。的确，从外貌上看，这个汉斯和这个皮埃尔长得很像雷诺，而且他们都是由一个单身母亲抚养长大的。

但至于其他的……

这三个孩子，她把雷诺也包括在内，看起来如此不同。她想起了布鲁诺·普鲁维尔的话，"其他士兵叫我们诺诺－狙击手和雷诺－变色龙。"普鲁维尔曾提到雷诺对巴黎和洛泽尔非常了解。这三个男孩之间肯定有联系,但到底是什么联系呢? 他们会不会调换了身份,就像一对双胞胎一样,通过在课堂上变换自己的位置让老师发疯来取乐?

为什么? 怎么做到的? 什么时候? 雷诺会不会……还活着?

凯特尔·马雷尔大概是看到了纳内斯眼中亮起了希望的光芒。

"冷静点,阿涅斯。不要急于下结论! 在这个事情中我们只能确定一点,那就是您的丈夫已经死了。我们有足够的证据证明这一点。不管怎样,干得很好,热雷米。"

上司的赞美非常难得,热雷米恰如其分地享受着。纳内斯迷失在她的思绪中,盯着《教父》的海报。有一个她以前没有注意到的细节让她感到困惑:所有的海报上都有一个符号,在马龙·白兰度和阿尔·帕西诺的脸之间。一个拳头握在十字架上,上面挂着六根白线。一个木偶的操纵杆,由一只无名的手操纵着!

木偶,又是木偶……

"米拉娜是所有一切的关键。"她突然说道。

上尉和中尉惊讶地转向她。

"我对我婆婆的童年一无所知! 我对我遇到雷诺之前的她的生活一无所知。我所知道的关于她的事情就是对木偶的热爱,以及非常微弱的几乎注意不到的斯拉夫口音。米拉娜和比尔森的那场火灾之间一定有联系。也许她是那个人,利博尔·斯拉维克的妻子。"

凯特尔警惕地扬了扬眉毛。

"那么这两个脸被烧伤的人,阿莫斯和克里斯托夫,应该是她的孩子? 也就是您丈夫的兄弟? 事实上,当他们来菲代勒堡拜访您的时候,他们可能并不是想杀死您,而只是想与他们的嫂子叙叙旧。"

纳内斯的脸上说不清是微笑还是蹙眉。凯特尔的黑色幽默,一旦

Trois vies par semaine

触及雷诺的死亡,就会让她心生厌恶。

"只是,"博内罗中尉反对说,"《真正的比尔森》上的文章没有提及这个利博尔·斯拉维克的妻子是否死于大篷车火灾。"

凯特尔思考了一下。纳内斯站了起来,决心已定。

"对,确实是这样,没有时间浪费了,我们得过去一趟!"

"去哪儿?"上尉和中尉几乎异口同声地问道。

"去调查米拉娜的过去!"

"去哪里?"凯特尔重复道,这次只有她一个人。

"她的骨灰撒落的地方,在她的车厢工场前面。它肯定还在五年前的那个地方,在一条废弃的铁路线的一端,靠近法国和比利时的边境,在济韦手指。米拉娜死后,她在沙勒维尔的公寓被卖掉了,但雷诺拒绝舍弃这个工场。再说,谁会想买这样一个生锈的报废车厢呢?雷诺时不时地回到那里,在大篷车的车架上献上一束花。他称它为'江湖艺人之墓',在车轮上,没有棺材。"

济韦距离沙勒维尔五十公里远。他们三刻钟后就能到达那里。

"我们走吧!"

凯特尔已经穿上了她的夹克衫……

"笃笃笃。"

一只手敲打着她面前的玻璃墙,在《教父》第一季和第二季的海报之间。

维尼尔军士的脑袋出现了,几乎贴在窗户上。在她的黑发后面,凯特尔的目光瞪着这个宪兵。

"妈的,"上尉抱怨道,"我说得很清楚,在任何情况下都不要打扰我!"

马蒂亚斯·维尼尔已经绕过来，打开了办公室的门，他的脸因为惊慌而扭曲。

"我知道。除非有一群恐怖分子威胁要炸掉公爵广场，您是这样说的。"

"没错，"上尉怒吼道，"然后呢？"

宪兵身上的每一块肌肉都在颤抖。

"我们刚刚接到一个电话。匿名的。他声称在共和国路和公爵广场之间的一个分类垃圾箱里，有一枚炸弹。"

宪兵队在警灯的一道蓝色闪电中人去楼空。在不到一分钟的时间里，纳内斯发现自己孤身一人，只有前台的助理宪兵法图玛塔陪着她，还有一个忠告……

"不，这是命令！"凯特尔在她也钻进一辆梅甘娜之前吼道，"您待在那里！不要动！尤其是不要冒任何风险，纳内斯！"

您待在那里！不要动！

纳西斯看着窗外她停在宪兵队门口的克力奥车。

尤其是不要冒任何风险……

纳内斯！

上尉正在进步。她已经叫她纳内斯了，她最终会用你来称呼她，就像她最胆小的小春苗一样，她只是需要花时间来驯服她。

时间……

四十八小时以来，如果没有两个宪兵贴身跟着，纳内斯连一个脚趾都动不了。当她看到楼梯口那个荷枪的怪物时，她以为自己会死在布鲁诺·普鲁维尔的地窖里,但这种恐惧已经消失了。

一种奇怪的好奇心取代了它。她很确定,不能只是由宪兵队做他们的工作,不管凯特尔上尉多有干劲。

她必须自己去为这些荒诞的问题寻找答案。这起案件不是一个调查,而是一场搜寻……

纳内斯用眼角的余光观察着前台的法图玛塔,她正在屏幕前忙碌着。女宪兵没有注意到她。利博尔、阿莫斯和克里斯托夫·斯拉维克当然不会在宪兵队门口等她。

没有人会跟踪她。

她有一种预感,真相就在那里。

在米拉娜的车厢工场里。

37

维姬和埃蕾阿

甘贝塔大道,沙勒维尔-梅济耶尔

维姬的布丁狗在十字路口规矩地等待着交通灯变绿。在每个十字路口,埃蕾阿都试图走一条与 GPS 指示相反的路,因为导航显然并不清楚这个阿登省会城市交通出行规划的最新变化,而是执着于让她们走单行道或因为节日而临时封锁的街道。

甘贝塔大道、火枪街、蒙乔利大街……

维姬已经意识到她永远也到不了市中心,于是想方设法寻找郊区的停车场。她突然掉头返回,如果有一辆车,灰色的斯柯达或米色的高尔夫,还一直试图跟着她们,维姬立即就会发现。

洛拉突然从后座蹦了起来。

"你们看!"女孩一边喊,一边用手指着一座房子的正面。

这栋路边的三层楼房没有什么特别之处,只有一处例外:在其中一面没有窗户的墙上画着一幅巨大的壁画。

"太美了!"洛拉赞叹道,眼睛没有离开那幅五米高三米宽的画:一只五彩斑斓的鸟儿正试图飞走,却被燃着火星的线系在一颗金色的星星上。

她们被堵在一个十字路口,正好有空儿阅读巨幅壁画下手写的一段话。

我把绳索从一个钟楼串到另一个钟楼;

> 把花环从一个窗户串到另一个窗户；
>
> 把金链从一个星星串到另一个星星，
>
> 然后我翩翩起舞。

"《彩图集》。"大脑轻声说，埃蕾阿却大声地重复道。

"这是该地最受欢迎的孩子兰波最美的作品之一。除了在他童年的故居——'别处之家'纪念他，这座城市还在街道上绘制了十几幅壁画，每一幅都用于阐释诗人最著名的一行诗。"

她们继续随意地探索这座城市，以寻找一个停车位，她们经过好几幅新的巨幅画作，每一幅都比上一幅更令人印象深刻：一幅浅绿色《幽谷睡人》，天蓝色的《醉舟》，橙色的《童年》，土灰色的《被窃的心》，魅影粉色的《奥菲丽娅》。

然而，阿蒂尔·兰波只有一个愿望，大脑指出，离开沙勒维尔！他在十七岁之前就离开了这里，直到二十年后才回来，他的遗体被从马赛运回，受癌症折磨，他被截去了一条腿……

"好了，"埃蕾阿不耐烦地说，"我自己会看！让我们好好欣赏一下，而你认真看路牌！"

终于，经过漫长的迷宫式的迂回，她们奇迹般地发现自己离公爵广场只隔了几条街，更奇迹般地在一个地下停车场找到了一个空位。她们在地下徘徊了很久，穿过肮脏的走廊，沿着只有涂鸦却没有诗歌的墙壁，走上三层发霉的楼梯，然后到达了公爵广场。

强烈的反差让她们不知所措。

一种令人难以置信的疯狂占领了朴素的中央广场，仿佛一个导演动员了成千上万的群众演员，决定在这里拍摄电影史上最疯狂的科幻片。成百上千的孩子奔跑着、欢笑着,以躲避在他们身后追逐的可怕的动物,会说话的蜘蛛、会飞的鸵鸟,还有被三头牧羊犬追逐的千足羊。荧光闪闪的天使和巨型瓢虫守卫着天空,将它们巨大的影子投射在建筑物赭石色和砖红色的外墙上。在广场中央,一个精灵正在拉小提琴。是真的在拉! 在拱廊下,九个小矮人在跳舞。

洛拉不知道该看哪里,像个焦虑的母亲一样抱着卡斯帕。

这一切让她着迷。

维姬紧紧抓住女儿的手,转向埃蕾阿。

"我想我们已经进入了第五次元!你的珍宝,跟你说什么了?"

智能戒指闪了一下。

国际木偶戏剧节每两年或三年举行一次,在九月,已经有六十年了。它为期十天,吸引来自世界各地的数十万观众,前来参加一百五十多场正式演出,当然还有比这多三四倍的非官方演出,遍布大街小巷。

"棒极了,"维姬说,"洛拉该高兴坏了!但我们要找什么呢?"

"彼得鲁什卡!"埃蕾阿肯定地说。

真不得了!大脑抱怨道,就跟去里亚托附近寻找匹诺曹一样。

她们在面向年幼的和长大的卡罗洛人的众多演出和活动中寻找起来。艺术家们比赛着想象力,在超现实的创作和过度的喧闹之间竞相媲美,但最终她们看到的经典木偶却很少,几乎没有吉尼奥尔和波里希内儿✕,更没有彼得鲁什卡……

她们的眼睛四处张望,直到埃蕾阿在国际木偶学院和阿

✕ 法国木偶剧中的小丑,鸡胸龟背,大长鼻子,声音尖哑,爱吵闹。

230   *Trois vies par semaine*

登博物馆之间的一面令人震撼的外墙前被吸引住了。在一扇窗户前聚集了一群人,所有的观众都抬头仰望着。

"大木偶师!"阿斯伯格女孩低声说。

维姬和洛拉也在看着这扇上方环绕着一个来自爱丽丝梦游仙境的绿色时钟的窗户。

"据我的珍宝说,这是这个自动木偶戏剧院的名字,是当地最大的娱乐景点! 它每小时演出一次,一天十二次,来表现当地最著名的传说《艾蒙四子》中的十二个场景。"

伴随着中世纪音乐的节奏,一扇木制百叶窗缓缓打开,露出两只金色的大手,关节灵动的手指上牵着四根银线,让一场纯朴的骑士演出变得活灵活现。

"和默兹河畔博尼的观景台上的雕像一样?"

"是的!"埃蕾阿继续背诵,"显然,这个传说就诞生在这里。这个传说正是从默兹河上方悬崖上的四块大石头中汲取了创作灵感。艾蒙的四个儿子是查理曼大帝的死敌,在魔法师莫吉和贝亚尔的帮助下……"

那里! 大脑突然喊道。

一匹金色的马刚刚出现在窗前。

不,是在另一边! 大脑强调说,少看会儿你的珍宝吧,多看看你周围发生的事。

在广场上,一个天赋异禀的艺术家在他的两只手臂上各挂了一个与自己相貌酷似的木偶,给人一种连体三胞胎的恐怖幻觉。

"那个有三个脑袋的家伙?"埃蕾阿问。

不! 在他后面。在观众席上,那个穿灰色长外套的男人。

埃蕾阿在强烈的困惑中,试图遵循大脑的指示。大脑从不放松警惕,即使在她专注于其他事情的时候。她盯着那个三面人木偶师,然后盯着在简易舞台前围成半圆形的密集的、欢乐的人群。

一个男人?一件灰色的长外套?她随意地瞥了一眼来来往往的人影,然后差点晕倒……

她刚刚认出了皮埃尔的身影!

人群已经再次围拢,穿灰色大衣的男人从她的视野中消失了。

她睁大眼睛。

这个一闪而过的身影会不会是她的彼得鲁什卡?

一定是他,如果大脑发出了警报!埃蕾阿突然相信了。皮埃尔就在这里,在这附近,即使有几十名游客、陌生人和尖叫的孩子隔在他们之间。

"你看到什么了吗?"维姬焦急地问。

"我不知道。我想……"

埃蕾阿正要急匆匆地冲过人群,去找她的彼得鲁什卡,因为就是他,没有人可以模仿他那笨拙得像个脱臼木偶的姿态……这时,她背后响起的一个声音叫住了她。

"你好,埃蕾阿。"

Trois vies par semaine

38

纳内斯

米拉娜的车厢工场，济韦手指，阿登省

纳内斯开了尽可能长时间的车。她离开从默兹河一直延伸到比利时的第46号省道，然后抄了一条柏油近道，径直朝朗蒂安森林开去。狭窄的沥青路很快就被简单的碎石子取代，然后是一条土路，车越来越难以通行，路面上长满了高高的草，纳内斯不得不停下车，步行前进。

这里不容易迷路，只要沿着小树间的旧铁轨走就可以了。

不到一个小时前，当她走出宪兵队时，没有人拦她。前台的宪兵几乎都没有抬头看她一眼。

在她面前，生锈铁轨的两条平行线指引她进入森林。

纳内斯还记得。她曾经来过这里，和雷诺一起。

就一次。

在米拉娜死后一个星期。

她继续走着。她装备并不齐全，穿着薄薄的平底靴。她事先没有预料到这样的徒步旅行。细弱的栗子树干，树龄不到二十年，穿过被废弃了快一个世纪的轨道而生长。在阿登地区曾经繁荣的时代，运送煤、铁和木材的火车在山丘和默兹河的曲流之间来来往往。现在，再没有人在这个边境地区停留，这个稀奇的济韦手指不再是一个具有战略性、筑有防御工事的走廊。

纳内斯走近隧道。铁道为了绕开面前的山丘,进入了一个长长的黑暗的洞,她只能看到其中的砖头拱顶。

纳内斯还未再往前走过。六年前,雷诺让她在入口处等候。他独自深入黑暗的地下通道,带着他母亲的骨灰。一小时后他再次出现,手中拿着空的骨灰盒,泪流满面。

今天,雷诺已经不在了,不会再让她等待。

她毫不犹豫地钻进了隧道。光线从前方一百米处的另一端透进来,将地道笼罩在昏暗的光里。地下有股刺柏的味道,还有啤酒和尿液的气味。那些选择在这个地下室度过夜晚的醉醺醺的青少年在这里做了标记,以宣示他们的领地。通往米拉娜陵墓的黑暗拱顶完全比不了小教堂的庄严中殿。

总的来说,纳内斯更喜欢这里。

就算是啤酒和尿液,也好过教堂里的迷信物件和香烛。

这一直是她所喜欢的雷诺和他母亲身上的东西。他们精神独立。不属于任何阵营。只听从自己的信念和情感。既不听从命令,也不遵循时尚。

尤其是米拉娜,一直都保持着独立。

她的婆婆总是表现得特别有礼貌,对她的儿子和孙子们非常依恋,以及几乎过分的谨慎。只要有人需要她,米拉娜总是有空,而其余时间,她都是独自一人。显然,她在瓦伊街的公寓里读书和在车厢工场摆弄她的木偶一样快乐。

纳内斯分辨出了林间空地上第一道绿色的倒影。她向光亮走去,却没有停止想她的婆婆。

米拉娜不要求任何东西，似乎也什么都不缺。有一个问题，纳内斯以前从未问过自己，今天却让她耿耿于怀。米拉娜表现出来的是一个上了年纪的艺术家形象，提前退休，献身于艺术，只是作为消遣，只是因为它美。但这套公寓，诚然很简陋，可它位于沙勒维尔市中心，谁来付房钱？还有这车厢工场……

她的钱是从哪里来的？

纳内斯从未见过米拉娜工作。更没有乞讨过。

隧道快到尽头了。锈迹斑斑的铁轨在她前面，引领她进入眼前的空地，地下有多凄凉，这里就有多欢快、明亮。

一下子，车厢出现在眼前。

它曾经一定超棒！

车身颜色鲜艳，画满了创意涂鸦，看起来像是从一辆动画片里的火车上逃出来的。是那种老旧的、全木制、没有窗户的货运车厢，用来运送马戏团的动物，或者是小丑和空中杂技演员。一阵定格的笑声。一具生锈的诗意残骸。

纳内斯静静地站了一会儿，看着沐浴在光线下的奇怪车厢。接触电线悬挂着，它是曾经铁路运营的见证者。这样米拉娜就能把她的工场连到一条电线上。铁轨在橡树和榛子树之间继续前行，为了避开树根而改变路线，仿佛这片小小的林间空地之外的森林取得了胜利。

纳内斯一直在想着雷诺。她的丈夫曾经不时地来这里寄托哀思，每年四五次，来到这个他撒下了母亲骨灰的纪念地。在这里献上鲜花。在这里……

纳内斯的心猛然一跳。

一束银莲花躺在车厢的踏板前。一束新摘的花。

它放在这里多长时间了？一天？两天？还是更久？纳内斯走近，检查花瓣和叶子。她可以肯定，这些花是昨天才放在这里的……

不可能！谁会来车厢前摆上花？雷诺四天前从观景台摔了下去。他是唯一一个经常到工场并把花放在那里的人。还有谁会来朝圣呢？又是为什么呢？

纳内斯推开车厢的门，走了进去。

39

维姬和埃蕾阿

公爵广场，沙勒维尔－梅济耶尔

"你好，埃蕾阿。"那个声音再次说道。

仅仅听到自己的名字，埃蕾阿就被吓傻了，仿佛有一把滚烫的刀扎入了她的脖颈。

这不是她的彼得鲁什卡的声音。

除了他，她谁也不认识，她在巴黎没有任何朋友，更不用说在这里。谁会跟着她来到这个广场，来到这疯狂的人群中，认出她，跟她打招呼？

她本能地转身。离她最近的一个摊位没有什么特别之处：一顶和公爵广场上其他几十个摊位一样的帐篷，都卖同样的所谓手工制作的蹩脚货：木偶、面具、娃娃服装、小册子、唱片和书……

离她几米远的那个摊位看起来和其他所有的都一样，但有一个特别的名字。

巴乌书店！

"是您？"埃蕾阿结结巴巴地说，"您不在巴黎的维尼斯大街上了？"

书商站在他的摊位后面，头上仍然骄傲地扎着他的麻雀辫，穿着格子呢西装，比以往任何时候都要优雅。

"哦，还在，"他露出一个大大的微笑，"但您可能注意到了，我的书店里重点突出我的两大爱好：阿蒂尔·兰波和木偶。我想，四十年来，我从未错过沙勒维尔的任何一个戏剧节。我在这里的营业额不容忽视。我把巴黎的商店委托给一个实习生，然后自己坐镇这里。"

他又在耍你呢！大脑肯定地说。

埃蕾阿不知道该怎么想了。她看着摊位上的日本、中国、印度、俄罗斯木偶……巴乌在笑，高兴得像个孩子。

在离他们几米远的地方，洛拉正痴迷地看着伟大木偶师的大金手，它们挥舞着四个骑士的剑。维姬也已经走到了摊位前。

"埃蕾阿，"巴乌继续解释，"看看您的周围。艺术家们的这种想象力，行人的这种迷恋。您必须明白，我们人类总是梦想着按照自己的形象赋予角色生命，让它们动起来，让它们说话。自从……自从克罗马农人的女儿玩她的第一个洋娃娃那天起！通过创造他们能赋予其生命并操纵它们的角色，人类只是想让自己也成为神。永垂不朽。（他指着他面前的日本娃娃。）您还记得那些日本的机械人偶吗？那些十七世纪的自动木偶？您知道第一个会说话的娃娃是爱迪生在近一百五十年前发明的吗？仅仅是把一个微型留声机藏在陶瓷做的身体里，只需用手转动，然后……"

"求您了，"埃蕾阿突然崩溃了，"不要再玩猫捉老鼠的游戏了！如果您知道皮埃尔在哪里，请告诉我！"

书商看上去什么都不明白。或者他只是演技太好了？

"我们只是想确认皮埃尔还活着。"埃蕾阿恳求道。

"汉斯也还活着！"维姬在他们身后补充道，"我们想问他一些关于他的双重生活的问题……也许还会把他痛打一顿！"

巴乌一直微笑着，似乎并不知道汉斯是谁，他对皮埃尔的了解也仅仅是他多年前曾在他主办的粉丝杂志上发表的诗，而对这两个坚定

Trois vies par semaine

的女人想要寻找的东西一无所知。

伟大木偶师的表演结束了。四个骑士中的一个已经倒下了。百叶窗正在闭合。有几个顾客正在欣赏巴乌帐篷下陈列的旧书。

不管怎样，大脑建议，也许你的天书老板说的是实话。之所以会碰到他，是因为你在追着他。而不是相反。也许他的店真的是一个有求必应书店，而且……

大脑没能说完他的想法。维姬的喊声把它从思绪中惊醒。

"骗子！"

维姬向前走了一步，瞪着巴乌，狠狠地用手推开了摊位上的书和各种奇特的小东西，丝毫不顾她造成的损失和被冒犯的客人。她抓住书商的格子外套的领子。

"您摊位上的那些自动木偶，它们不是来自中国或日本！"

她指着陈列在艺术书籍之间的古董赛璐珞娃娃。

"不是，"巴乌说不出话来。"但……"

维姬用她另一只还空着的手，也就是她没有用来勒住书商脖子的那只手，抓住了一个自动木偶，卡斯帕的孪生兄弟。

"这个娃娃是从哪里来的？"

"我……我不知道。"

埃蕾阿终于明白了。

这次你反应可有点慢，大脑……

维姬比她快，但欣喜很快就超越了嫉妒。埃蕾阿也走近巴乌。

"您知道彼得鲁什卡！您是为他而来！"

书商在两个愤怒的女人的双重火力攻击下，惊得目瞪口呆。

"这些玩偶，"维姬轰炸他，"是汉斯的母亲做的！在弗洛拉克。它们怎么会出现在您的摊位上?"

"如果你不回答,我们就拆了你的店。"埃蕾阿保证。

"而这只是第一个警告。"维姬发誓说。

这一次,巴乌慌了。他丢下他的摊位,绕到一边,并示意两个女人跟着他走,再往前走一点,朝戏剧街的拱廊走。维姬用眼角的余光确认了洛拉的位置。她已经坐下来,正在看一场刚刚开始的腹语表演。

"我……"巴乌表示,"我把一切都告诉你们。"

他像从蒂姆·波顿电影中走出来的商人一样摘掉了神秘莫测的面具。他结结巴巴地说着,就像一个摘掉假面具的恶作剧者笨拙地想要道歉。

"我对你们的彼得鲁什卡,或汉斯,随你们怎么称呼,一无所知。但我确实认识制作这些木偶的女人……米拉娜。"

"米拉娜?"维姬重复道,愣住了,"我以为汉斯的母亲叫马里翁?"

书商没有回答,但他的眼睛里闪过一丝伤感。

"米拉娜是一位了不起的艺术家,"他继续说,"很久很久以前,我很幸运地遇到了她。那时她已经不再演出了,但我有幸参观了她的工作室,她称之为车厢。那是……阿里巴巴的山洞和杰佩托工作室的合体。她制作了像这样的自动木偶(他指着卡斯帕的孪生兄弟),以及日本的机械木偶、印度拉贾斯坦的木偶舞、马里的波佐人头杖、土耳其的卡拉格兹皮影戏等令人着迷的复制品,当然还有她的代表作,她一生的杰作——洋片。"

"她的什么?"维姬哽咽道。

如果你问你的珍宝,大脑低声对埃蕾阿说,我就罢工一个月。

"她的洋片,"巴乌重复道,"是东欧国家的传统木偶戏。一个流动的游艺项目，一种手摇风琴，只是穿孔的纸盒换成了镂空的纸片小人。它的工作原理就像一个魔盒。人们通过放大镜往里面看，而木偶师则滚动着一张张讲述故事的纸带。可以说，这就是电视的祖先！米拉娜的洋片是我见过最精巧的……"

"好了，"维姬言简意赅地说，"我们以后再谈技术细节。我们在哪里可以找到她，你的爱人？"

"米拉娜从来不是我的爱人！"巴乌否认道。

"我们不关心这个，"埃蕾阿继续说，"只要告诉我们她的地址。"

"这就难了。"

"为什么？"

书商抬头看着乌云密布的天空。四天来，雨几乎下个不停，云层似乎已经精疲力竭。然而，一滴孤独的泪珠却从他布满皱纹的眼角滑落。

"她已经死了。六年前。她希望自己被火化。她如今的地址，就是风吹过的地方……"

维姬和埃蕾阿犹豫了一下，交换了一下眼神，表示认同，但是却没有说一个字。

巴乌没有告诉她们全部的真相！

他和这个米拉娜，她们的婆婆，之间的关系，远比一个无名艺术家和他的仰慕者之间要亲密得多。他如果不把一切都告诉她们，她们不会放过这个书商！

就在这一刻，周围突然骚动起来，就像恐怖片里一样。穿着制服的男男女女从四面八方涌出来。警察、共和国保安队、宪兵。他们高喊着，毫不留情地推搡成人和儿童，往后退，往后退，他们以惊人的速度在几个独立的帐篷、三个空凳子和一排分类垃圾桶周围拉起了安全防线，往后退，说你们呢！

惊慌失措的喊叫声从公爵广场的每个角落响起，还有教师们以惊人的冷静重新掌控班级的清晰命令。人群在后退，新的执勤车停下来，更多的士兵从车里出来。

巴乌是三人中速度最快的一个。老书商以令人吃惊的反应速度，跑到洛拉身边，把她拉了起来。他拽着她走了十来步，在她耳边轻声安慰了她几句，然后把她放回她母亲的怀里。

"谢谢，"维姬说，"如果没有您……"

"快走开！"

全副武装的巡逻队正在散开。一个女上尉从他们身边走过，手里拿着对讲机，警犬般的眼睛盯着她分散的队伍。

"快跑，"巴乌重复道，"如果是袭击警报，他们可能会封锁整个街区。"

维姬和埃蕾阿都不想放弃了解更多的情况。

"我们不会离开，除非……"

"在济韦手指，"巴乌突然说，"废弃的旧铁道！只要沿着铁轨一直走下去……就能找到车厢工场。"

242　　　　　　　　　　　　　　　　　　　　　　　　*Trois vies par semaine*

40

纳内斯

米拉娜的车厢工场,济韦手指,阿登省

一走进工场,纳内斯就松了口气。

她本来以为会看到最糟糕的情况。这节车厢已经被废弃了将近六年,所以它完全有可能被隧道里喝啤酒的年轻人或其他游客擅自占据。

纳内斯的眼睛审视着这个长方形的房间。

没有任何东西遭到破坏。米拉娜的领地,就像一个神圣的陵墓,受人尊重。一张狭长的裁缝桌稳稳地摆放在车厢中央。在几十个漆面盒子里,存放着各种形状和材料的配件:螺钿纽扣、毛毡碎片、衬裙、棉球、玻璃滚珠、羊毛线团、金线和银线……来自各个国家和各个年代的木偶都耐心地等待着,有些木偶已经很旧了,颜色已经褪去,有些木偶刚刚完成,眼睛还没有上色,手指没有修理,头发还没有粘好。直到她生命的最后一天,米拉娜还在继续给她的小破布们赋予生命。

纳内斯的目光从缝纫台移到了车厢的一个角落里。一个奇怪的彩色盒子引起了她的注意,它的形状和大小都像一个大壁龛,放在两个支架上。盒子其中一个倾斜的表面装上了玻璃。

这就是著名的洋片机吗? 米拉娜为之奋斗了一生的纸质剧场?

它还能正常工作吗? 尝试启动它,不会侵犯米拉娜和雷诺的身后之名吗?

纳内斯走上前去，继续审视工场。自从米拉娜死后，没有人来掠夺这个宝藏吗？因为这个地方与世隔绝，几乎无法找到？因为说到底，没有人对这些古老的娃娃和生锈的自动装置感兴趣？还是因为雷诺，直到五天前，仍然警惕地守护着这里。

直到五天前，纳内斯对自己重复道。

某些细节令她吃惊。除了门前的鲜花，她确定不久前有人进来过。她可以看到自己前面的脚印：还没有干透的泥泞鞋底，踩踏过旧木地板。

46码？

她还发现了灰尘中的痕迹：一些物品被动过，剪刀、线轴、油漆罐……不久前。

是在雷诺生前还是死后？

谁会再到这里来，在那之后？

那两个脸被烧伤的人，正如凯特尔所说？

她来到这样一个与世隔绝的地方，没有告诉任何人，没有留下一丝一毫的消息，甚至没有告诉凯特尔，是否冒着巨大的风险？

纳内斯关上了车厢的门。外面什么声音都没有了，也没有什么光线。仅有的几处开口，原本供乘客呼吸的狭长缝隙，大多被堆积的布料、木板或纸板等杂物所遮盖。纳内斯走到最近的一个缝隙口，清理杂乱的物品，好透进来一点亮光。她开始把一些布料、旧报纸推到一边，突然，她停了下来。

目瞪口呆。

一个相框摆放在隔板上。一张大照片，纳内斯认得。

Trois vies par semaine

雷诺站在他母亲身边，在一面洁白无瑕的白色窗帘前拍的照片。

这是他们最漂亮的肖像照，多年前为米拉娜的五十岁生日所拍。这是雷诺在火葬仪式上举起并放在他母亲棺材前的那张。

她的丈夫把照片留在车厢工场里的时候，只是增加了一个细节。

他用手写了几个字……

　　　　献给你，妈妈，永远永远。

　　　　　我爱你

　　　　　　我爱你

　　　　　　　我爱你

……然后署名，三遍

　　　　　雷诺，

　　　　　　汉斯，

　　　　　　　皮埃尔

震惊的纳内斯向后退了一步，想把背倚靠在墙上，或桌子上，或门上，哪个都行。

雷诺署了三遍名字……

她没有听到车厢门在她身后打开了。

她没有看到有两个人影从她身后靠近。

她只是听到了粗重的呼吸声，也许是啜泣声。

她转过身来。

41

凯特尔

公爵广场，沙勒维尔－梅济耶尔

公爵广场已经被一条双色警戒带围了起来，每隔五米就有雕像般站立的宪兵拉着。观众们挤在警戒带后面：这是一个奇特的人群，里面成人和儿童、矮人和巨人、奇幻的怪物和外星生物混杂在一起。

广场的其他地方空无一人，只有一队由十名扫雷员组成的队伍，隐藏在罗马军团式的盾牌后面，小心翼翼地走向三个分类垃圾箱。

"我们真是活在一个疯狂的时代。"凯特尔评论道。

上尉站在空旷和拥挤的广场分界处，旁边站着博内罗中尉。

"随便一个恶作剧者，"凯特尔继续说，"只要打一个电话就能让地球停止转动。有可能，他就在那儿，在人群中，看着我们，捧腹大笑。"

在他们面前，安保措施正在部署，越来越让人震撼。六辆共和国保安队的面包车封锁了共和国路。警察大队从色当和兰斯赶来增援。闪烁的警灯在公爵广场的墙壁上投射出蓝色的光芒，就像是最美丽的灯光秀一样。

"我觉得这相当精彩，"热雷米和她说的相反，"几乎令人感动。这么多的力量在同一时间被调动起来。"

上尉看到二十来个宪兵把警戒带拉过了整个广场。

"你说得对！反恐大队已经接手了。现在我们只是跑龙套的。看看梅迪、马蒂亚斯和威尔。好吧，他们就算没有去过演员工作室，但这就能让他们去扮演杆子的角色吗?"

这一次,热雷米决定驳斥他的上司。

"这是方案,凯特尔。每个人都有自己的位置。各部门之间的合作是一件很棒的事情,不是吗? 宪兵,保安队,警察……"

"行吧……就像在示威活动中一样!"

凯特尔看了看表。公爵广场已经被封锁了近一个小时。藏在盾牌后面的扫雷员们,似乎每分钟只前进一厘米。她任由乌黑的头发散落在她的左眼上。

"他妈的,"她低声埋怨道,"他们是在玩'一二三木头人'还是什么? 我没有时间浪费。我手上有一个案子,而且……"

博内罗中尉读懂了他上司的一只眼睛里闪过的愤懑,并预料到了她的决定。

"不,凯特尔! 您现在还不能离开。现在还没有完全达到反恐计划的'安全强化'级别。我不是说我们起着最重要的作用,但是……"

凯特尔正准备让这个年轻人放心。

她并不是完全疯了! 她得对她的大队负责! 如果真的有炸弹被放在这个垃圾桶里并爆炸了,那恐慌将是无法形容的,她的手下也必须第一时间行动起来。即使她的直觉告诉她,这个警报只是一个巨大的噱头,而且……

她的手机在口袋里震动起来。

一条信息!

扬·霍拉克。

凯特尔好一会儿才想起来这个国际刑警组织东欧通信员的名字。扬的声音听起来很为自己感到骄傲。他挖掘出了关于这起比尔森大篷车火灾事件的全部司法文件。1976年6月，他甚至还没有出生。

扬通过电子邮件给凯特尔发送了文件扫描件，迫不及待地想要告诉她最重要的事情：利博尔·斯拉维克的妻子祖扎娜确实死于这场火灾。调查结果是肯定的，她的尸体被发现并得到确认。

但是，斯拉维克的两个儿子活了下来。虽然被毁了容，但还活着。当时，在铁幕的东侧，并未真正开始实施整形外科手术。在很长一段时间里，他们被安置在布拉格的一家军事医院，然后回到比尔森与他们的父亲一起生活，然后就没有了他们的踪迹。

没有了他们的踪迹，凯特尔又读了一遍。

我找到了他们的踪迹，扬，四十七年后！

这两个脸被烧伤的人把一个善良的父亲从观景台上扔下来以作消遣，然后在地窖里枪杀了一个信息技术人员……

而且还在附近，逍遥法外！

42

纳内斯，维姬和埃蕾阿

米拉娜的车厢工场，济韦手指，阿登省

两个女人。

两个女人刚刚进入车厢，站在阿涅斯身后。

一个是金发女郎，另一个是棕发女郎。

有那么一会儿，阿涅斯思忖她们是谁，是从哪里冒出来的，是什么隐晦的动机促使她们沿着这条废弃的铁道，穿过这条隧道，钻进这片林间空地，爬上踏板，推开这个工场的门。

然后她顺着她们的目光看去。

两个女人的眼睛直直地，像被催眠了一般，盯着雷诺和米拉娜的相框照片，以及光洁的纸张上潦草的三个签名。

　　　　我爱你

　　　　　我爱你

　　　　　　我爱你

　　　　雷诺，

　　　　　汉斯，

　　　　　　皮埃尔

纳内斯立即明白了。

这个金发和棕发女郎分别是汉斯·贝尔纳和皮埃尔·卢梭的妻

子，就像她是雷诺·杜瓦尔的妻子一样。

三个男人，三个女人。

哪一个女人爱着汉斯？哪一个女人爱着皮埃尔？

金发女郎紧紧握着一个五岁女孩的手。是皮埃尔还是汉斯的女儿？ 金发女郎有一种特殊的美，性情刚烈，脸色有些严厉，但她散发着一种原始的、几乎是野性的能量，可以满足男人的狩猎本能。

棕发女郎更漂亮，洋娃娃一样的身体，手臂上文着黑色的荆棘，手指上戴着一个奇怪的戒指，细细的腿在颤抖，眼睛里有一种迷人的心不在焉。她让自己的美貌像盔甲一样闪闪发光，心却在保险柜里，骑士们横冲直撞都不会剐伤她分毫。

她们还很年轻。纳内斯长吁了一口气，她希望汉斯·贝尔纳和皮埃尔·卢梭真的存在，而不是雷诺盗用其身份的幽灵，为了和这两个女人一起来欺骗她。抓住一个女人的芳心，与另一个女人生下孩子。

金发女郎应该比她小十岁，因此也比雷诺年轻十岁。棕发女郎不到三十岁，也许只有二十五岁……雷诺有可能和一个这么年轻的女孩维持一段关系吗？

不！

　不！

　　不！

我爱你

　我爱你

　　我爱你

然而，他们三人都在同一幅肖像上签了名。

雷诺，

　汉斯，

　　皮埃尔

她要发疯了吗？

"哇！"洛拉一走进工场就惊叹道，"这里太酷了！到处都是卡斯帕。"

女孩走到车厢深处继续探索，对她发现的每个新木偶都赞不绝口。三个女人站在那里看了她一会儿，嘴角有一丝僵硬的微笑。

纳内斯率先打破现场这种诡异的气氛。

"我叫阿涅斯·杜瓦尔，"她说着，向另外两人伸出一只颤巍巍的手，"直到不久前，我还认为这节车厢是我婆婆的工作室，只有我丈夫雷诺·杜瓦尔知道它的存在。"

"想必不是！"金发女郎说，"这些天来，本来确定的事情都莫名其妙地变得不确定了。我，直到不久前，我还认为照片中那个有着灰色眼睛的英俊男子是我的情人和我女儿的养父。我的名字是维姬·马尔修。"

她们迟疑地握了握手。

"那您呢？"纳内斯问。

棕发女子似乎在说话，但她的嘴唇没有发出任何声音，像一个没有携带木偶的哑巴腹语者。维姬友好地搂着她的肩膀，用眼神鼓励她，然后这个文身棕发女郎认真地说。

"埃蕾阿。埃蕾阿·西蒙。一直以来，我就知道这个有着灰色眼睛的男人是我生命中仅有的、唯一的、真正的爱人。"

纳内斯把手撑在长长的缝纫台上,好保持平衡。

"那,"她强颜欢笑地问道,"您的,呃,汉斯(维姬点点头),您的……皮埃尔(埃蕾阿动了动嘴唇)他们也都有一个艺术家母亲?演员、画家、裁缝……"

维姬再次点了点头,至少纳内斯是这样理解她的颤抖的。纳内斯瞥了一眼这三个名字。

我爱你我爱你我爱你

雷诺汉斯皮埃尔

"雷诺已经死了,"她用轻柔的声音喃喃自语,就像一个母亲一样,"我真诚地希望你们的汉斯和皮埃尔还活着。"

两个女人眼中的光芒让她觉得她们对此深信不疑,而且发自真心。然而,纳内斯脑子里一个固执的声音敲打着她,三个不同的男人不可能如此相似。

不管面对这两个坠入爱河的女人的满腔希望,这个事实会显得多么残酷,纳内斯知道,雷诺、汉斯和皮埃尔只有一个且是同一个人。因此,他们三个人都已经死了。

一阵时钟的报时声把她们吓了一跳。它撕开了寂静,就像一个被遗忘在阁楼上的音乐盒,被一个幽灵转动了钥匙。木琴上的三个音符。一首节日的曲调。一段不停重复的回旋曲。

维姬立即询问她的女儿。

"洛拉,你碰了什么?"

女孩把卡斯帕放在了那个看起来像史前电视机的奇怪壁龛旁边。

"没碰什么,妈妈。好吧,就是这个。"

洛拉指了指她踮起脚也够不着的倾斜的玻璃板,又指了指旁边她够得着的一侧的按钮。

钟声加快了。洛拉的眼睛闪闪发光。

她可能以为,车厢里的所有木偶都会站起来并开始跳舞。这个工场很神奇,是仙女的洞穴。

从洋片机里面发出的一道光照亮了倾斜的玻璃片。

"洛拉!"维姬大声呵斥道,"你又在做什么?"

一道蓝色的光洒满了车厢。埃蕾阿目瞪口呆地站着。

一个新的小技术奇迹? 你的珍宝会嫉妒死的!

"你们别说话,"纳内斯喊道,"听!"

钟声慢了下来,强度减弱,直到完全消失。随之而来的沉默没有持续一秒钟。

"你好。"

纳内斯立刻听出了米拉娜的声音。

"欢迎来到这里,"那个声音继续说道,"尽管我没有办法核实,但我想你们都在这里了。所以我们可以开始了。我有一个故事,一个非常古老的故事要讲给你们听。"

我叫米娜。1956年出生于捷克斯洛伐克,一个如今已不复存在的国家。一个现在的年轻人一定会认为从未存在过的国家。一个名字很拗口的国家。所以我更愿意说我出生在波希米亚。

我知道,在法国,这个名字让人们向往……

43

阿莫斯和克里斯托夫

米拉娜的车厢工场,济韦手指

"她们在里面,"阿莫斯写道,"我听到了她们的声音。她们在说话。"

被永远禁锢在沉默中的克里斯托夫,把目光转向车厢。他只能在车厢木板之间的狭窄缝隙后面看到模糊的影子。他观察了一会儿,然后环视了一下这片林间空地。除了随风无声摇动的榛树枝,没有其他任何动静。

他蹲在蕨类植物和高高的草丛中,一只眼睛盯着隧道出口,另一只眼睛盯着车厢,什么也逃不过他的眼睛。他用指尖给他的兄弟发了一条新信息。InsideOne 触摸平板的屏幕震动起来。

"她们在说什么?"

阿莫斯把头和肩膀探出蕨类植物形成的帘子,以便听得更清楚。克里斯托夫抓住他的袖子,写道:

"保持隐蔽!"

照顾弟弟是他的一个条件反射。他是阿莫斯的眼睛,就像阿莫斯是他的耳朵一样。他们彼此信任,一直以来都是如此,这种信任是无声的、盲目的,就像高空中的两个杂技演员。如果突然出现什么声音,阿莫斯会通知他,只有几秒钟的延迟。同样,克里斯托夫会向阿莫斯描述他所看到的一切,只要他感兴趣。他们的重要感官,视觉和听觉,通过平板电脑连接的速度可能不如通过单个大脑的神经元，但却因此更加敏锐。

证据！在未被发现的情况下，他们跟踪阿涅斯·杜瓦尔来到布鲁诺·普鲁维尔的家里。阿莫斯偷听了她的私下谈话。他们推断出她的丈夫曾躲在洛泽尔的某个地方。只需给这个法国人口最少的省份打几个电话，就能知道一个叫马里翁·贝尔纳的女人多年来一直在为弗洛拉克的学校的孩子们表演……《彼得鲁什卡》！

八个小时后，当他们到达塔恩河边时，这位维姬·马尔修和她的女儿洛拉为了找到汉斯·贝尔纳而惊动了整个村庄。她们简直是自投罗网。从那时起，他们就一直跟着她们，直到她们的最终目的地——米娜的车厢工场，这并不难猜到……

一条新的信息轻轻震动克里斯托夫的手指。

"我得靠近点才能听到她们在说什么。"

克里斯托夫评估了风险。车厢的门关着，缝隙太小，不会被发现，但这三个女人随时有可能出来。

"那个女孩和她们在一起吗？"

"是的，"阿莫斯写道，"我听到了她的声音。她刚被她母亲骂了一顿。"

"为什么？"

"我不知道。"

克里斯托夫看了看阿莫斯的手。它在颤抖。他的头歪得更厉害了，就像一只窥伺的动物正专心地听着远处的声音。克里斯托夫知道，阿莫斯想放过这个女孩，只牺牲这三个女人，阿莫斯比他软弱得多，没有他那么坚定。

"算她倒霉！"克里斯托夫打字说，"昨天你还毫不犹豫地把她举过了塔恩河。"

"我们从未说过要杀她。我们绑架她只是想吓唬她，让她告诉我们她父亲的藏身之处。"

克里斯托夫把手指关节捏得咔咔响，每次他感到特别紧张时，这种习惯性的动作就会加重。车里没有任何动静。当他输入答案时，触摸屏随之振动。

"没错，弟弟，但从昨天起情况发生了变化。天意将这三个女人聚集在同一个与世隔绝的地方。这是我们履行承诺的出乎意料的好机会。"

阿莫斯空空的眼睛里闪烁着一滴酸涩的泪水。

"我们从来没有答应过要杀一个小女孩！爸爸不会希望这样的。"

弟弟的多愁善感让克里斯托夫很恼火。自从他们出生以来，一直让他很恼火。他严肃地盯着他，当然也知道这不会对阿莫斯有任何影响，他深陷在失明的黑暗中。克利斯托夫看了看黑暗的隧道，又看了看车厢，深陷在他失聪的沉默中，然后让他的手指说话。

"当你砍掉一个树枝时，你就牺牲了果实！"

Trois vies par semaine

第二部分

Part 2

米娜

第一次，
我问了自己这个我从来不敢去想的问题。
我的雷诺?
我的皮埃尔?
我的汉斯?
我，
他的母亲，
要怎么称呼他呢?

我的旅舍在大熊星座

《流浪》,阿蒂尔·兰波

米娜的故事

来自铁幕的另一边

1976 年 6 月

你们现在知道我的罪行了,你们也知道当时的情况。你们觉得可以因此减轻罪行吗?我出生在布拉格,在十二岁那年发生了人民之春运动,1968 年 8 月的一个晚上,苏联入侵,摩尔人和彼得鲁什卡,也就是利博尔和我之间的相遇,我们在波希米亚流浪的岁月,每天的强奸,我肚子里的孩子,大篷车的火灾。我现在可以告诉你们接下来的事情了。我现在可以告诉你们我的逃亡经历了。

当我跑进森林时,火焰仍在升腾,我逃离利博尔对我施加的魔法,逃避祖扎娜、阿莫斯和克里斯托夫的尸体被大火吞噬的恐怖画面。我看到我身后的烈焰。地平线上的一个红球,在黎明破晓之前,像一个过早升起的太阳。

我在比尔森找到了避难所,住在一个业余木偶剧团里,在过去的五年里我曾多次遇到他们。他们同意让我留宿几晚。像所有的捷克艺术家一样,他们生活在恐惧中,而且食不果腹。我知道他们不会向国家安全局告发我,我也知道如果利博尔找到我,他们也不准备为我而死。

而他会找到我的,这只是迟早的问题。一旦他安葬了祖扎娜,一旦阿莫斯和克里斯托夫出院,他就会追捕我,让我付出代价。

所以我孤注一掷。

比尔森小镇有三个引以为豪的特产,连布拉格都羡慕。它的啤酒,全国最有名;它的汽车,因为某个埃米尔·斯柯达就出生在这里;当然还有木偶。在冷战期间,比尔森始终是世界木偶之都。几个世纪以来,流动的艺术家们将操纵提线木偶上升为一种名副其实

Trois vies par semaine

的艺术和民族的骄傲。捷克当局将木偶作为外交和宣传的工具，在世界各地举行的众多活动中呼吁各国人民之间的和平。

那年夏天，一个小型法国代表团驻扎在比尔森。它是由法国驻布拉格大使馆文化处派出的，目的是为在沙勒维尔举行的国际木偶戏剧节招募艺术家。自1961年木偶戏剧节创立以来，每年都有来自东方的艺术家在那里登台演出。

这个法国代表团的团长叫巴蒂斯特·马鲁，但为了标新立异，他更愿意被称为巴乌✕。我第一次见到他时，觉得他很丑陋、自命不凡，而且对人很冷淡。他就像所有那些不时来拜访我们的西方共产主义者一样，他们对我们的兴趣，就像看动物园里的动物一样，只关注符合他们理想的东西，对其他的则视而不见。

我向他解释说，我想成为即将被选拔去法国演出的木偶师的一员，我准备为此付出一切，向他献上我所有的贞操和金钱。

巴乌哪个也没有要，但出乎意料的是，他同意把我的名字写在戏剧节的节目单上，把我置于法国大使馆的保护之下，并在第二天为我预订了一张官方代表团的长途客车票，穿越欧洲前往阿登省。

也许，他只是对我的法语水平感到惊讶。

也许他真的是被我作为木偶师的天赋所打动。

也许他对我能完整地背诵他最喜欢的诗人兰波的好几首诗感到惊讶。

也有可能，他被那个布拉格之春的小孤女的故事所打动。我把一切都告诉了他。从我13岁开始遭遇的强奸、殴打，我肚子里的孩子、逃亡，只是没有提及我的罪行。

我可以从他的眼睛里看出，我已经迷住了他，尽管他从未碰过我。

巴乌利用他的关系网救了我，趁着当时的气氛缓和。当时正值推动冷战暂停的《赫尔辛基协议》签署一年之后，又在

✕ 此处取巴蒂斯特·马鲁（Baptiste Marou）中首尾两个音组成一个新的名字（Baou），即巴乌。Baou 一词在法语中意为方山、孤山。

Part 2　　　　　　　　　　　　　　　　　　261

两百多名捷克知识分子向共产党当局发起挑战的《七七宪章》签署一年前。

我在一种几乎不真实的兴奋气氛中来到了西方，来到一个非常欢乐的国度。1976年6月20日，捷克斯洛伐克成为欧洲杯足球冠军，这要归功于新的民族英雄安东尼·帕内恩卡历史性的点球奇迹。

在国际木偶戏剧节的最后一天，在公爵广场，当二十来个捷克斯洛伐克木偶演员和同样多的国家安全局官员挤上准备返回比尔森的大巴时，巴乌到酒店房间来找我。

"米娜，你不打算回东方了吧？"

"如果我不回去，会给你带来麻烦。"

"如果你回去，你的麻烦和我的没有可比性。"

巴乌望着窗外等待的巴士，然后坚持说。

"利博尔已经带着他的儿子们从医院出来了。为了找你，他找到了捷克斯洛伐克共产党第一书记古斯塔夫·胡萨克那里。官方的说法，也就是我们能在报纸上看到的，是一起意外事故，而你也知道，他们不会让这种丑闻公开。但国家安全局正在以谋杀的罪名搜捕你。"

我明白了，巴乌从一开始就知道整件事。

"你需要新的身份证件。利博尔要来西方会有困难，但这是一个我们不能排除的可能性。或许有一天，"他补充说，"铁幕不复存在，人们将能够在欧洲自由通行。"

我不由自主地笑了，面对如此一种乌托邦式的愚蠢。

"我有钱，"我说，"我可以支付这些假证件的费用。"

"我认识人，我可以帮助你。"

我走近巴乌，我仍然觉得他很丑，但我明白，他的自命不凡是一种保护，他的冷淡是一种腼腆。我想吻他，没有欲望，只是为了感谢他。在他之前，从来没有一个男人对我表示过丝毫的善意。

他轻轻地把我推开。

Trois vies par semaine

"快走吧，米娜。不要浪费时间了。国家安全局的特工很快就会担心并来找你。"

我的心里五味杂陈。一直以来，我的生存指南被归结为一条简单的法则：男人用他们的力量，女人用她们的魅力。如果巴乌不指望得到任何回报，他为什么要帮助我？

"我是一个奇怪的动物，"巴乌说，声音里带着一丝羞涩，"你要尽可能多地编造新的身份，米娜，以保护你自己和你的孩子。利博尔永远不会放弃复仇。"

我听他的话，我逃跑了。如果说国家安全局的特工在捷克斯洛伐克有绝对的权力，在法国他们只能在酒店大堂等待，希望看到我出现。

44

纸板和毛毡做的小人在洋片机中一个接一个地出场，而米拉娜的声音不停地说着话。图像非常简单。壮丽的风景从一个静止的小篷车后面一幅一幅展现。波希米亚的平原、村庄和山脉，在昼夜更迭的光线的作用下越发显得雄伟壮丽。白天，当艺术家们穿着全套表演服装从大篷车里出来时，旁观的人群会出现并鼓掌致意。

我们在比尔森国际木偶戏剧节上一炮打响，这里会集了来自世界各地的艺术家，甚至有来自西方的艺术家。

到了晚上，只剩几颗星星挂在漆黑的天空中，还有米拉娜的声音。

我每天晚上躺在床上，数着星座，等着那个折磨我的男人入睡。

阿涅斯、维姬和埃蕾阿一边看一边听，三个人都俯身贴在玻璃屏幕上，被这个纸质电影院迷住了。洛拉一开始也坚持要看，但她个子太小了，必须要人抱着，她很快就感到厌烦了。她根本不懂这些坦克和空降兵的故事，她觉得这些画在纸板上的图像太慢了。当她的平板电脑上有一百个动画片时，为什么还要在这样的机器前浪费时间？

还有一山洞的玩偶！她坐在大篷车的一个角落里，给卡斯帕穿上海盗、警察、王子、忍者等奇装异服，玩得不亦乐乎。

汉斯的眼睛是灰色的，维姬想。和利博尔·斯拉维克的一样！汉斯是否也从他那里遗传了对道路、对流浪生活的喜好？他认识他吗？他知道他是谁吗？一个变态的强奸犯！

彼得鲁什卡，埃蕾阿想。又是这个彼得鲁什卡！利博尔·斯拉维

Trois vies par semaine

克有那种从一个走江湖的大力士变成芭蕾舞女演员的天资。皮埃尔从他那里遗传了舞蹈的天赋吗？他认识他吗？他后来怎么样了？

你就听这个故事就行了，大脑安慰她说，不要想其他事情，我来处理其他事情。我会记录和分析。布拉格之春、波希米亚的城市、捷克的木偶艺术……

那么如果是这样，纳内斯想，米拉娜出生在捷克斯洛伐克。这些年来，她成功隐瞒了这一点。从十岁开始，她就几乎会说两种语言，她已经承认了。一个有天赋的木偶师。雷诺呢？雷诺是什么时候出现在这幅画作中的？

"你听到她们说话了吗？"克里斯托夫写道。

两兄弟已经向车厢靠近。克里斯托夫始终密切观察着周围的情况，他的目光从隧道的入口扫到林间空地的树上，而阿莫斯则把耳朵贴在工场门的两块木板之间，聆听着。

"她们在说什么？"克里斯托夫接着问。

"什么也没说。"

"怎么会，什么都没说？你到底能不能听到她们说话？"

"不是她们在说话，是米拉娜。"

"米拉娜？"

如果克里斯托夫不是哑巴，也许他会发出一声尖叫，暴露他们自己。

"米拉娜？"他写了好几遍。"米——拉——娜。"

InsideOne 平板电脑有神奇的工具，使盲人的生活发生了惊人变革：

Part 2 265

自动拼写检查、剪切和粘贴键、大写字母、3D 表情符号。

"她给她们留了言,"阿莫斯解释说,"一段很长的话。"

"她说了什么?"

"她说你揪我们的母马金斯基的耳朵,而我画日落。我 …… 都忘了。"

克里斯托夫有一瞬间也走神了。金斯基。他已经很多年没有想到过那匹母马了。至于阿莫斯的画 …… 是的,他弟弟真的很有天赋。他本来可以成为一个伟大的配色师,一个知名的艺术家。这段痛苦的记忆给了他额外的动力。

"非常好。她向她们讲述自己的一生,这给我们争取了时间。"

"争取时间干什么?"

克里斯托夫注意到汗水从阿莫斯的手指上滴落,落到屏幕上的按键上。他看着他弟弟的耳朵贴在门上,他的脸上因为听到的东西而惊慌失措,然后愤怒地按下平板电脑的键。

"履行我们的承诺! 愿她们遭受的痛苦和妈妈所受的一样多!"

45

沙勒维尔－梅济耶尔公爵广场

圣-伊莱尔上尉、马西格中尉和达尔贡中士是大东部大区扫雷干预小组中最有经验的三位成员。在凡尔登和贵妇小径之间,他们三人已经拆除了几千个炸弹。他们见识过各种尺寸、各种口径和各种军队的炸弹……

然而,在公爵广场和共和国路的十字路口,当遥控机器人开始拆除第三个分类垃圾桶的时候,这是炸弹被怀疑投放的地方,他们被十名共和国保安队和同样多的盾牌组成的堡垒保护着,他们的心跳却连半秒钟都停不下来。

炸弹就在那里!

垃圾桶的盖子一炸开,炸弹就失控了。

他们刚刚与魔鬼擦肩而过!

米娜的故事

幽灵之军

1977年1月

我选择了米拉娜·杜瓦尔这个姓名，名字很独特，姓氏却很普通。四个月后，我在沙勒维尔的曼彻斯特医院生下了一个小男孩。雷诺。他身体非常健康，大口大口地吸吮我的乳汁，我坚持请求护士让我在分娩两天后迅速出院。

我自己去给他做出生登记，把孩子放在我的腿上。我想这将使我更容易说服户籍登记员。我遇到了一个女孩，她似乎自认为肩负神圣的使命，手指上戴着一枚钻戒，鼻子下有一个红色的疣子。她太热情了。她对我的东方口音很感兴趣，这么多年我终于抹去了这种口音。可能我的忧虑也让她感兴趣，但我花巨资购买的假证件看起来跟真的一样，在问了我一堆问题后，她最后在出生证明上盖了章。

雷诺·杜瓦尔，生于1977年1月29日。

"尽可能多地编造新身份，米娜。"

我整晚都在思考巴乌的这个建议。

"为了保护你的孩子。利博尔永远不会放弃复仇。"

清晨5点钟，雷诺在我位于韦利街的公寓里吃着奶。从伪造假证的人那里订购的所有文件都摊在桌子上。我有好几个身份，但我的孩子只有一个身份。我独自一人，我意识到我的孩子是多么脆弱，万一利博尔找到他，在一年、十年甚至三十年后。

于是，我突然用毯子裹住雷诺，收拾了几件衣物，就朝沙勒维尔火车站的方向出发了。中午时分，我搭乘的火车进入巴黎，停靠在东站。一小时后，我坐在第18区市政厅的4号柜台前，对面的户籍登记员看到我儿子的微笑很高兴。

我拿出我的第二张身份证，名字是朱迪丝·卢梭，还有一张沾有凝固的母乳的出生声明，"抱歉"。我只是把沙勒维尔的曼彻斯特医院的名字换成了巴黎的比夏特医院。这是我自己瞎编乱造之后在车站附近的一家打印店里复印的一个粗糙的假货。我打赌，户籍登记员没有任何理由怀疑它的真实性。谁会在孩子出生诊所的名字上做手脚？

我当然不是一个神采奕奕的母亲，而是一个疲惫不堪、带着孩子奔波的母亲！

登记员毫不怀疑地在出生证明上盖了章，并祝贺我选择了一个永不过时的名字。

皮埃尔·卢梭，1977年1月29日出生。

根据法国法律，父母在孩子出生后有三天时间为其申报出生。我在最后一天的下午抵达芒德，先是坐火车，然后又坐长途汽车，一段长长的旅程。我随机选择了洛泽尔。我想要一个远离沙勒维尔和东部边境的地方。而且尽可能远离大城市。如果利博尔发现了我的踪迹，如果他找了帮凶，我希望能在一夜之间改变我的生活。融入一个新的身份，让旧的身份成为一个空壳，它们之间没有任何联系。我想，就像那些悔过自新的原黑帮分子一样，这些目击者必须为自己编造新的生活，以逃避他们所揭发的黑帮分子。

这可能看起来很疯狂，不现实，办不到，然而这一切都令人难以置信地顺利完成了。在芒德，户籍登记员是一位笑容满面的白发女士，她几乎没有核对洛泽尔医院的出生声明，这次上面沾上了呕吐物，"抱歉"。被挂在她脖子上的闪亮的心形吊坠所吸引的雷诺，或者说皮埃尔，吸引了她全部的注意力。

"他多可爱啊，"她叽叽喳喳地说，"他是多么的机灵啊！我真羡慕您，我迫不及待想要当奶奶了！汉斯，对吗，汉斯·贝尔纳？"

一秒钟和一个印章之后，汉斯有了正式的出生证明。

汉斯·贝尔纳，生于1977年1月29日。

对于法国政府来说，他真实存在，就像皮埃尔·卢梭或雷诺·杜瓦尔一样。

一个婴儿，却有三个正式、真实、官方认证的身份。

我明白了，就法国政府而言，只要他的父母稍微费点心，同一个婴儿可以被申报几十次出生。一个生命的证明只系于一张由几乎从未见过孩子的公务员签署的纸上。也许在法国，以及世界其他地方，有大量的幽灵、虚拟的公民、虚假的生命、备用的身份、纸上双胞胎或三胞胎，他们被申报出生，然后结婚，死亡，却从来没有过呼吸。

我从芒德市政厅出来的时候，把我的孩子紧紧抱在怀里，他被裹在一条扎起来的大围巾里。在一个冬天的中午，小镇上却不合时宜地很温暖。南方从二月起就有了这种春天的氛围，让人为不得不再次北上而感到遗憾。我穿过洛特河到达火车站，抬头看着米马山的黑松树。离得很近的喀斯山脉和塞文山脉吸引着我。沙漠似乎乘坐有轨电车就能到达。我想留下来，但沙勒维尔或巴黎在等着我。

我的儿子在搜寻我的乳房。

"再等一等，小宝贝，"我低声说，"等等，我的小天使。我的小心肝。我的……"

第一次，我问了自己这个我从来不敢去想的问题。

我的雷诺？

我的皮埃尔？

我的汉斯？

我，他的母亲，要怎么称呼他呢？

270　　　　　　　　　　　　　　　　　　　　　　　　　　　*Trois vies par semaine*

46

米拉娜的车厢工场，济韦手指

"爸爸快回来了吗？"

洛拉用她最大的音量问出了这个问题，掩盖了米拉娜的声音。维姬按下了让小纸人连续不断往前传送的按钮。小人们立刻静止不动了。洋片机的屏幕暗了下来。随之而来的是一阵奇怪的沉默，她们只听得到从外面传来的一点点轻微的声音。风吹过的声音和树叶的沙沙声。没什么可担心的。

"爸爸很快就会回来了吗？"洛拉重复道。

小女孩似乎完全没有听这个故事，她在忙着把卡斯帕装扮成一个骑士。可能是汉斯这个名字在这台有图像的机器里被提到了好几遍，打破了她沉浸在其中的幻想泡沫。

没有人回答她。接下来的沉默似乎更加浓厚。

"他……"

"是的，"维姬终于用颤抖的声音保证说，"是的，宝贝，爸爸快回来了。很快。我……我向你保证。"

埃蕾阿咬着嘴唇。

纳内斯低下了头。洛拉又继续去玩她的骑士了，欢喜而又平静，她相信她的自动木偶会重新复活并与她说话，因为她现在知道了它的秘密。刚刚，在木偶戏剧节上，那个老头摊贩悄悄塞进了她的手心和耳朵里！

现在她只需要等着爸爸来修理卡斯帕！

阿莫斯把头靠在车厢工场的壁板上，在触摸平板上匆忙敲着字。

"她们不说话了。你在哪里？"

克里斯托夫已经走远了。他利用米娜讲故事的时间，回到了藏在停车场附近的斯柯达车旁，打开后备厢，然后迅速返回。他收到消息的时候刚从隧道里出来。

"我来了，保持安静。"

盲人将耳朵更贴近木门。迷失在黑暗中的他，没有克里斯托夫牵着手，他还能做什么？他的心跳声越来越大。这心跳声听起来一定像是有人在敲击车厢一样响亮。

如果门开了，他就会被抓住。

他本能地摸了摸放在胸前口袋里的骨灰袋。他听到车厢里响起了一个新的声音，更加清晰可辨。

"太好了，维姬，"埃蕾阿说，"现在你的宝贝放心了，能不能请你再按一下这台纸质电视上的按钮？"

没有人回答，一点声音都没有，直到维姬·马尔修担忧的声音终于响起。

"可以吗，阿涅斯？您想让我们继续吗？"

阿莫斯意识到，阿涅斯·杜瓦尔一定是把米娜的坦白视为了前所未有的残酷打击。她绝对想象不到，她善良的婆婆，这位温柔孤僻的艺术家，如此深爱她的孙子们……会是个杀人犯。

盲人品味着这一时刻，当面具落下的这一刻，当好人和坏人的角色被互换的这一刻。骨灰袋中的灰烬在他的心头仿佛有一吨重，他必

272　　　　　　　　　　　　　　　　　　　　Trois vies par semaine

须抓紧时间。他能清晰地听到哥哥的脚步声正在接近车厢工场,这脚步声比平时更沉重……全神戒备的他还听到了不易察觉的汩汩声,闻到了淡淡的汽油味:克里斯托夫拎着存放在斯柯达车后面的两桶汽油回来了。

再没有任何东西能让他放手。

阿莫斯在脑子里再次重复着父亲面对大火的最后几句话,也就是米娜刚刚说的那些话,那些从他十一岁起就一直萦绕在他心头的话。

我会让你的孩子,以及你孩子未来的孩子饱受折磨。

父亲的愤怒在他们最后一次谈话时已经平息了,那是四天前在艾蒙四子观景台。从那时起,阿莫斯就一直在反复思考这个问题。

47

四天以前

2023年9月14日，星期四
艾蒙四子观景台，默兹河畔博尼

利博尔、克里斯托夫和阿莫斯三个人都坐在观景台停车场的斯柯达车里。夜色中，他们只能分辨出谷底村庄朦胧的微光，艾蒙四子的纪念雕像被仅有的一盏路灯照亮，以及稍远处，雷诺·杜瓦尔停在低矮橡树枝下的汽车发出的光团。

至少，利博尔和克里斯托夫可以看到……他们看到车灯刺破黑暗，白色的标致307停在树下，然后雷诺·杜瓦尔下车，迈着匆忙的脚步走向通往观景台的阶梯。

坐在方向盘后面的利博尔打开了手机上的手电筒，把亮度调到最低，这样从外面就看不到光亮，然后转向坐在后座上的两个儿子。

他把五个手指平放在嘴边，只说了一个词。

"谢谢！"

这样，他的两个儿子就明白了。阿莫斯听着，克里斯托夫看着。

从1977年到1979年，利博尔在布拉格的雅克布森学院学习了两年手语。然后他养成了同时用语言和手势来表达自己的习惯。在克里斯托夫和阿莫斯的整个青春期，早在InsideOne平板电脑发明之前，他们的父亲就是他们唯一的纽带，唯一的沟通方式。当阿莫斯想和克里斯托夫说话时，他别无选择，只能让父亲把他的问题翻译成手语，而他的哥哥也用同样的方式回答。

阿莫斯想，他们的父亲，一直是一个忠实的翻译吗？中立而公正？他完全控制了他的两个儿子。

"谢谢，"利博尔挥舞着双手重复道，"如果没有你们，经过了这么多年，我可能永远都找不到米娜和雷诺·杜瓦尔。你们的角色扮演得很完美。但现在我必须独自去见你们的兄弟。"

阿莫斯听到了枪被打开保险销的咔嚓声。他已经学会了辨别每一种武器的声音，并且认出了这是一把CZ 75自动手枪的击发装置的声音，这是他父亲最喜欢的武器，也是捷克斯洛伐克国家安全局一直使用的武器。

"我相信你们的兄弟不会带着武器来。"利博尔补充道。

阿莫斯讨厌父亲说"你们的兄弟"。这个雷诺·杜瓦尔最多只是他们同父异母的兄弟，他的出生导致了他们母亲的死亡。有时，阿莫斯想象，利博尔更喜欢这第三个儿子，而不是他的另外两个儿子，这两个脸被烧伤、脑壳凹凸不平的怪物，他如此执着地寻找米娜和雷诺，并不是出于仇恨……而是出于爱。无论他如何努力地试图驱散这些愚蠢的疑虑，都无济于事，它们还是不断出现，而且越来越频繁。

利博尔转向两个儿子中的小儿子。

"听我说，阿莫斯，"他说，"比起你哥哥我更信任你。你总是更通情达理。你会思考，而克里斯托夫却只顾着行动。你总是会做出最佳的决定，早在你失去视力和你哥哥失去听力之前就是这样。"

阿莫斯不知道克里斯托夫听到这句话会有什么反应，他只听到他的呼吸在加快，手指的关节在咔咔响。

"我要去观景台，去见你弟弟，独自一人，全副武装。无论发生什么，我要求你和克里斯托夫都待在这里，就在这车里，不要动。阿莫斯，你打开窗户，你听着。如果我没有回来，而你听到了枪声，只有一声，那么你们必须继续我们的复仇。这意味着预言已经实现，雷诺杀死了我，正如祖扎娜所预测的那样。这意味着不会有任何和解的可能，你们必须让雷诺·杜瓦尔、他的孩子、他孩子的孩子，所有流着他的血的人，饱受折磨。"

克里斯托夫立即把两只手握在一起，然后举起右手，把左手放在心口。这些手势在无声的语言中意味着"我保证"。

"你呢？"利博尔坚持问。

阿莫斯咽了一口唾沫。他在黑暗中漂泊了四十多年，但这黑暗却从未像现在这样深重。他咳嗽了一声，让他的心跳平静下来，然后轮到他发誓。

"我保证。"

他还能说什么呢？

"谢谢，"利博尔喃喃地说，"现在认真听我说，阿莫斯，这非常重要。正如我所告诉你的，如果你只听到一声枪响，你和哥哥必须继续我们的复仇。但如果你听到两声枪响，那就意味着复仇已经结束。"

"结束？"阿莫斯重复道，惊诧不已。

他从克里斯托夫比以往任何时候都响的关节声里听出他很紧张。他是不是也在提问，用他的指尖，而利博尔不会回答？

"谁……第二颗子弹会打谁？"阿莫斯问道。

手机的光在他们父亲的手上闪烁。

"你们的兄弟，如果一颗子弹不足以杀死他。打向空中，如果一颗就够了的话。或者……"

276　　　　　　　　　　　　　　　　　　　　　　　　*Trois vies par semaine*

"或者？"阿莫斯又一次重复，这次他希望父亲不要回答。

"或者是给我自己！"他们的父亲说，"我杀了他，我再自杀，这样一切都结束了！而你们就自由了！"

利博尔说完就打开了门，打断了阿莫斯的进一步提问和克里斯托夫惊慌失措的其他手势。阿莫斯又听到了CZ75的保险销的撞击声，然后车门关上了。艾蒙四子观景台离得太远了，对即将发生的一幕克里斯托夫无法看到。阿莫斯将是唯一的证人，一个看不见的证人。

当他听着父亲渐渐远去的脚步声，他能向谁坦白自己的想法呢？

那天晚上，阿莫斯希望他不会听到任何枪声，希望他同父异母的兄弟和他的父亲都能活着回来。

阿莫斯在夜色中屏气凝神，聆听着最细微的声音，没有任何声音能逃过他的耳朵。

而那晚，他可以发誓，只有一声枪响。

两个人死了，但只有一声枪响。

复仇仍将继续，由不得他，由不得他们。

平板震动了一下，将阿莫斯从回忆中惊醒。克里斯托夫应该已经放下了他的两桶汽油，给他写了一条很长的信息。阿莫斯用颤抖的指尖读了起来。

"一切都已就绪，弟弟！我们只需把车厢把手弄坏，她们就会被困住。她们困在里面，就像曾经的我们一样。就像曾经的妈妈一样。我们将信守承诺，父亲会为我们感到骄傲。大火会吞噬她们，就像曾经吞噬我们一样。"

48

公爵广场，沙勒维尔－梅济耶尔

　　像所有其他聚集在公爵广场的卡罗洛人一样，圣－伊莱尔上尉、马西格中尉和达尔贡中士看着恶魔飞了起来。

　　在半秒钟的惊恐之后，爆发出一阵响亮而无休止的笑声，让这三个扫雷员大惊失色。

　　魔鬼在一个弹簧上！

　　一个用细毡和绉纱做成的魔鬼，头上还有两个黄色的角，手里拿着小叉子，脸上带着搞怪的笑容。盖子一揭开，它就在公爵广场的地面上跳了三米高，然后又轻轻地落下来。

　　某个小喜剧演员可能觉得这很有趣，在木偶戏剧节的时候，把他的小恶魔隐藏在最近的垃圾桶里，然后发出假警报。也许他甚至录下了整个场景，并认为这是行为艺术。这几个扫雷员心想，当他被抓住并得知这种玩笑的代价时，他就不会觉得好玩了：两年的监禁和三万欧元的罚款！

　　凯特尔·马雷尔上尉和广场上的其他几百名观众一起目睹了这一幕。她也被魔鬼突然蹦出来吓了一跳，然后深深地叹了口气。

　　她转向仍然站在她身边的博内罗中尉。

　　"很好，热雷米，大家玩得很开心。现在我们可以走了。"

　　博内罗中尉一动不动。

　　"哦，老板……恰恰相反，我认为还需要等很长时间。扫雷员看上去神情严肃,他们不会放过任何可疑之处。指纹、DNA 和其他所有地方。比犯罪现场更糟糕。他们要抓到那个匿名报警的混蛋。"

"他们的自尊受到了伤害,和我们又有什么关系?"

"我们得在这儿支援他们,我们负责维持治安。业务互补。您很清楚,上尉,在行动结束前,我们得一直待在原地。这是程序。"

"说得好,"凯特尔干净利落地说,"程序,你喜欢这些!你来代表我!(她向执勤的宪兵方向投去最后一眼。)如果你愿意,就和威尔还有梅迪一起去跳法兰多拉舞。我有更重要的事情做!"

博内罗中尉,尽管已经习惯了他的上司不同于其他长官,还是惊讶地瞪大了眼睛。

"更重要的事?"

"我从国际刑警组织那里得到消息。祖扎娜·斯拉维克确实死于比尔森的大篷车火灾,这一点毋庸置疑。但他们证实,那两个脸被烧伤的人正在四处活动,如果说除了脸之外,他们的脑子也烧坏了,我对此不会感到惊讶。"

热雷米的眼睛盯着警戒带后面毕恭毕敬站着的一队宪兵,他正准备抗议,上尉已经走开了,手机贴在耳边。

"喂,法图?我是凯特尔。告诉阿涅斯·杜瓦尔,我要回宪兵队了。五分钟后到。"

……

"有什么问题吗?"

"嗯……她不见了。"

上尉突然停下了脚步。

"什么意思,不见了?"

"我从宪兵队的窗户往外看,我看不到她的车停在前面。所以我猜她是,呃……"

"你在逗我玩吗!你不会盯着她吗?"

"哦,上尉,虽然我只是一名助理宪兵,但我也应得到起码的尊重。我们大队是一个宪兵队,不是监狱。还有您的证人,对不起,我没注意到您给她戴了手铐。所以我以为……"

凯特尔挂断了电话。她日后再处理这个目中无人、无法胜任自己工作的小队员。她快步走向公爵广场的拱廊,那里停放着宪兵队的车。

她一边快步走着,一边给菲代勒堡打了几个电话,但没有人接。

纳内斯没有回家……

不难猜到她去了哪里。

上尉想到了阿涅斯·杜瓦尔最后说过的那些话,就在警报响起、她独自待在宪兵队之前。

我们必须去调查米拉娜的过去!去她的骨灰撒落的地方,在她的车厢工场前面,在一条废弃的铁轨上,靠近法国和比利时的边界,在济韦手指。

阿涅斯一定是冒冒失失地去了那里。而且这次没有人保护她。

米娜的故事

探险家、舞蹈家和工程师

1977年3月

在儿子出生后的最初几个月里，我一直很害怕。我坚信利博尔会找到我，他在西方有一个帮凶团伙，他会花钱让人找到我。我在沙勒维尔住了三年，带着我的孩子隐居在用从比尔森偷来的一部分钱租来的小公寓里。

我把剩下的钱攒起来，同时我也知道这些钱还不够。我只会一种手艺，操纵木偶，但从事这个工作太危险了，上台表演，就算是躲在木偶戏台后面，也是很危险的。

我怎么才能生存下去，同时又不暴露自己？巴乌找到了解决办法。他一直是我唯一的支持者，唯一一个经常给我儿子送玩具或书的人。他甚至接受了成为孩子的教父。

"你为什么不做一些木偶呢？我可以在我的书店里销售。"

巴乌和他的新伴侣在诺曼底地区的阿朗松定居。他是对的。我的作品，受日本机械人偶或爱迪生会说话的人偶所启发的自动木偶，获得了巨大成功。巴乌以优惠的价格向我购买这些作品。多亏了他，整个专卖商店网络都陈列了这些作品，而我却没有承担任何风险，因为表面上我与它们没有任何联系。

然而，危险始终存在，咄咄逼人。有好几次，我确信有邻居在监视我。有轨电车上坐在我们旁边的一个女人有点过于专注地看着我儿子灰色的眼睛。一个男人在我门前的人行道上抽了很久的烟，仿佛在等我出来。

儿子一满三岁，我就得送他去上学，我决定用我的三个身份。巴乌借给我一些钱，我买了一辆二手车，并相继在巴黎和弗洛拉克租了另外两套小公寓。

一场未知的冒险……

我当时不知道我的逃亡会持续多久。我不知道我的儿子会如何承受。我不知道我是否有能力将三种各自独立的生活融为一体。

这看起来似乎不可能，只过一种生活就已经那么难了。

我可以向你们坦白，尽管听起来像在吹牛：过三种生活对我来说似乎出奇的简单！

一场未知的冒险？

每一种生活都是。但我可以尝试三次。

我选择将我的时间分成三份：三分之一在沙勒维尔，三分之一在弗洛拉克，三分之一在巴黎。

在每个班级的老师面前，我是一个经常出差、自由不羁的艺术家。我祈求获得流浪艺人的孩子们所拥有的特权，可以随着父母经常驻扎的市集而先后注册于几个不同的学校。

我有很多资本来获得这样的优待：我很有魅力，是一个勇敢的单身母亲，全身心都献给了我的儿子雷诺、汉斯或皮埃尔，他是个好学生，虽然身体弱，但安静、低调、有天赋。我还用身体弱这个医学借口来解释他的长期缺勤。

每个人都想帮他的忙，帮我的忙。老师们通过书信给他寄来家庭作业。我的儿子要上三所学校，有时他会抱怨，我就笑笑，帮帮他，我们就这样过来了。雷诺、汉斯和皮埃尔的学校成绩单上都没有提到过他的缺勤。我很珍视这点。

有那么两三次，当一些没那么好说话、比较吹毛求疵的学校老师或教育工作者，对这些长期和反复的缺席表示不满时，我就打出缺席但危险的父亲的名片，他经常迫使我搬离曾经居住的地方，为了孩子的安全，"但他会接受正常的学校教育，夫人，我向您保证。"而且我做到了！雷诺、汉斯或皮埃尔几周后就又和他的小伙伴们团聚了，没有任何拖延。

在这些年里，最难说服的老师是弗洛拉克小学的校长马蒂厄·马里奥塔。为了打消他向学区区长报告情况的念头，唯一的办法是协商为村里的孩子们开办一个木偶工坊，而且每年为慈善义卖游园会举行一场演出。用不易察觉的尼龙线缝制的破布的贿赂。

Trois vies par semaine

我的故事讲到这里，我可以猜到你们的担忧。说到底，这是你们唯一的疑问。那雷诺呢？或者汉斯？或者皮埃尔？这个孩子，他是如何处理他的三个身份的？

我能怎么回答你们呢？我所做的一切，这样疯狂的漫游，都是为了保护他，为了拯救他。毕竟，分离和共同监护，把孩子从一个房子转到另一个房子，从一个学校转到另一个学校，从一个家庭转移到另一个家庭，在当时是很流行的。

至少我的儿子只有一个家。

但有三个名字！

一开始就像是玩一个游戏。我轮流或随机地叫他的每个名字，就像那些双语父母随机地变换他们对孩子说的语言，从而让他们在不同的国度间游刃有余。雷诺、汉斯或皮埃尔甚至为此感到自豪。

这是他的秘密，他的财富，他的神秘之处。

在沙勒维尔，他叫雷诺，在弗洛拉克叫汉斯，在巴黎叫皮埃尔。

我向他吐露了部分真相：他的父亲很坏，他在寻找我们。为了躲避他，我们不得不经常搬家。我们不能暴露自己，也不能弄错名字，绝不能。

我还跟他吹嘘这种状况下的所有的好处，就像那些以为可以通过向孩子解释他们将会拥有两所房子、两间卧室、两倍的礼物和朋友来缓解离婚给孩子带来创伤的父母一样。

当我们在沙勒维尔时，雷诺很安静、很沉稳。他花很多时间陪我在一起，制作他自己的娃娃，完善它们，把它们变成有活动关节的自动木偶。雷诺在手工制作方面极具天赋，有极大的耐心和很强的创造力。

当我们在巴黎时，雷诺变成了皮埃尔，他的手只用来写作和跳舞。从他七岁起，他就带着我从一个博物馆到另一个博物馆。他坚持让我在巴拿马街的第18区舞蹈俱乐部给他报名学习跳舞，事实证明，他的天赋不比那些常年练习的学生差。他在巴黎读了很多书，而在沙勒维尔或弗洛拉克，他从未打开过一本书。他写诗，然后当他对自己有足够的信心时，他把这些诗寄给了他的教父巴乌，让他在他的粉丝杂志《我写下寂静》上发表。这是他最大的骄傲！

当我们在弗洛拉克的时候，他的手已经没什么用了。也许可以不时地挂在树枝上，或者是抓一只蚱蜢。当皮埃尔变成汉斯后，他再也无法忍受被关在室内了。连一个下雨天对他来说都是无法忍受的。他就像要求遛弯儿的狗狗一样跺脚，他可以沿着塔恩河走上几个小时，或一直走到梅让高地的岩洞。有时，我们在长途跋涉中不会遇到任何人，当我们到达山顶时，从菲尼耶勒峰或埃古阿勒峰的观景台上，汉斯会凝望着地平线，向我坦承他的想法：拿到他的驾驶证，驾驶汽车、摩托车或船，然后出发，远走高飞，去面对广阔无垠的沙漠、森林或海洋。

而我却哭了。

我哭了，是因为我的儿子永远不能同时成为一名探险家、舞蹈家和工程师。我哭了，是因为我觉得我和三个不同的孩子生活在一起，他们都很讨人喜欢，但我一搬家，就只偏爱一个，其他两个都死了。我有足够的爱给这三个孩子，但只有一个身体可以让我拥入怀中。唯一的一个孩子，我月复一月地，把他逼疯了。

当雷诺、汉斯或皮埃尔十一岁时，我不得不做出选择。我可以坦白告诉你们，那是一种深深的解脱。

他不可能在三个不同的中学继续接受教育。

那是 1988 年。多年来，我的恐惧已经逐渐消散。我越来越感觉不到被一个隐伏的间谍黑手党所包围。我几乎已经快要忘记了利博尔，几乎快要说服自己，1976 年以前的生活，露天的夜晚，大篷车火灾，死亡威胁，只是一场噩梦，而我终于要从噩梦中醒来。

我在沙勒维尔－梅济耶尔的贝亚尔初中为雷诺注册报名。工程师雷诺赢了，但我承诺我们在假期里尽可能多地去看望诗人舞蹈家皮埃尔和探险家汉斯。我怎么能剥夺雷诺的另外两个身份呢，即使恐惧已经离开了我。

直到他十二岁。

直到1989年11月9日。

直到所有报纸的头条都是关于柏林墙倒塌和从爱沙尼亚到保加利亚的铁幕消失。欧洲正在拆除边界。如果利博尔、阿莫斯和克里斯托夫还活着，现在他们和我之间不再有任何阻挡。

前提是他们能找到我！

我紧紧抓住这个希望。这些年来，我没有犯过任何错。我不遗余力地掩盖我的踪迹。利博尔和他的儿子们没有任何办法知道我住在哪里，用什么名字生活。

事情是这样的……

捷克斯洛伐克发生了天鹅绒革命，捷克和斯洛伐克分治，加入了欧盟，但一切并没有改变。

雷诺在贝亚尔初中接受正常的学校教育，然后进入蒙日高中，没有任何陌生人来威胁他。

他用皮埃尔这个名字为巴乌的粉丝杂志写了几十首诗，在蒙马特的富南布尔小剧院跳了《火鸟》《春之祭》，甚至《彼得鲁什卡》等舞蹈，没有一个观众的脸是被烧伤的。

他以汉斯之名，骑着山地车穿越了黑喀斯和塞文山脉，沿途没有遇到任何一个令人担心的人。

我很自豪。我赢了。我的孩子将快乐地生活下去。一直到老。

他一满十八岁就拿到了驾驶证。我坚持让他考三次，分别在沙勒维尔、芒德和巴黎。这只是走个形式，汉斯在十六岁时就缠着我在洛泽尔的公路上陪他开车。这三个驾驶证是最后的保证，它们被法国政府视为正式的身份证件，只要他愿意，我的儿子现在可以决定变换他的名字和生活。

1995年夏天，在他的高中会考结束之后，他犹豫了很久。

雷诺的目标是先获得机械工程专业的毕业文凭，然后去一所专门研究微型机器人的工程学院深造，皮埃尔认真考虑成为一名职业舞蹈家，而汉斯则想开卡车环游世界，如果能找到一个雇主来资助他。

这一次，我想，要让他自己来选择。

然而，生活又一次为他做了决定。

在夏天的最后一天，他在公爵广场遇到了阿涅斯。

我立刻从他的眼神中看出来，他的漫游，他的三种身份，这种怪异的存在，已经结束。汉斯和皮埃尔将会逐渐消失。

雷诺将留在沙勒维尔，和这个叫阿涅斯的女孩在一起，这个十九岁的女孩只有一个要求：称呼她纳内斯。

柔情似水的纳内斯，温柔多情的纳内斯，纳内斯和她足以容纳三个人的心，纳内斯把我当作她的亲生母亲一样对待。

雷诺陷入了爱河。他毫不犹豫地斩断了自己另外三分之二的人生。他毫不后悔地扼杀了汉斯和皮埃尔的梦想。他毫无遗憾地放弃了他的自由，就像歌里唱的那样，为了爱情的监狱和他美丽的狱友。

至少我希望如此。

我愿意相信，雷诺永远不会试图逃跑。

49

维姬突然再次关掉了洋片机,仿佛她再也听不下去了,仿佛被揭露的真相突然变得过于沉重。络绎不绝的小人们戛然而止。米娜的声音停止了,笼罩车厢的蓝色光环消失了,取而代之的是微弱、暗淡、冰冷的光。

纳内斯瘫倒在一张裁缝椅子上,哑口无言。
米娜的故事超出了她所能想象的范围。
只有一个婴儿……但却有三个正式的、被认可的身份。
雷诺、皮埃尔和汉斯。
工场在她周围旋转,这个不真实的场景,这把堆满杂物的椅子,上面放着她的手提包,这些五颜六色的布料摊在缝纫台上,这些手,这些手臂,这些用碎布、陶瓷、纸板做成的脸……
还有这些鲜活的脸庞,埃蕾阿和维姬的脸,因为恐惧而僵硬。
纳内斯看着她们。有没有可能将不幸分为三等份?

埃蕾阿像雕塑一般站在原地,目瞪口呆,仿佛她的大脑已经冻结,拒绝交流,留她独自面对悲痛和难以接受的事实。
维姬一直站着,眼睛一眨不眨,时而盯着熄灭的洋片机,时而盯着女儿轻柔的动作,这座石化的陵墓里唯一的动静。
洛拉在玩耍,安静地、认真地,对这个她没有听过而又过于复杂的故事无动于衷。她玻璃珠子般的眼睛盯着卡斯帕,她坏了的娃娃,这个她父亲答应回来后要修理的自动木偶,给它穿衣、脱衣、再穿衣。

可怜的孩子，阿涅斯想。

杀死雷诺的同时，凶手也杀死了皮埃尔和汉斯。

一桩谋杀案，却是三桩罪行。

只有一个人死亡，但让三个陷入爱河的女人被击倒。三个破碎的家庭。三个……

纳内斯的目光再次扫视整个车厢。

她咒骂自己的同情心。

她是否愚蠢到对这些女人的同情比对自己还多？

这些抢走她丈夫的情敌？这些年来和雷诺一起欺骗她的女人……

但听了米娜的故事后，谁欺骗了谁？

一个男人，三种官方认可的生活。

在维姬、埃蕾阿和她自己之间，谁能发誓说自己是他最爱的那一个？谁能说自己是最重要的？谁能发誓自己收到的才是最真挚的甜言蜜语？

是来自雷诺、汉斯还是皮埃尔？

是丈夫、知己还是父亲？

纳内斯不得不承认，维姬是发自真心地爱着汉斯，这个神秘而孤独的卡车司机。

就像埃蕾阿热烈地爱着皮埃尔，这个充满诗意又阳光的舞者。

就像她在他们共同度过的二十八年里爱着雷诺，那个不苟言笑却殷勤体贴的丈夫一样。

椅子在松动的地板上摇晃，纳内斯在摇晃的椅子上颤抖。米娜的坦白像一把铡刀落在她们身上，斩断了维姬和埃蕾阿所坚持的希望。

汉斯和皮埃尔，还活着……

一个刚刚被米娜摧毁的幻觉。

50

触摸平板在克里斯托夫的口袋里振动着。他把手伸进去,用指尖读他弟弟的消息。

"她们不说话了。她们关掉了洋片机。"

他抬起头。阿莫斯仍然蹲在车厢工场前,耳朵贴在车门上。克里斯托夫尽可能快地排好盲文符号作出回答。

"那我们就加快速度! 如果这条毒蛇的故事讲完了,她们很快就会出来。"

他把两个汽油桶放倒在车厢下面。他所要做的就是打开盖子,划根火柴,车厢的地板就会燃起来。

克里斯托夫看着弟弟的手伸向他的方向,在黑暗中摸索着。沉浸在无边无际的黑夜里的阿莫斯,没有他就会迷失方向。克里斯托夫动了恻隐之心,朝他走了一步,把他的五根手指握在自己的手里。

阿莫斯用他另一只空着的手,继续写着。

"不,她们只是暂停了,消化一下米娜刚刚告诉她们的事情。故事还没有结束。"

他们继续着触摸对话,就像两个有心灵感应的人,能够通过振动来交流。

"对她们来说太可惜了。她们听不到结局了。"

克里斯托夫只需伸手去够第一个油桶的盖子。

"停下!"

阿莫斯的手握住了哥哥的手。克里斯托夫很恼火,又一次。

"放开我! 我必须这样做。我们有一笔债……我们有……"

"停下！别再动了！"

克里斯托夫这才注意到，他的弟弟没有把耳朵贴在车厢的门上了，而是竖起耳朵朝向另一个方向，像一只警惕的狗，朝着隧道的出口。

"停下，"阿莫斯第三次写道，"有人来了。"

凯特尔·马雷尔上尉小心翼翼地在地下隧道里前行。她的脚沿着铁轨，但眼睛却没有离开在她面前打开的光穹。隧道的尽头！

即使是一个人，她也忍不住要抱怨。

为什么这个米拉娜·杜瓦尔要在这样一个与世隔绝的地方制作她的木偶？它有什么神圣之处？为什么雷诺和纳内斯·杜瓦尔没有把这些花上周末的一个下午就能收拾好的东西打包带走？为什么纳内斯独自赶来这里，而不是在温暖的警察局里等她一个小时？她为什么不接电话？她的手机是不是开着振动扔在包的最底下？

上尉一动不动，凝神倾听着每一个声音。

因为纳内斯在这里，她有证据。她发现了她的克力奥，正好停在车道的尽头，旁边是一辆红色雪铁龙布丁狗车。凯特尔毫不费力地找到了这节废弃的车厢。"济韦手指，法国和比利时边境，废弃的铁路线。"

一张古老的国家地理研究所的地图就足够了，都不必浪费时间在谷歌地图上输入一个大致的地址。

在光幕后面的凯特尔看到了最先映入眼帘的树木。她本能地打开她的西格绍尔枪套，举起了手枪。一个细节让她感到困惑，却也让她感到安心。

290 *Trois vies par semaine*

她在身前的泥地里发现了好几个脚印。至少有六个不同的足迹。没有一个长达46码，但有一个小到只能是一个年幼的孩子，在三到八岁之间。

一场家庭聚会？还是那两个脸被烧伤的人带着两个同伙来抓阿涅斯？两个同伙和一个孩子？这说不通啊……

上尉只能确定一件事，隧道的尽头有人，而她并不打算上前吹响号角宣布她的到来！

凯特尔正在向出口靠近。她可以看到树下工厂的一角。那是一节货运车厢，很老的型号，木头材质，几乎没有窗户。橡树和榛树叶在生锈的铁轨上形成了一个几乎完整的天幕。凯特尔在寂静中倾听，努力不让注意力只集中在树枝间沙沙作响的风声上，同时警觉地追寻任何其他轻微的声响。

她意识到，她和纳内斯一样愚蠢地采取了行动。她没有告诉任何人她要来，甚至没有告诉热雷米或宪兵队前台的法图。最合理的程序应该是安排几个宪兵陪她一起来，但那样必须等到公爵广场的警报解除，或者与省长协商提前解除警报，总之，一整天的时间就过去了。而这一切都是因为一个在垃圾桶里藏了一个弹簧魔鬼的恶作剧者！就因为一个简单的电话。一个任何人都可以开的玩笑……

有那么一瞬间，凯特尔想到了最坏的情况。如果这个电话不是一个玩笑，而是一个声东击西的伎俩，为了将她和她的大队困在公爵广场上呢？为了松懈对阿涅斯的保护？为了引诱她们来这里，先是纳内斯，然后是她。只身前往……

只需一个简单的电话，这太容易了。

凯特尔握紧了手中的西格绍尔手枪。

她终于从地下隧道走出来了。一道微弱的光线透过树冠,林间空地沐浴在一种柔和的气氛中。

一切似乎都很平静。

她低头看了看那六对脚印。

太安静了。

凯特尔几乎停止了呼吸,她所有的感官都处于警戒状态。

首先是视觉。她扫视了空地上的每一个细节。一个兰波诗中的青翠山凹,但她一点都不希望在自己的右胸会出现两个鲜红的血洞[✖]。

隐匿在这片绿色背景之后的车厢工场看起来就像童话故事里一样。这两条铁轨引诱她继续前进,就像一个几乎不加掩饰的陷阱。她走出的这条隧道似乎是真实和虚幻世界的边界。

虚幻世界?

她撩起头发,攥紧了西格绍尔手枪。

上尉不会被此次调查的奇特之处所愚弄,这些脸被烧伤的集市怪物和络绎不绝的木偶。雷诺·杜瓦尔和布鲁诺·普鲁维尔的谋杀案可不是一部迪斯尼电影!

在泥浆和被踩过的草丛中始终清晰可辨的脚印通往车厢工场的门口,停在台阶前。

那么这六个人都在里面? 五个大人和一个孩子?

凯特尔的目光不动了。一种新的感觉被激活:嗅觉。

[✖] 兰波在《幽谷睡人》中写道:"在青翠山谷之中有涧籁潺潺,……他的右胸有两个鲜红的血洞。"

Trois vies par semaine

车厢下面横放着两桶汽油。两桶30升的汽油，足以在几秒钟内点燃一切……随即，凯特尔的推理思维开始拼凑她所掌握的碎片，把问题和答案串联起来。

是谁带来的这些油桶？

凯特尔急忙回想《真正的比尔森》上的文章，四十七年前的一起事故，一个流浪艺术家的大篷车被彻底烧毁，一个女子死亡，还有两人严重烧伤……

有人想让往事重演？斯拉维克父子，为了复仇？

凯特尔将手枪瞄准前方，然后转动扫视周围。所以他们就在那里，在附近的某个地方。她惊扰了正在工作中的他们。

当她继续侦查周围环境时，她使用了听觉。

她应该能捕捉到最轻微的噼啪声，最轻的动作声，最轻的呼吸声。然而她只能听到从车厢里传出的模糊的嗡嗡声。一段低沉的对话。纳内斯在里面？和谁在一起？

凯特尔再次盯着隧道、铁轨和树木，不愿放松警惕。

什么东西都没动。

那两个脸被烧伤的人还在那里吗？他们逃走了吗？

上尉慢慢地向车厢退去，确保没有人能从后面或侧面袭击她，然后等了好几秒钟。她必须保持全神贯注，尽管此刻她的思绪很纷乱。

米拉娜的癌症，她被火化，她儿子在这里撒下骨灰……

等她死了，她也希望被火化，凯特尔想着。谁会愿意给她的坟墓献花呢？当然不会是她的猫！当她离开的那天，没有一个人会想念她，但这说到底不就是最优雅的生活方式吗？不爱任何人，也就不会在死后给那些活下来的人带来任何痛苦？

一阵窸窸窣窣的声音让她从病态的胡思乱想中骤然惊醒过来。一地树叶被脚踩碎的沙沙响。这声音来自森林的深处,铁轨消失的地方。凯特尔的手指在她的西格绍尔手枪的扳机上抽动了一下。

有人在动,那里!

那个人没有注意到她,尽管他正对着她。她走向灌木丛,小心翼翼地用手枪瞄准,这两个恶棍可能有武器。凯特尔清楚地看到那张被烧毁的脸。凶手在树丛间摸索前行,就像一个被遗弃在森林中、眼睛被蒙住的小孩。

这是那个盲人……

另一个耳朵被烧焦的疯子在哪里?

一阵疼痛撕裂了上尉的脑袋。

白色金属的手杖正好打中她的太阳穴。她失去了平衡,丢下了武器。

那个浑蛋躲在她身后,她恍然大悟,油桶和盲人都是诱饵。手杖的第二击打断了她的脖子。

然后是第三下。

凯特尔在第四下时失去了知觉。

克里斯托夫又打了她三下,然后阿莫斯拦住了他的手臂。

"停下!"他匆忙地写道。

克里斯托夫看着鲜血顺着他的手杖滴下来,上尉的脸血肉模糊,她的身体蜷缩成一团。自从比尔森大火之后,他就再也控制不住自己的暴力行径了。一下就足以制服这个警察了,但是……

阿莫斯蹲在那具纹丝不动的身躯旁。他把耳朵贴在上尉的胸口,保持这个姿势很长时间，跪在地上，似乎在祈祷。克里斯托夫知道，他的兄弟能够感知到低于五分贝的声音，几乎和专业听诊器一样精确，他能听到最微弱的心跳声。

好一会儿之后，阿莫斯终于抬起了头。

"她死了。"

米娜的故事

秘密的毒药

1995 年 9 月

人生第一次,我感受到了完完全全的快乐。人生第一次,我和我的儿子可以过上正常的生活。为这疯狂的过去画上句号。

雷诺爱上了一个好女孩。一个当地女孩,她完全不知道他的三个身份,而且雷诺想和她一起忘记这些身份。阿涅斯有那样一种女孩的能量,她们爱而不评判,接纳而不质疑,先信任而后再怀疑,相信爱、友谊和团结。还有朴实。纳内斯讨厌人们谈论她的优点,她经常说她的乐观和善良是从那些不具备这些品质的人那里偷来的,就像一些人的财富造成了其他人的贫穷一样。

雷诺和阿涅斯很快就结婚了,他们还不到二十岁。为了忘记过去?为了汉斯或皮埃尔不再有机会回来纠缠他?他已经忘了环游世界和星光灿烂的芭蕾舞剧的梦想?

我希望如此。

雷诺和阿涅斯很快成了父母。我的两个孙子,阿克塞尔和罗宾,改变了我的生活。我能想到吗,有一天,我这个查尔斯大桥下的孤儿会成为奶奶?

一个经常照看他们的奶奶。雷诺不停地工作,阿涅斯无私奉献。

我不会抱怨!在阿克塞尔和罗宾的眼里,我是一个年轻而有趣的奶奶。不过,也许我真的是这样。只有他们可以在我的车厢工场里陪伴我,帮助我剪裁、缝纫和组装。

他们为我的机械人偶或波佐人头杖的眼睛挑选纽扣,决定他们的裙子或裤子的颜色,选取他们的名字。他们叫我娜奶奶,或彼得鲁什卡奶奶,出自他们最喜欢的故事,他们喜欢美丽的芭蕾舞女演员,憎恨邪恶的摩尔人。如果他们知道这个故事对我意味着什么……

岁月如梭，很多年过去了。幸福的一年比痛苦的一天过得还要快。

纳内斯的房子里住满了她的小春苗们，她是这么称呼他们的。这些孩子从未向命运有过任何要求，却被命运压垮，我不会责备她为他们创造第二次机会。

阿克塞尔和罗宾长大了，而我却老了。雷诺已经成为一个颇有名气的微型机器人工程师，从事越来越尖端的自动装置项目。在我自己看来，我这个业余木偶师的修修补补是多么的可笑。儿子已经超越了母亲，尽管这让他不得不经常出差，过于频繁地出差。

我从来不敢问他，但我总是担心汉斯和皮埃尔会回来纠缠他。雷诺还有另外两份出生证明、两张身份证、两张驾驶证和另外两箱我精心保存的纪念品：学校的作业本、成绩单、健康手册、假期相册。我经常想，如果雷诺想欺骗纳内斯，过双重或三重生活，我为他提供了无懈可击的借口。

在遭受了这么多苦难之后，我的儿子能只满足于一个房子、一个家庭、一个妻子吗？他对纳内斯的爱足够深吗？

我从未得到过答案。

这是他的秘密，正如我有我的秘密一样。

我们真的应该尝试去刺探秘密吗？生命是如此短暂，要花这么长时间将它们埋葬，埋在一个个漂亮的笑容下，埋在一层层美丽的回忆下，让它们上面长出生命和茂盛的植物……然后再把一切都连根拔除？出于纯粹的骄傲？出于对了解真相纯粹而致命的执念？

这么多年来，我一直都是这么想的。

我没有意识到，这些秘密正在腐烂。它们正在毒害新生花儿的土壤。它们会侵蚀我的身体。

我一直要等到六十岁，做了一次常规妇科检查后，才明白。子宫癌。晴空霹雳。

预期寿命：不到两年。

我一年前才知道。

我从未想过危险会从这个方向来，如此寻常。当你摆脱了像利博尔这样的食人魔的魔掌，当你在无数次的威胁中幸存下来，当你在抹去身后的一切痕迹过程中慢慢老去，你不会想到死亡一直潜伏在身体里，以微小的恶性肿瘤的形式存在，而你就算可以躲到月球上或另一个星系中，都无法逃脱。

这一次，我决定不再隐瞒任何事情。

无论如何，化疗会很快消除任何模棱两可。

纳内斯承受住了这个打击，为他们两个人，三个人，或四个人。雷诺备受打击。皮埃尔或汉斯，他们也在哭吗？阿克塞尔和罗宾在我的车厢工场里选择了他们更希望看到我戴的假发：一顶旧的玛丽·波平斯的蓬乱假发，我没有忍心拒绝他们。每次他们来，他们都敦促我履行我的承诺，那个我一直拖延的承诺。

"娜奶奶，你什么时候演出？"

我是一个他们从未在舞台上见过的木偶师。一个退休的艺术家，而他们的请求，年复一年，每一个生日，总是同一个。

"娜奶奶，我们想看你的表演！"

"会有这一天的，孩子们，会有一天。"

2017年春天，我只剩下几个月的日子。最多再过最后一个圣诞节。利博尔和他的两个儿子现在早已不是我所担心的事了。罗宾和阿克塞尔一直非常坚持。四十多年来，我从未犯过任何会暴露自己的错误。事到如今，我还有什么好怕的？

而且我不得不承认，即使这愚蠢的轻率行为让我一败涂地：我自己也有这样的渴望。

我渴望重演彼得鲁什卡。让他再次与跳舞的熊共舞华尔兹，让他吸引芭蕾舞女演员，让他逃过摩尔人的剑，就一次。

国际木偶戏剧节将在几周后举行。自从阿克塞尔和罗宾出生以来，每隔两年，我都会带着他们去公爵广场看演出，从最平淡无奇到最精彩的，我为自己不是那个在戏台后面拉动细线的人而感到难过。

这一次，这最后一次，戏剧节的女王将是我！或者是一百五十个小小女王中的一个，我对自己逐渐老去的才艺不再抱有幻想。巴乌一直是组织委员会的成员，我们从未失去联系，我们每两年都会见面。他毫不费力地在表演日程中为我安排了一个位置。

我在公爵广场的拱廊下表演了《彼得鲁什卡》。我把这一时刻储存在我大脑布满灰尘的架子的高处，很高很高。如果允许我在上天堂之前带走三到四个回忆，这将是其中之一。

巴乌来了。纳内斯、雷诺、阿克塞尔和罗宾也在。在我儿子惊叹的眼神中，随着彼得鲁什卡在戏台前翩翩起舞，我又看到了皮埃尔的阿拉贝斯克舞姿，汉斯逃离世界的欲望。我是为他，为他曾经所活过的三个孩子，以及他为我带来的孙子们表演。

看我演出的观众超不过五十个，其他十几场演出与我同步进行，其中有些演出要比一个双手颤抖的艺术家的最后绝唱更令人震撼。

一个行将就木的艺术家，却从未感觉到自己是如此的生机勃勃，当寥寥无几的人群起身为她最后一次鼓掌的时候。当阿克塞尔和罗宾冲到舞台上拥抱我的时候。

然后我的观众散去，在附近寻找另一场消遣。只剩下三个人。

一个正在哭泣的老人和两个稍年轻、脸被烧得惨不忍睹的男子。

51

"帮帮我！"

一写完这两个字，克里斯托夫就把 InsideOne 平板放回口袋里，开始拖动宪兵的尸体。阿莫斯没有动。他的头仍然一动不动。他的眼睛似乎迷失在黑暗中。他的手指还在继续挥舞，输入他哥哥不会去读的信息。

"为什么，克里斯托夫？"

……

"没有必要杀她。"

……

"她和我们的复仇毫无关系。"

……

"我们本来只要把她打昏就可以了。"

克里斯托夫还是独自一人拖动了凯特尔的尸体，把她藏在最近的蕨类植物中。他检查了一下，从隧道或空地上没人看到他，然后才开始看他的信息。他忍住了没有爆发愤怒的吼叫。自从失聪后，他就忘记了说话，只有在他想表达自己的时候才会像熊一样咆哮，有时非常大声，无法控制自己的音量。这不是惹人注意的时候！当一切结束后，他会在斯柯达汽车里喊出他的怒气。

"她会告发我们的！"克里斯托夫断然地说，"回去听她们说什么，我来准备篝火。"

阿莫斯没有抗议。克里斯托夫知道他的弟弟会服从。盲人慢慢地，但毫不犹豫地走向车厢的门。除了有非凡的听力,他还养成了令人叹服的方向感,通过声音来引导自己,并记住他曾经去过的每个地方的尺寸、障碍物和安全通道。

"小心!"

克里斯托夫首先反应过来。他看到车厢的把手在转动。

"有人要出来了!躲起来!"

克利斯托夫立即卧倒在树下。阿莫斯别无选择,只能把自己紧贴在门左边的车厢壁上。车门打开时能把他隐藏起来,但一旦有人下车,他就会被发现。

盲人再次屏住呼吸。他首先听到了脚步声,太轻了,不会是一个成年人的脚步,在车厢踏板的第一级台阶上雀跃。

"不,你不要带着卡斯帕。别乱跑,我的宝贝。"

阿莫斯认出了维姬坚决的声音。

"你不要走出这片森林,不要进入隧道,一撒完尿就赶紧回来。"

"好的,妈妈!"

洛拉双脚跳进了泥地里。阿莫斯听到她向前跑去,急匆匆地穿过空地,朝她面前最近的树跑去。径直往前。

要不然,她会看到他,他也会听到她的尖叫声。

门没有关上。阿莫斯猜想,车厢里的维姬正盯着她的女儿,确保她没有任何危险。在他耳边的门的铰链轻轻作响之前,他又屏住呼吸好几秒钟。

维姬一定认为她的女儿是安全的。她怎么会怀疑呢?她一定迫不及待想听米娜故事的结局。阿莫斯一听到门再次关上,便长长地舒了口气,快速地写道。

"不要碰那个女孩!"

阿莫斯讨厌这种安静和随之而来的沉默。

他想象着最坏的情况。克里斯托夫会不会暴打一个五岁的女孩,就像他打倒那个警察一样凶狠? 复仇这件事让他发疯了。有时,阿莫斯想象这只是一个借口,是他们父亲杜撰的一个谎言,以便让克里斯托夫能够疏导他的仇恨。但现在所有的堤坝都决堤了。

阿莫斯听到克里斯托夫沉重的脚步声,一声沉闷的呼喊,被踩碎的树叶,接着又是一阵漫长的沉默,然后只有一声手指关节的咔咔声。

"克里斯托夫?"

……

"克里斯托夫?"

"已经搞定!"

"什么,搞定了?"

"这个女孩被绑住了,塞住了嘴。一个漂亮的礼品盒。高兴点,是天意把她送到了我们面前。"

阿莫斯以为克里斯托夫会靠近他,但他哥哥很快就改变了方向。通过他的外套与裤子的摩擦,他知道他在横放在车厢下面的两个油桶前面蹲下了。

"我不明白,"阿莫斯激动地打着字,"为什么是天意?"

盲人的鼻孔抽动了一下。他忍住了一个喷嚏。他的嗅觉,也变得格外灵敏,他刚刚闻到了一股难以忍受的汽油味。

"那颗果子,你想放过的那颗,自己从树枝上掉下来了。现在我们可以把树枝砍断了!"

米娜的故事

我们，可怜的木偶

2017 年 11 月

"进来。你在害怕什么？"

雷诺带来了一束花。银莲花，我的最爱。他站在病房的门前，像个被罚站的孩子。我一眼就从他眼中看出了皮埃尔的敏感和汉斯对独立的渴望。

"过来，坐下。我有话跟你说。"

雷诺转身关上了门。他手里拿着一个信封，我知道他已经和医生谈过了，他出色地承担起了一个体贴可靠的独生子的责任，在母亲的最后时刻陪伴着她。

"我们不要欺骗对方，不谈论我的未来，你可以答应我吗？明知下课的铃声会响起，还呆呆地看着钟，这没有任何意义。"

自从雷诺三次小学一年级入学以来，我还没见他哭得这么厉害过。

"我并不总是一个好母亲，你应该知道。"

雷诺正要反对，尽管在输液，但我还有力气抬起手臂，让他明白他得听我说。

"我们再也没有重新说起过这件事，这么多年来，自从你遇到纳内斯，自从阿克塞尔和罗宾出生，自从……"

"那都是过去的事了，妈妈。"雷诺急忙提出异议。

我从他茫然的神情中明白，皮埃尔和汉斯的幽灵仍在困扰着他。

"我不是你认为的那个我，雷诺。我对你隐瞒了我的一部分过去。"

我的两只手臂上都挂着输液管。这一次，木偶，是我。一个在伟大的木偶师手中的木偶，那个在天上的某个地方创造我们的人，让我们沿着跑道跳舞，然后把我们扔掉。我只是在祈祷他能再给我一点时间，祈祷他不会马上拉断银线。

"听我说，雷诺，很久很久以前，为了救我自己，我不得不把你置于危险之中。"

我告诉了他一切，布拉格之春，利博尔的大篷车，彼得鲁什卡和波希米亚村庄，露天的夜晚，祖扎娜的嫉妒，阿莫斯和克里斯托夫的童年，他的不期而至，一个小小的胚胎，以及一系列的事件……我的罪行。我不可饶恕的罪行和我绝望的逃亡。原谅我，我的孩子，原谅我。

雷诺体贴入微地握住我的手。

"我没有什么要原谅你的，妈妈。你只是在保护自己。保护我。"

我想扯掉我手臂上的线。我不能忍受自己成为木偶。被线束缚失去自由的人。我无法忍受不能紧紧抱住我的儿子。

"我做了我能做的一切，雷诺，我也要求你做了很多。这么多年来我没有犯过任何错误。一个也没有。四十多年来一直保持着警惕。直到上周……直到在公爵广场的那场演出。"

我看到了利博尔疯狂的眼神在我眼前一闪而过，狰狞的笑容扭曲了阿莫斯和克里斯托夫难以辨认的脸。

"他们找到了我。他们知道我是谁。而且他们很快就会知道你是谁……"

雷诺的眼中闪过一丝惊慌，然后他又向我露出一个令人安心的微笑。

"你必须保护好自己，雷诺，保护好纳内斯、阿克塞尔和罗宾。你得躲起来。你得变换一个身份。"

"我做不到。"

"你当然可以！别忘了，皮埃尔和汉斯一直存在，就是为了这个。他们一直在等待，这么多年来，就是为了这一刻！两个潜伏的特工，正如他们在间谍片中所说的那样。两个温暖的藏身之处。无懈可击。甚至连国家安全局或 FBI 都做不到更好。汉斯和皮埃尔是合法的存在，有正式的身份证明，有无可辩驳的童年记忆，有活生生的证人可以发誓这些年来与他们有交集……利博尔和他的两个儿子毫无办法追踪到他们。唯一的纽带是你，还有我。"

雷诺看着我，非常惊愕。

"妈妈，这是不可能的。我不能丢下纳内斯。也不能离开阿克塞尔和罗宾。我不能逃跑。如果那个利博尔对他们进行报复怎么办？"

"他找的是你。只有你。"

"为什么，他为什么要找我复仇？"

"他不是要复仇。他只是想……保护他自己。利博尔一直都很迷信。他一直相信魔法，相信巫术。因此，当然，他也相信预言的存在。"

雷诺紧紧抓着我消瘦的手上的五个手指。

"什么预言？"

这是我在捷克斯洛伐克的生活中唯一一个我一直不敢告诉他的细节。

"当初祖扎娜得知我怀上你的时候，为了说服利博尔我不应该把你留下，她预言我怀的孩子会杀死他。"

雷诺沉默不语。他终于明白了他所面临的威胁；为什么利博尔永远不会放过他。至少我希望他明白。

"你可以在我的车厢工场里找到皮埃尔和汉斯一生的所有档案。官方文件、照片、认识你的人的名单，我们在弗洛拉克和巴黎一举一动的精确日记，我日复一日地写下来，就是为了让你可以填补记忆中的空白。汉斯或皮埃尔，你只需做出选择。"

每当我说出这两个名字，汉斯和皮埃尔的时候，雷诺的眼睛就闪闪发光。我感觉，这三个人对我隐瞒了什么，就像互相包庇的孩子。雷诺的左手一直拿着那个信封，那个写着坏消息的信封。这可能是一位外科医生给他的，医生躲在这些深奥的医学词汇背后，皮癌、肿瘤、子宫切除术，只是为了宣布我的死亡日期。几个星期后？几天后？

我用尽全身的力气，用我剩下的所有力气微笑着。

"我想请你做两件事，雷诺。第一，当一切都结束后，把我的骨灰撒在我车厢工场前的空地上。"

雷诺正要抗议，但我挥舞着我的木偶手臂，让他知道没有什么可商量的，我又一次微笑了。

我不是在演戏。我达观地接受了生命的结束，它带给我的远比我希望的多得多。它本可能结束得比现在早得多，1968年8月在瓦茨拉夫广场的石板路上，淹死在比尔森附近的拉德布扎河畔，或者被枪杀在我穿越铁幕的时候。有那么多人出生在这个世界上，生命转瞬即逝，几乎没有长大，也不知道幸福是什么样子就死了。祖扎娜的一生就是这样……我的一生原本也可能是这样。

"还有呢？"雷诺问道，胆怯地扰乱了我的思绪，"第二件事呢？"

疲劳突然袭来。我费力地想把话说清楚。

"撒下我的骨灰后，你进入我的车厢工场里。在那里你会发现我的旧洋片机，这些年来我一直在努力让它重新运转起来。机械装置还能用。人物和场景都准备好了。我只要把故事讲完就行了。我把这一切放在一个U盘里留给你，你会从护士那里拿到它，和我其他的个人物品一起。你要保管好它。你知道吗，雷诺，每个人都会用自己的方式，在他们最终合眼之前，为他们来这个世界走一趟留下一点痕迹。有些人把它写在本子上，有些人把它唱出来，拍成录像，或者口述给值得信赖的人。除了让这些毛毡小人来讲述我的故事，我还有什么其他选择呢？"

雷诺点了点头，我们继续聊着，我已经记不得说了什么，一些琐碎的事情，如此难得地回归平常，然后一个护士出现，破坏了这一切，她请雷诺出去，他的手里拿着死亡通知书。

趁着今夜，也许是我的最后一个夜晚，我记录下这些临终之言。这个正在吞噬我身体的该死的疾病至少帮了我一个忙，它最后才来侵袭我的大脑。我可能无法忍受，没来得及和我爱的人说再见就离开舞台。我那稀少但忠诚的观众。

306　　　　　　　　　　　　　　　　　　　　　　　　　　　*Trois vies par semaine*

听完了我的故事，你们会从中记住什么？

一个喜欢扮演、缝纫、绘画和跳舞的小女孩？一个逃之夭夭的罪犯？一个移民？一个慈爱的母亲？一个被疯狂的恐惧所折磨的疯女人？

一旦生命支离破碎，我们有什么东西会被铭记？

我们，可怜的木偶。

我们只不过是由破布和纸片做成。我们有一天被赋予了生命，我们以为自己是活的，以为自己是自由的，我们转过头去，以免看到尼龙线和纸板布景，我们如此害怕演出结束，害怕戏台的幕布会像铡刀一样落下，害怕我们会再次成为曾经一直以来的样子：一个被无形的力量拉扯着的玩具，在灯光下一支舞蹈的时间里，然后又被放进抽屉里，躺在黑暗中。

52

这一次，在没有任何人碰它的情况下，洋片机停止了。

屏幕变暗了，然后彻底地变暗了。米娜的故事结束了。

纳内斯把目光转向裁缝桌上的玻璃眼睛，避开维姬和埃蕾阿的眼睛。她又想起了她婆婆去世后的那些日子。她记得雷诺的眼泪，阿克塞尔和罗宾的眼泪，但也记得丈夫的急切心情。

我们必须离开沙勒维尔的房子，他在火化后的次日宣布，我必须找到另一份工作，阿克塞尔和罗宾必须去其他地方继续学习，而不是在这个城市。

纳内斯把这种突如其来的改变的愿望诠释为哀悼的需要，与过去决裂的需要，或者，如果她真的对自己诚实，她根本没有分析任何东西，只是想在这个困难时期支持她丈夫。

实际上，她很乐意搬家，离开沙勒维尔去阿登省，离开他们城市里的小房子去菲代勒堡的这个大别墅。她还感到挺自豪，雷诺终于开始考虑他的职业生涯，并申请了在比利时担任工程师的职位。她只对阿克塞尔和罗宾过于突然的离开感到遗憾，通过伊拉斯谟计划，在几周内就完成了，阿克塞尔去布达佩斯，罗宾去阿尔梅里亚。

今天，纳内斯才恍然大悟。

雷诺没有办法离开她。雷诺没有遵循母亲的计划，他以为搬家和换工作就够了。利博尔和他的儿子们花了五年多的时间，还是追上了他……并杀了他！

今天，纳内斯才意识到。

她也有她的那份责任。她记得每一次，当雷诺提到他想去远方，

Trois vies par semaine

去法国南部,去西部,或者去国外时,她总是回答说她不能离开东部,不能离开沙勒维尔超过五十公里,她不能忍受与她的小春苗们失去联系。天哪,为什么雷诺没有向她解释这一切? 如果她知道他有危险,她会跟着他走遍天涯海角。

纳内斯抬起泪眼朦胧的眼睛,盯着维姬和埃蕾阿模糊的脸。

那她们呢? 她想,她们和这个故事有什么关系? 如果雷诺没有听从母亲的话,如果他没有离开她去扮演另一个身份,那是出于一个既残酷又平常的原因:汉斯、皮埃尔和雷诺在多年前已经重逢。他们甚至在一起度过了一段美好的时光!汉斯和维姬,在她等待翻新的农舍里,享受着广阔的空间来放松身心,还有一个叫他爸爸的小女孩……皮埃尔和埃蕾阿在一起,一个比他年轻那么多的女孩,比她漂亮那么多的女孩,一个肯定是用那种炙热的欲望看着他的女孩,尽管纳内斯如此爱他,但却已经不知道该如何表达。

米拉娜的计划是,用一种生活取代另一种生活,就像我们有三套衣服、三双鞋,以防意外。但怎么能忍住不把它们全部试穿、全都穿上呢?

一团酸酸的东西堵住了纳内斯的喉咙。她一感觉到维姬和埃蕾阿的目光在她身上,就立刻低下了头。

"我……我很抱歉。"她喃喃自语地说,"我没能保护他。"

"您没有什么可自责的,"维姬宽厚地保证,"您的丈夫爱您,他绝不会离开您。"

纳内斯苦笑。雷诺还是离开了她,每个月有一个星期,去找这个装作好心的女人。

"而且我知道汉斯还活着。"维姬又补充道。

纳内斯差点要透不过气来了。

活着？她难道什么都没听吗？

"我知道，"维姬继续说，"因为我无法相信，洛拉没有她的爸爸怎么长大。因为他答应过她，要回来修好卡斯帕，因为他也答应过我要回来，而且汉斯是一个信守承诺的人，因为……我就是实在无法想象没有他的未来。"

"但是，最终，"纳内斯几乎喊了起来，"睁开您的眼睛！他死了！"

"不。"她身后的一个声音轻轻地说。

埃蕾阿此时已经走到裁缝桌旁，把双手放在一个混凝纸浆做的木偶头上。

"不，"埃蕾阿重复道，"如果皮埃尔死了，我会知道。我会感觉到。"

瞎说！大脑提出异议。

埃蕾阿用她的指尖撕掉了粘在光亮的头骨上的报纸碎片。

"有些事情是无法用理性解释的，"她继续说，"有时不能听大脑的，而只能相信感觉。而它们告诉我，即使有人给我看皮埃尔的尸体，把他的 DNA 检测报告或他的牙齿的 X 光报告的信封放到我眼前，我也会发誓他还活着！"

纳内斯踉跄一步。她多么希望自己身上也有这种疯狂，能够与理性决裂。但她已经辨认出了雷诺的尸体，警察已经做了正式的鉴定，没有给她留下丝毫的希望。迷茫和困惑的她没看到维姬走上前去。

"我去看看洛拉在做什么。"

维姬用一只有力的手,转动了把手。

把手掉在了她的手里!

"妈的!"

手柄坏了吗? 被拧下了螺丝吗? 维姬紧张地试图让它归位,转动锁舌,但锁没有打开。她先是用肩膀撞了一下,然后猛踢一脚。

木门纹丝不动。

"该死!"维姬重复道。

"他们找到了我们。"纳内斯立刻明白了。

如果你能早点听我的话,大脑轻声说。

"闭嘴!"埃蕾阿喊道。

53

克里斯托夫虔诚地划了一根火柴。他选择了一根长的，就是用来点祭祀蜡烛的那种。他把它放在眼前停留了一会儿。微弱的火焰闪烁着、颤抖着，有一瞬间缩成一个炽热的红点，然后突然升起，比以往任何时候都更加骄傲。

火柴在他的十指之间笔直地立着，克里斯托夫欣赏着它，就像有人在祈祷的时候盯着光一样。触摸平板在他的口袋里振动着。阿莫斯和那个女孩一起躲在后面，他应该是不停地在发信息，但他全然不顾。他不打算让弟弟的拖延破坏了这一庄严的时刻。

"阿莫斯他难道忘了吗？"

他们在半夜醒来，那时候他们分别是十二岁和十一岁。突如其来的热浪侵入他们的房间，他们的床。门被推开了，一个人形火炬冲向他们，他们几乎来不及认出自己的母亲，她推着他们，燃烧着他们，他们尖叫着，她纵身火海，她救了他们，她牺牲了自己，用自己的死换来了他们的活。

还有痛苦，那是脸被大火吞噬的那种难以忍受的痛苦。还有恐惧，当比尔森社会主义医院的屠夫医生为他紧急做手术时，几乎没有用麻醉剂。还有恐怖，当他在镜子里发现这个怪物时，在一个寂静而冰冷的世界里，这个怪物将追随他，日复一日，在与他擦肩而过的路人厌恶的眼神中，在他花钱购买的女孩淫秽的眼神中，在他父亲严厉的眼神中，对他父亲来说，他只不过是一只被训练的狗。用来杀人。

阿莫斯从未见过这个镜子里的怪物。阿莫斯不知道这些恶毒的窥视，这种令人憎恶的施舍，这种侮辱人的怜悯。克里斯托夫不得不替他们两个人来面对这一切。

他等待着,直到火柴几乎快要熄灭,几乎要烧到他的手指,才松开手。

火焰,像一只火蝴蝶,落了下来。随即,火的气息蔓延开来。那么多的汽油在一瞬间被点燃,熊熊烈焰在被虫蛀的地板上蔓延。三分之一的壁板坍塌了。

埃蕾阿和纳内斯刚来得及朝洋片机退去,那些服装、木板、纸板、木头腿和胳膊、布景和纸片脑袋就已经着火了。车厢工场成了火海,火焰四处升腾,紧贴着车厢壁,舔舐着车顶,阻断了任何从锁住的门中逃脱的可能。

车厢的四分之三在顷刻间被烧毁。三个女人已经没有力气了,只能蜷缩在唯一尚且幸免于难的角落里,但她们的肺似乎已经充满了致命的烟雾,她们的皮肤似乎在难以忍受的高温中融化,在捷克木偶、非洲人头杖和日本机械人偶之后,她们都将被烧成灰烬娃娃,这只是几秒钟的事。

"洛拉!"维姬奋力喊道,把卡斯帕紧紧地抱在怀里。

她的女儿把自己的木偶托付给她。她的父亲再也不会来修理它了。

"我很抱歉,"纳内斯重复道,"我真的很抱歉。"

她犹豫着要不要长话短说,向前迈出一步,让火焰把她包围。维姬用最后的孤注一掷拉住了她。

"皮埃尔!"埃蕾阿尖叫着,敲打着门,"你不能让我就这样死了!"

再见,埃蕾阿,大脑低声说,超过一百摄氏度的高温下,我只是一堆熔化的泥糊糊。

"皮埃尔！"埃蕾阿叫得更大声了，"皮埃尔，我需要你！"

然后皮埃尔出现了。

而且汉斯也在他身边。

这两个男人刚刚合力用他们的肩膀撞开了车厢的门。他们把毯子扔在火焰上，开辟出一条昙花一现的路，然后毫不犹豫地冲进车厢。

"快出来！快出来！"

"汉斯，"维姬喃喃自语，"真的是你吗？"

当他看着她时，她认出了他的灰色眼睛，当他抓住她时，她认出了他的力气，他坚定地一把将她拉出了火海。

是他！

"我在这里，埃蕾阿！"

皮埃尔也走过来，在火焰之间跳动。他举起埃蕾阿，就像从炉膛里吹出的小树枝，把她从火海中央扔了出去。她突然觉得自己好像在飞翔，穿过太阳，然后平躺着落在林间空地的泥泞草地上，挨着维姬。

她们的两个救命恩人已经再次出发了，他们一起把纳内斯拉出火场，几秒钟后，车厢的车顶在火光四射的爆炸中坍塌。

她们在哭，她们在笑。

汉斯亲吻依然目瞪口呆的维姬，她的脸和眉毛都黑了。

皮埃尔亲吻埃蕾阿，把她纤瘦的身体，裸露在烤焦的碎布下发红的皮肤贴在他的胸口。

然后，皮埃尔和汉斯回头看阿涅斯，她正坐在灰烬和煤灰残渣中，吐出吸入肺里，快要把肺都撕裂了的烟雾。

维姬逐渐清醒过来，她找寻着洛拉，向森林边缘投去绝望的目光。

埃蕾阿仍然在颤抖，像抓住浮标一样紧紧抓住皮埃尔。

妈的，大脑说，这下，你可得跟我解释清楚了。

第三部分

Part 3

雷诺

我出生于1977年1月29日。
正在聆听、探寻我的故事的你们，
可能会觉得难以相信。
它的开端犹如一个童话。
我的母亲为我的降生准备了一份最不可思议的礼物：
她给了我三种人生！

而这仍然是生活!
如果罚入地狱才是永恒!

《地狱一季》,阿蒂尔·兰波

雷诺的故事

最不可思议的礼物

1977年1月

我出生于1977年1月29日。正在聆听、探寻我的故事的你们，可能会觉得难以相信。它的开端犹如一个童话。我的母亲为我的降生准备了一份最不可思议的礼物：她给了我三种人生！

从我记事起，我就发现我能够从一种生活转换到另一种生活，就像一个离异家庭的孩子换一个家一样容易。在沙勒维尔我是雷诺，在巴黎我是皮埃尔，在弗洛拉克我是汉斯。

我变换我的名字，就像一个人换一条裤子一样，就像一个人从洛泽尔到阿登时穿上更温暖的衣服一样，或者在回到巴黎时穿上了更漂亮的衣服一样。我一直熟悉这种奇怪的智力锻炼，我学会了把我的大脑分成三份，永远不会搞错。我对此感到非常自豪。我是读过的连环画中的超能英雄之一。

在我上初中的时候，当妈妈告诉我，我将不得不减少与汉斯和皮埃尔在一起的时间，我只有在假期才能见到他们时，我的印象是我被剥夺了我的两个兄弟，我被强迫进入寄宿学校，我的生活将变得悲惨和平淡。事实就是如此。

有一部分的我无法离开巴黎、诗歌和博物馆，另一部分的我则无法离开塔恩河、塞文山坡和喀斯河上的风。如果当时我的伙伴们能够读懂我的大脑，他们会认为我疯了。另一方面，我思忖他们怎么能满足于只有一种生活。我看着他们，就像看着囚犯，却意识不到自己才是囚犯，我满脑子想的都是逃跑……

但我没有超能力。在初中那几年，就像不再联系的朋友一样，随着时间的流逝，记忆也越来越少，汉斯和皮埃尔渐渐疏远。高中进一步限制了我们的视野，将其限制在其他更以自我为中心的事情上，然后阿涅斯出现了。

对阿涅斯来说，我只是雷诺，一直就只是雷诺。为了她，我彻底背弃了汉斯和皮埃尔，就像一个人在初恋出现的那一天抛弃了自己最好的朋友一样，没有什么遗憾。纳内斯从来不知道我的故事，不知道我的另外两个身份。童年的秘密，自卫的本能。

纳内斯，我的爱人，我希望你是听到这些话的人之一。无论我今天在哪里，无论你今天在哪里，请相信我。

我从来没有想过用那另外两个身份来欺骗你！

我从来没有想过与汉斯和皮埃尔重逢。

我从来没有后悔过，放弃我的三重人生，与你一起，将它们合而为一。

你让我意识到，一种生活就足够了，一个家庭就足够了。

我的爱人，你可能在听到我的故事之前已经听了米拉娜的故事。所以你听到了她的告白。她在病房里的临终遗言。她的恐惧，当她意识到利博尔、阿莫斯和克里斯托夫找到她时的恐惧。她的建议，"你必须保护好自己，雷诺，你必须保护好阿涅斯，你必须变换身份。"但有一件事米拉娜不知道。在我最后一次看望她时，我手里拿着的那个信封不是医生给我的。那里面没有她的癌症致命分析报告。信封是放在医院前台的，上面只是潦草地写了几个字，"致米拉娜·杜瓦尔的儿子。"当我走进妈妈的房间时，我小心翼翼地不让她看到。我不想让她注意到这些字迹。

她会一眼认出它。

那是利博尔·斯拉维克的字迹。

我父亲的字迹。

他写给我的信改变了我从出生起就一直相信的东西。

54

米拉娜的车厢工场,济韦手指

最后的灰烬在飞扬。烟雾渐渐散去,让这片林间空地在一股难闻的汽油焦煳味中,有了些许的清明。恶臭与恐怖混杂在一起。火焰已经烧到了最近的橡树和榛树枝上,但火势并没有蔓延到森林的其他地方。阿登省连续四天不间断的秋雨拯救了它。

纳内斯离开炽热的车厢工场残骸,走到几米之外,手机贴在她耳边。

"接电话吧,凯特尔!请接电话!"

不到一个小时前,宪兵队上尉给她打过电话,没有留下任何信息,但此后不再有任何消息。电话一转到语音信箱,纳内斯就暗暗咒骂。

"请给我回电话!求你了。很紧急!"

其他人,汉斯和维姬,皮埃尔和埃蕾阿,已经向隧道口走去。在跟随他们的脚步之前,纳内斯最后看了一眼她面前的废墟,看了看被烟尘覆盖的余烬,被熏黑的羊毛和丝绸碎片,那些只剩下玻璃眼睛、几个塑料纽扣、一个烟斗或一副眼镜的木偶,就像融化以后的雪人。被融化的命运。

说到底,这不正是米拉娜所希望的吗?让一切归于灰烬和尘埃?

纳内斯一边走,一边又给宪兵打电话。电话再次转到了语音信箱,她抱怨起来。她甚至对耳边响起的奇怪回声感到惊讶,好像上尉的电话在附近某处响起,很近,她能听到似的。

她转念一想打消了这个可笑的想法。凯特尔·马雷尔正在公爵广

Trois vies par semaine

场上忙着，完全不知道纳内斯去了哪里，而且就算她能猜到的话，三辆宪兵队的警车早已占领空地了。

她正准备挂断电话，再打回去问个清楚，这时维姬的声音打破了寂静。

"你们到底在磨蹭什么？快来！我们没有时间浪费了！"

他们的目光相遇了。维姬只剩下一个执念。

找到洛拉！

她呼喊她，喊得声嘶力竭，吸入的烟全部都吐了出来，她匆匆忙忙、慌慌张张地把周围都搜索了一遍，但没有发现她女儿的踪迹。随着绝望的哭声逐渐嘶哑，她明白了一个令她胆战心惊又显而易见的事实：那两个脸被烧伤的人，克里斯托夫和阿莫斯，绑架了她并点燃了车厢工场。这两个怪物，也许还有他们的父亲利博尔一起，在她们被困在这里之前，一直跟着她们。

尽管不情愿，纳内斯还是加快了速度，赶上了正在进入隧道的两对情侣。

没有人说话，没有人提问，每个人都在黑暗中全神贯注，以免被废弃的轨道绊倒。汉斯搀扶着维姬，她一直抓着卡斯帕。洛拉出去的时候把它留在了车厢里，"妈妈，我马上回来，我把它交给你。"

皮埃尔，在第一对情侣身后几米远的地方，正握着埃蕾阿的手。埃蕾阿并不在意沉默，她只关心一件事：重新找回她的彼得鲁什卡有力的手腕，他轻柔的动作，他木偶舞蹈家的姿态，在隧道明亮的夜色中引导着她。她多么希望，这一次她的大脑能让她安静一会儿。

你能捡起一根树枝吗？大脑来烦她，然后打你的头一下，只是为

Part 3　　　　　　　　　　　　　　　　　　　　　　　　　321

了确定我不是在做梦！你意识到了吗，埃蕾阿，我们在第二个皮埃尔身后飞奔。或者说是他的完美替身！"

埃蕾阿很肯定。汉斯有一双和皮埃尔一模一样的灰色眼睛，同样结实而高大的身材。如果她在巴黎街头遇到汉斯，她会毫不犹豫地把他误认为是她的爱人。只有仔细观察才会发现她的彼得鲁什卡和这个男人之间的区别：汉斯的手没有皮埃尔修剪得那么干净，他的头发也有点长，皮埃尔的皮肤颜色稍微浅一些……细微的差别，但足以让她放心。

"不，大脑，不是他的完美替身！我的彼得鲁什卡是独一无二的！"

她把爱人的手抓得更紧了。

"你的彼得鲁什卡，"大脑说，"应该已经死了……而我们也是！"

他们已经走到了隧道的尽头。纳内斯，仍然走在五个人的最后，看到光线吞没了四个人影。逆着光的四个黑色的影子。一种混杂着愤怒和解脱的奇怪感觉，让她左右为难。当汉斯和皮埃尔从火焰中出现并拯救她们的生命时，纳内斯终于明白了。

她明白了为什么维姬和埃蕾阿从未怀疑过他们的爱人还活着。她明白了米娜的故事哪里不对劲，她听着婆婆的声音，有什么地方让她感到不安，她却无法掌握这令人难以置信的真相。

等到纳内斯自己走出隧道，看到她的克力奥车乖乖地在草地上等着她，一辆红色的布丁狗停在她左边。

维姬的车？

322　　　　　　　　　　　　　　　　　　　　　　　　*Trois vies par semaine*

她又往前走了一步，差点仰面跌倒。她不得不紧紧抓住隧道口的砖墙。

一辆宪兵队的车停在这两辆车旁边。是凯特尔·马雷尔的车！

又一次，一切在纳内斯的脑海中乱成一团。如果是上尉的车停在他们前面，那就意味着凯特尔一路来到这里，她进入隧道，试图拯救她们。但是，如果那两个脸被烧伤的人仍然能够放火烧掉车厢工场，那么就说明凯特尔失败了。她在哪里？和洛拉在一起吗？

"上车！"维姬喊道。

布丁狗的大灯闪烁着。她把卡斯帕交给了汉斯，然后打开了车门。

"上车，我跟你们说！"维姬重复道，"我的女儿有危险！"

埃蕾阿和皮埃尔等待着，不知道该怎么做。

"那您想去哪里？"纳内斯问，"首先要做的是打电话给宪兵队。我刚刚一直在尝试这么做。这辆车是凯特尔·马雷尔上尉的。有一些事情我们还不清楚，而且……"

"我想找到我的女儿，"维姬喊道，"而且没有时间浪费了！"

皮埃尔走近，他用平静的，几乎是悦耳的声音说道。

"她说得对。那两个怪物可以把您女儿带到任何地方。他们刚才肯定也把车停在这里，但他们很小心地隐藏起来了，否则他们就会被发现。我们别无选择，如果这个凯特尔·马雷尔不接电话，我们就得报警。"

皮埃尔拿出了他的手机。埃蕾阿佩服他的冷酷决心。维姬颤抖着，不能动弹。汉斯似乎对这一场景出奇地漠不关心。他坐在离布丁狗最近的树干上，用一把小折刀，给卡斯帕做起了开膛手术。

"凯特尔还是不接电话。"纳内斯烦躁地确认。

"我去拨打17※！"皮埃尔直截了当地说。

"不！"维姬突然喊道，"不！"

她的电话刚刚响起。两声提示音，表明收到了一条信息、一张照片或一段视频。洛拉的脸出现在屏幕上，表情惊恐万分。

※ 法国报警电话。当发生交通事故、恐怖袭击、遇见盗窃或抢劫等违法事件时可拨打报警电话17寻求警察帮助。

55

默兹河畔博尼，阿登省

斯柯达在接近市区入口指示牌的时候放慢了速度。默兹河畔博尼的市中心就在他们前面，在气势恢宏的钢铁桥的另一边，环绕着默兹河的曲流。克里斯托夫警惕地开着车，他已经习惯了听不到发动机的嗡嗡声或其他车辆的声音。如果有紧急情况，有喇叭声、警察或救护车的警报声，和女孩一起坐在后座上的阿莫斯会提醒他。

在过河之前，他们在一群沿着纤道行走的孩子面前停下，这些孩子正要从学校去往运动场。

在克里斯托夫和阿莫斯购买斯柯达柯洛克汽车时，他们选择了一款深色玻璃的车型，以尽可能避免路人的注视。唉，只有挡风玻璃是没有颜色的。从车前穿过的孩子们夸张地围在一起，用不怀好意的好奇心看着他们，就像看广口瓶里的两个市集怪物。

克里斯托夫忍住了发动汽车将他们都撞倒在地的冲动。

几乎无法控制的暴力冲动越来越频繁地出现在他身上。渐渐地，他变成了人们眼中所看到的那头野兽。这是他们的错，所有人的错，自从火灾以来，每个人都像看麻风病人一样看他、躲着他，好像他会传染一样，认为他的丑陋必然使他变得极其可怕。他最终真的变成这样就是他们的错，只是他们的错。

他们花了几分钟时间才走出默兹河畔博尼的蜿蜒街道，然后走上了通向艾蒙四子观景台的狭窄弯道。上山的一路上他们没有经过任何车辆。在这种灰蒙蒙的天气里，谁还会想爬到这里来俯瞰风景呢？

这里的风景被云雾缭绕的山峰和默兹河氤氲升腾的薄雾所掩盖。游客们可能都转移到了沙勒维尔－梅济耶尔。警察们最后应该是在垃圾桶里找到了那个弹簧魔鬼，公爵广场应该已经清空了……太晚了！他们的声东击西计划非常成功。他们甚至意想不到地摆脱了那个爱管闲事的宪兵队上尉。

克里斯托夫一手握着方向盘，一手在仪表盘上方的触摸屏上写字。

"你可以把她嘴上的胶带扯掉了。"

克里斯托夫一直担心那个女孩会在村里呼救。现在她想怎么叫就怎么叫，再也没有人会听到。而他更不可能听到！

在后视镜里，他看到阿莫斯在女孩的头发上摸索，顺着她的鼻子、她的脸颊，然后撕下胶带。他看到女孩的嘴张得大大的，也许她发出了最大的尖叫声，然而车内还是一如既往的寂静。

失聪有时也是好事。如果他做了手术，如果他的听力得到了恢复，克里斯托夫还能忍受孩子们的尖叫吗？狗的吠叫声？无休止的谈话？很久以来，克里斯托夫一直认为牛、人和麻雀的嘴没什么区别。都说着同样的废话，出于对空虚的恐惧而不停叫。

"我们怎么处理她呢？"阿莫斯写道。

克里斯托夫没有回答。他穿过荒废的停车场，慢慢地开到灌木丛中的最后一棵树下。停车位上可以清楚地看到四座页岩山峰和观景台上的雕像，尽管薄薄的雾纱使他无法看到更远的地方。

他熄灭引擎，转过身来。洛拉在后座上扭曲着身子，拼命想打开车门。阿莫斯徒劳地试图控制她，但这个女孩已经知道了如何在一个瞎子绑匪面前占上风，这个绑匪没有她反应敏捷，而且还只有一只手

Trois vies par semaine

有空。

"她不肯冷静下来,"阿莫斯写道,"她说她要见她的妈妈。还说她爸爸会杀了我们!"

克里斯托夫不由自主地笑了。

"找点东西。你给她讲个故事就够了。"

"什么?"

"这应该能让她平静下来。女孩子们都喜欢这些。"

在方向盘后面,他颇有兴趣地观察着这个女孩。她正用她的小拳头的全部力量打他的弟弟。真正的愤怒! 为了继续写字,阿莫斯不得不伸手把她推开。

"什么故事?"

克里斯托夫看了看表。他们已经离开车厢工场三十分钟了。确切地说,从他们穿过隧道,回到隐藏在柏油路尽头的一条小路上的斯柯达开始,已经过了二十七分钟。自从他们看到那两个灰眼睛的救世主跳出出租车,然后沿着废弃的铁轨奔跑,已经过去了二十六分钟。

这两个消防员是否及时赶到,把女人们从大火中救了出来?

是的,可能吧。

克里斯托夫和阿莫斯能阻止他们吗?

不,在公平的战斗中不能。克里斯托夫意识到他们的缺陷,他们不是这两个人的对手。而且说到底,这并不是最重要的事情。

最重要的是,这两个幽灵终于从他们的藏身之处现身了! 经过这么多年的追踪,他们终于上钩了。现在要做的就是把他们引到一个更有利的地方,把他们干掉。

克里斯托夫刚刚有了一个好主意……

"给她讲讲羊毛洞的故事。"他最后告诉他弟弟。

"羊毛洞？ 为什么？"

"你会明白的。"

克里斯托夫在后视镜里看着弟弟和那个女孩。随着他弟弟的嘴唇不断地张合，洛拉的拳打脚踢越来越少，女孩歇斯底里的动作也慢了下来，拉长了时间间隔，减弱了力度，最后终于消停了。在克里斯托夫最深的记忆中，阿莫斯一直都非常会讲故事。他弟弟有着令人着迷的嗓音，柔和而舒缓。克里斯托夫最后一次听到它是四十多年前，在拉德布扎河畔，在比尔森附近的田野上。

"你看，洛拉，"阿莫斯解释说，没有松开女孩，"在停车场后面，有一个大草坪，在草坪的尽头有一个楼梯，通向一座巨大的雕塑，是四个骑士和他们的马贝亚尔的雕像。然后还有一些栅栏，以防掉下悬崖。但是在平原的中间，在我们面前，尽管我们看不到，有一个大洞，那可更加危险，如果你愿意，也可以说是一个岩洞。你知道什么是岩洞吗？"

洛拉点头表示知道，非常警惕。

"这个岩洞，叫羊毛洞。你知道为什么吗？"

洛拉摇摇头表示不知道，依然保持警惕。

"据说，很久以前，在中世纪，也就是公主和骑士的那个时代，小偷们通常会从周围山上放牧的羊群中抓一只小羔羊。就一只小羔羊，一只非常幼嫩的绵羊，最好是女孩，一只雌羔羊。然后他们会把这只雌羔羊绑在岩洞边缘的木桩上。你知道当雌羔羊被这样单独困在那里的时候，它会做什么吗？"

洛拉已经完全停止了拳打脚踢。她用空洞的眼睛盯着这个陌生的男人，他说话时不看她。对她来说，他没有另一个人那么可怕，那个什么都听不见的人。

"她……她在叫她妈妈？"

"没错！你真是个非常聪明的小姑娘！小羔羊呼唤她妈妈。小羔羊们能咩咩叫得非常响，非常非常响亮，而它们的妈妈能够在几公里外，从一百只羊中辨认出它们的咩咩叫。因此，羊妈妈，也就是母羊会赶去找她的女儿。她开始向山上飞奔，整个羊群都会跟着，因为没有什么比羊更愚蠢的了。当一只羊直奔一个地方时，所有其他的羊都会跟着跑……"

"就像男孩们在课间玩耍时一样？"

"是的，如果你愿意这么想的话。所以，正如我所说的，羊群在母羊的带领下，一路狂奔。一个羊群有时由几百只羊组成，当一只小羔羊呼喊它的母亲时，没有一只牧羊犬能阻止它去找它的孩子，去救它。所以母羊妈妈总是第一个到岩洞的边缘，但羊群的其他羊会一直在它后面跑，无法轻易停下来。后面的羊推搡前面的羊，前面的羊就被迫往前走，场面拥挤不堪，四面八方都是咩咩声。最后，它们中的大多数被推挤着，一个接一个地掉到岩洞里。"

洛拉惊跳了一下。她想象着羊群像雪花一样落下。

"羊群总是愚蠢的，"阿莫斯继续说，"于是，在远处窥伺的盗贼们很快就来了，带着绳子和刀子下到岩洞里，得到了羊肉，那是非常美味的食物。用这样的办法他们可以偷到几十只动物的肉，而不必去山上追着它们跑，他们只需要抓住一只小羔羊。盗贼们会把剩下的东西留在洞底,骨头、油脂,特别是羊毛,这些东西价值不高,而且因为太重而无法携带。这就是为什么人们把它称为羊毛洞。"

"那……现在还有吗?"

"羊毛? 我不知道。那是很久以前的事了。"

"那些羊太可怜了。尤其是那只小羊。我不喜欢它们被吃掉。我不喜欢它们被推到一个洞里。"

阿莫斯正在想他的故事如何往下讲。一个不那么悲伤的后续。洞底的羊毛可以形成一个茧,新掉进洞里的羊在上面蹦蹦跳跳,就像一个棉花床垫。他感到他的平板在右手下方震动。

"告诉她,因为她很可爱,可以给她妈妈打电话。"

随即,阿莫斯对他哥哥的信息产生了怀疑。

"为什么?"

"如果维姬·马尔修从火中活着出来,她要做的第一件事就是寻找她的女儿,然后打电话报警。她会先给马雷尔上尉打电话,但我不大相信她会接电话……"

克里斯托夫伸手去拿仪表盘上的手机。

"在她联系其他警察之前,我们要让她放心,我们给她发一个小视频。你不觉得她的小洛拉像一只小羊一样迷人吗?"

56

旧铁轨的停车场，济韦手指，阿登省

纳内斯、埃蕾阿、汉斯和皮埃尔的目光瞬间都转向了维姬。她把手机举到眼前，像一个泥塑木雕一样站住不动。被吓呆了。她盯着洛拉扭曲的脸。

"这是……这是一段视频。"

她的手指颤抖着，点击了横在照片中间的三角形图标。洛拉立即活跃起来。

"我很好，妈妈，别担心。"

她因恐惧而瞪大的眼睛与她说的第一句话自相矛盾。小女孩已经开始认真地对着屏幕说话，像个大人一样，然后突然倒下了。洛拉在她母亲潮湿的手指间哭泣。

"快来救我，我害怕！他们太吓人了。我想让爸爸来救我。"

洛拉突然离开了屏幕，然后那个无耳、脸被烧伤的男子取代了她，那个可能是盲人的画外音威胁着他们。

"千万不要叫警察。我们要找的是您，不是您的女儿。"

这就是全部。不到三十秒的视频。

他们都挤在屏幕前，身体贴在一起，头挨在一起，像一群朋友在自拍。

"他们怎么会有你的电话号码？"埃蕾阿诧异地问。

维姬刚刚想到了这一点。

"在塔恩桥营地。在我和洛拉点比萨的时候，我留了我的手机号，他们在我后面。"

"倒回去。"纳内斯命令道。

在维姬的手机屏幕上,洛拉又变得像个大人一样,神情严肃。

"我很好,妈妈,别担心。"

然后开始泪流满面……

"停!"纳内斯喊道。

维姬立即停止了视频。

"那里!"纳内斯说,"洛拉身后的景色。"

汉斯和维姬,以及皮埃尔和埃蕾阿似乎都没有认出那是什么。

"这四块大石头,"纳内斯一边说,一边用两个手指放大,"是艾蒙四子。洛拉在那里!"

甚至比你的珍宝和它的地理定位还要快!大脑轻声说。

"带我去吧,"维姬哀求道,"远吗?"

"十五公里。"

汉斯举起卡斯帕,下定决心。

"我们必须报警!"

维姬瞪了他一眼。

"不可以!你听到了,他们要的是我们,不是她!"

没有进一步的讨论,维姬打开了布丁狗的车门,坐到方向盘后面。

"纳内斯,快,上车,给我带路。"

纳内斯二话不说就坐到了副驾驶座上。与此同时,汉斯、埃蕾阿和皮埃尔迅速坐到了车的后座。汉斯,仍然拿着他的小折刀,把卡斯帕放在他的腿上,继续修理木偶。

"我答应过洛拉。"面对维姬在后视镜中的愤怒眼神,他为自己开脱。

她耸了耸肩,像一阵风似的开走了。

"直走,一直到默兹河。"纳内斯说。

埃蕾阿沉默不语。

我们这是羊入虎口,大脑嘟囔道,这是个陷阱。而小洛拉是诱饵。

"好吧,"皮埃尔大声说,"让我们登上艾蒙四子观景台,把她从鱼钩上摘下来。"

汉斯认可。埃蕾阿吓了一跳。

汉斯和皮埃尔似乎能读懂她的大脑!他们似乎听到了大脑告诉她的一切!他们也只活在她的脑袋里吗?

"我们没有选择,"纳内斯补充说,仿佛她没有听到皮埃尔的最后一句话,"雷诺就死在那里。我想了解原因。"

雷诺的故事

黑板，白旗

2017 年 11 月

我刚刚离开母亲的房间，了解了她的遗愿：把她的骨灰撒在车厢工场前，修好她的旧洋片机。我的天啊，我像个自动木偶一样在医院的走廊里徘徊，然后坐在医院某个地方的椅子上，在某个随随便便选的专家候诊室里。

我意识到，我手中的信是我父亲的。利博尔·斯拉维克。直到几个小时前，我还对他的名字、他的罪行、他的追踪、阿莫斯和克里斯托夫，我这两个同父异母的兄弟一无所知……

妈妈用她的一生来保护我。而现在呢？

我撕开信封，慢慢地，我读了信，读了好几遍。

我的儿子，

别担心，我不知道你的名字，也不知道你的长相，我一直在医院大厅里闲逛，试图认出你，找到我们的相似之处，从你的步态或眼神中找到线索，但我只遇到了几百个匆忙的陌生人。所以我决定给你留下这封信。

我寻找米娜已经有四十多年了。我很早就意识到她已经去了西方，所以从 1989 年的秋天开始，我以更大的力度寻找她。

我盲目地寻找，没有任何线索。米娜可以用任何一个名字，给你取任何一个名字。我很了解你的母亲，她很任性、很狡猾，能使出最不可思议的计谋，她很难被找到。

但我从未放弃过。

我不知道你母亲是否跟你说起过我。如果她说过，我猜想在你眼里，我一定是世界

Trois vies par semaine

上最坏的男人。利博尔·斯拉维克，再也不是那个天才木偶师卢卡了。利博尔·斯拉维克，可怜的小走私犯，捷克国家安全局最腐败成员的帮凶，一败涂地的艺术家，酒鬼和强奸犯。

这都没错，米娜没有抹黑我的形象。但我猜想，她没有告诉你很多情有可原的理由。

她有没有告诉你，如果没有我，她可能会在布拉格的孤儿院里度过一生，或者被喝醉的苏联士兵扔进伏尔塔瓦河？

她有没有告诉你，我把一切都倾囊传授于她？尽管她很有天赋，这是事实，但我收留她时她只有十二岁。我的艺术，我传授给了她，奉献给了她，她掌握得越多，我留下的就越少。

她有没有告诉你，在那些星空下的夜晚，我有多么爱她？

她有没有告诉你，我想和她，而不是和祖扎娜，一起共度我的夜晚？她有没有告诉你，她是我生命中唯一的光、唯一的美？

她有没有告诉你，我想和她有一个儿子，而不是和祖扎娜？她有没有告诉你，我爱你比阿莫斯或克里斯托夫更多，那两个像流氓一样被养大的孩子？她有没有告诉你，我永远也不可能杀你，杀我自己的儿子？我绝不会像他们说的那样允许祖扎娜把你打掉，更不会让你母亲冒生命的危险。

她有没有告诉你，我从来不相信那个女巫祖扎娜捏造的预言，"你的儿子会杀了你"，那是她因为无计可施而采取的阴狠荒谬的策略之一。祖扎娜从未预测过未来，她只愚弄那些容易上当的村民，但我不是他们。

我不知道你是否会相信我，我的儿子，但这些年来我从来没有怨过你，我之所以想方设法找到你，也不是为了报复。

而是为了保护你。

危险并不来源于我，相信我。我现在只是一个老人，没有仇恨也没有快乐。我可以坦白告诉你，即使是祖扎娜的死也没有影响我。如果你知道我有多少次想把她扔在路边，把她丢在露天，然后邀请你母亲上我的大篷车。

Part 3

危险来自阿莫斯和克里斯托夫。我的儿子们，你同父异母的兄弟们。我们必须承认，他们有充分的理由怨恨你和你母亲。她杀了他们的母亲，让他们在余生里变成了人人唯恐避之不及的瘟神。他们是畸形怪胎，残疾让他们像连体婴一样彼此捆绑在一起。但他们曾经也很有天赋。阿莫斯本来可以成为一个伟大的布景师，也许是一个著名的画家，而克里斯托夫，在铁幕倒塌的混乱中，一定是那些会站到革命的天鹅绒帷幕上最高点的人之一。

你明白为什么他们从未放弃过追踪。是他们找到了米娜。自1989年以来，你的兄弟们参加了在沙勒维尔举办的所有国际木偶戏剧节，希望米娜会露出破绽，希望她最终会现身。他们从未怀疑过，从未放弃过。他们只有一条线索，《彼得鲁什卡》。这就足够了。

别担心，阿莫斯和克里斯托夫不认识你的脸，也不知道你的名字。

他们只知道米娜的名字，知道她现在叫米拉娜。他们知道她得了不治之症，因为这是她在最后一次演出答谢观众时说的。当然，他们也认识你的孩子们的面孔，他们是唯一与米娜同台的人。至少克里斯托夫认识他们。

我知道你在想什么，你母亲肯定一遍又一遍地告诉你，我诅咒她，我诅咒你，面对熊熊烈火，我曾发誓要杀了她，要杀了你。谁不会有这样的反应呢？但岁月流逝，四十多年过去了，我的复仇欲望慢慢消退，而阿莫斯，尤其是克里斯托夫的复仇欲望却越来越强烈。也许我把我的愤怒赠予了他们，就像我把我的艺术赠予了你母亲一样？

克里斯托夫，像一只笼中困兽，把自己封闭在一个无声世界的牢笼里。阿莫斯对他忠心耿耿。失明使他丧失了其他一切意志力。有一天他敢不听他哥哥的话吗？

很长时间以来，我都坚信我的儿子们不会放弃他们的复仇，即使我要求他们这样做。但现在一切都变了，自从你母亲在公爵广场演出《彼得鲁什卡》之后。你一定是在医院过道的某个地方看到的这封信，几天后米拉娜将在那里死去。我最大的遗憾，是再也没有和她说过话，但我要让她免受这种折磨。我在公爵广场又看到了她，她在表演《彼得鲁什卡》，和她二十岁时一样优雅，才华横溢，但比二十岁时更加漂亮。这种出乎预料的幸福对我来说已经足够了。

阿莫斯和克里斯托夫无法再对米拉娜复仇了。当她死去，当你把她的骨灰撒出去，也许他们的仇恨也会散去。你、你的孩子、你的妻子都没有犯任何罪。

这就是我和你打的赌。这就是我向你提出的挑战。

我留给你一个地址，一个电话号码。

LoukaSK@yahoo.fr，07 11 26 36 31。

这不是一个陷阱，这是我向你伸出的手，你的老父亲那只颤颤巍巍的手。

为了这场战争终将结束。

利博尔，人们称他为卢卡。

57

艾蒙四子观景台停车场，默兹河畔博尼

克里斯托夫看着手机屏幕上洛拉惊恐的脸，然后是后座上女孩一模一样的脸。自从他把视频发给维姬·马尔修后，女孩似乎一直没有停止无声的尖叫。

他的视线暂时离开后视镜，看了一下周围的现场。他还有一点时间来准备迎接羊群其他成员的到来。他把车停在了最理想的地方。从他的有利位置，俯瞰着默兹河，当汽车爬上曲折的山路时，他不会错过阿涅斯·杜瓦尔的克力奥，或者维姬·马尔修的布丁狗。

阿莫斯发来的信息在他的手指下颤动着。

"如果他们报警了怎么办？"

克里斯托夫恼怒地回答。

"当她的小羊咩咩叫时，母羊不会通知牧羊人，而是自己跑去救它。"

阿莫斯似乎并不信服。现在每当克里斯托夫转过身来，洛拉就蜷缩到他身后。

"他们为什么会表现得像羊？"盲人提出反对意见，"因为这段视频，她们知道我们在哪儿等着她们，而且……"

阿莫斯还没写完自己的答案，克里斯托夫的答案就出现了。

"我们已经告诉他们不要报警！他们不会冒这个险。信息说得很清楚，我们要的是您，不是您的女儿。他们以为我们不会伤害那个女孩。"

阿莫斯吓了一跳，仿佛触摸板刚刚烫伤了他的手指。

"你说他们以为是什么意思？"

"你和我一样清楚父亲的命令。我们必须除掉米娜的孩子。还有她孩子的孩子。"

洛拉紧紧抓住盲人的右臂。阿莫斯的左手在颤抖，一个字也写不出来。

"你还记得吗，"克里斯托夫继续说，"四天前，在这个停车场，你听到多少声枪响？"

要打出一个数字，一个手指就够了。

"一。"

"所以正义必须得到伸张！你发过誓的！你看好这个孩子，我去找点东西把她绑起来。"

克里斯托夫看到阿莫斯朝女孩俯身，几乎把女孩压在身下。他露出了一个满意的微笑，他的弟弟像羊一样听话……

……然后他的笑容变成了愤怒的苦笑。

阿莫斯的手盲目地摸索着门把手！

"你在搞什么？"克里斯托夫烦躁地打字。

阿莫斯用他所有的重量压在洛拉的身上。阿莫斯的右手在黑暗中摸索着。

当他弟弟的五根手指抓住把手时，克里斯托夫发出了一声动物般的嚎叫。盲人卧倒，伸手用尽全身力气推开车门，然后站起来，更用力地推着女孩。

"快跑，洛拉！"

克里斯托夫在前排两个座位之间扭动身子，伸出手来，但只抓住了一团空气。

小女孩已经跑开了。径直往前。

她冲进高高的一直到她腰部的草丛中,像一只受惊的野兔一样拼命地跳跃着。

她直奔雕像,直奔观景台,而在她慌忙选择的道路的中间,就在她的面前,是羊毛洞张开的深渊。

58

默兹河畔，济韦手指

再快点！

在布丁狗的方向盘后面的维姬，每次减速都会咒骂。一个环岛、一个减速带、一个游移不定的自行车手、一个弯道……这条路是沿着默兹河走的，但在曲流形成的环路过于曲折时，经常会离开它而抄近道，然后在每一座新的桥梁、每一个新的工厂或聚集在山谷中的房屋处重新汇合。

坐在副驾驶座上的纳内斯给司机带路。她把手机夹在大腿之间。有一次或两次，她悄悄地按下了绿色的回拨按钮。试图联系凯特尔，并不是要报警……

其他三人挤在后面。汉斯仍然埋头在卡斯帕身上，拿着他的刀，给它开膛做手术，仿佛救活这个自动木偶的生命比拯救洛拉的生命更重要。

埃蕾阿紧紧抱着皮埃尔，惊奇地看着在木偶的胸口下错综复杂的电子元件。

向我发誓，你永远不会让任何人像这样屠戮我！大脑很担心。

"即使你老了，生锈了，错乱了？"

我已经神经错乱了！

埃蕾阿笑了。大脑是对的，与自己的大脑对话就证明了精神错乱！她久久地看着汉斯，然后依偎在皮埃尔肌肉发达的长手臂之间，说服自己这两个人是真实的，大脑没有臆造出这两个救世主，她不是在做梦。

维姬仍在默兹河畔的狭窄小道上加速行驶。她绕过一个空荡荡的露营地,经过一个荒废的小河港,然后重新回到河边,来到一条笔直的沿着运河的路上。布丁狗再次提速……然后在一个走在人行横道第一条斑马线上的行人面前突然紧急刹车。

妈的!

安全带勒住了纳内斯的脖子。埃蕾阿紧紧抓住她的舞蹈家的手臂。维姬咒骂了一声,忍住了向那个胳膊下夹着面包棒的驼背老人按喇叭的冲动。他刚走过了人行横道的一半,司机就又踩下了油门。

"等一下!"

汉斯几乎是喊了起来。

"等等,维姬。我想我已经修好了。"

他把卡斯帕直挺挺地放在他的腿上。

"只要按一下它的心脏,就能让它入睡或者让它动起来。"

他把手掌平放在木偶的胸部。这个自动木偶先是轻轻地摇头,就像一个还没有睡醒的小孩。它那因为沉睡太久而麻木的四肢,开始慢慢地移动。它的灰色眼睛亮了起来,嘴唇开始动了。

我出生于1977年1月29日。正在聆、探寻我的故事的你们,可能会觉得难以相信……

我在做梦吧?大脑说,还是那个娃娃刚刚说话了?

"你不是在做梦!"埃蕾阿恼火地说,"现在闭嘴吧!"

342　　　　　　　　　　　　　　　　　　Trois vies par semaine

它的开端犹如一个童话，木偶继续说，我的母亲为我的降生准备了一份最不可思议的礼物：她给了我三种人生！

自动木偶的嘴一张一合，嘴型与它所说的话并不能对起来。

从记事起，我就发现我能够从一种生活转换到另一种生活……

59

艾蒙四子观景台停车场，默兹河畔博尼

"愚蠢！"克里斯托夫简短地写道。

他尽可能地试图保持冷静。他看着洛拉向一个死胡同跑去，一块长长的空地，尽头是一个陡峭的观景台，或者，如果她改道了，就是四座山峰，一个五岁的女孩不可能爬上去。她走不远，她被困住了。

"这个女孩与我们的事情没有关系，"阿莫斯解释说，"她不是米娜的孙女。"

克里斯托夫什么也没说。他下了车，尽量不让自己的动作过于粗暴，关门时不要太用力，不要给阿莫斯留下任何可能暴露他紧张的声音线索。

"她比我们快，"阿莫斯肯定地说，他仍然坐在斯柯达车的后座上，"你追不上她的。"

克里斯托夫打开后备厢，不慌不忙地把塑料盖平放在后车窗上。他用计算好的速度缓缓拉着长长的拉链，这样他的弟弟就能清楚地听到每一个链牙打开的声音，就像无休止的咬牙声，至少他是这样想象的。盖子一打开，他就把右手放在了突击步枪的枪托上。

"这个小家伙可能很快。但不会比 VZ58 快。"

克里斯托夫享受地看着他弟弟脸上扭曲的表情。这把 VZ58 是他们父亲的礼物。他的遗产！捷克斯洛伐克社会主义共和国是东欧阵营中唯一没有采用卡拉什尼科夫枪并生产自己的机枪的国家。

捷克的 VZ58 及其变种已经成为世界各地游击战的标准武器，但利博尔的这把是真正的原版,是利博尔用设法从奥地利偷运出来的全套詹姆斯·邦德录像盒与一名安全局高级官员换来的。

克里斯托夫掂了掂手中的机枪,感觉了一下它的平稳性和可操作性,然后把它挂在肩上,最后轻拍了一下。

"你和我一起去打猎吗?"

60

当布丁狗沿着默兹河飞驰时,所有人都虔诚地听着雷诺的故事。他的三重童年,他与纳内斯的相遇,他与米拉娜在医院病房里的最后一次谈话,利博尔·斯拉维克的信……

维姬心无旁骛地开着车。在她身后的汉斯把自动木偶放在他的腿上。埃蕾阿蜷缩在皮埃尔身边,似乎被赛璐珞嘴唇的动作催眠。

纳内斯在哭。

她明白,雷诺把他最后的秘密托付给了这个会说话的娃娃,就像他的母亲把秘密托付给她的洋片机一样:一个用她丈夫的声音说话的自动木偶,对她说话,对她……

"把它给我。"她突然对汉斯说道。

雷诺读完了利博尔的信,但她想倒回去,她想再次听到他故事的开头……

纳内斯,我的爱人……我从来没有想过用那另外两个身份来欺骗你!

汉斯把自动木偶抱在怀里,像个婴儿一样,把它递到副驾驶座位上。纳内斯小心翼翼地抱住了它。

我从来没有后悔过,放弃我的三重人生,与你一起,将它们合而为一……

纳内斯想,一定可以倒回去,与这个自动木偶对话。雷诺是微型机器人、人工智能系统、虚拟协助程序方面的专家:设计这样一个自动装置应该不会比开发一个可以对话的吸尘器、高压锅或冰箱更难。

你让我意识到,一种生活就足够了,一个家庭就足够了。

纳内斯把卡斯帕放在她的大腿上,端详着这个打扮成骑士的奇怪木偶。它似乎真的在小心翼翼地观察他们,像一只警惕的动物,希望能有人开口说话来驯服它。她等待着泪眼婆娑之间的短暂平静,俯身向它靠去。她弯下腰,直到与它的玻璃眼睛平齐。它那撩人的浅灰色眼睛……

"你好,雷诺。"

"你好,纳内斯。"自动木偶回答。

眼泪一下子涌出了纳内斯的眼睛。

"我爱你,雷诺。"她在两次啜泣之间喃喃自语。

"我爱你,纳内斯。"自动木偶回答。

真是不错,大脑评论道。

你没心没肺,埃蕾阿教训它,一边依偎在皮埃尔身边。

他们疾速穿过勒万镇和它在默兹河上的双桥。在他们的正前方,页岩山峰林立在长长的山丘上。雷诺丧生的地方——艾蒙四子观景台就建在其中一座山上。纳内斯再次低下湿润的眼睛看向那个傀儡骑士。

"我需要知道,雷诺。你为什么要去那上面?"

自动木偶纹丝不动,哑口无言。

"向我发誓,雷诺,"纳内斯坚持说,"你没有相信你父亲的那封信。你没有落入这样一个赤裸裸的陷阱。你不相信他,你没有再联系他。"

没有回答。

"问它一些不太复杂的问题。"埃蕾阿建议。

卡斯帕等待着,一动不动,安安静静,浅灰色的眼睛睁得大大的。

做得很好。但还不是很完善。

埃蕾阿努力闭紧她的嘴唇。她觉得似乎每个人都能听到她的大脑对她说的不合时宜的评论。纳内斯正要重新表述她的问题,换一种方法以重启这场奇怪的对话,但维姬,眼睛紧盯着道路,怒气冲冲地说:"该死的,您意识到您在和一个娃娃说话吗?给我们留下一封信不是更容易吗?这是怎样疯狂的一家人,居然通过木偶来交流?"

纳内斯用手臂环抱着卡斯帕,像是要保护它。

"雷诺已经死了,"她平静地回答,"而这个自动木偶就是他的遗嘱。这和由一个大腹便便的公证人宣读密封文件一样。"

汉斯和皮埃尔只是听着,就像两个哑巴幽灵。自从卡斯帕开始说话,他们就没有再说过一句话。

他们正在进入默兹河畔博尼。维姬突然急刹车。一群十岁左右的孩子正三三两两地从桥前过马路,从运动场返回学校。纳内斯在自动木偶翻倒在她身上之前抓住了它的腿。她稳住了它,犹豫着要不要继续询问。尽管卡斯帕没有回答她的任何问题,它讲述的故事仍然有助于还原一部分真相。自从雷诺读了利博尔的信之后,已经六年过去了。那么他应该没有那么天真。他没有联系过他的父亲,至少在读了那封信之后没有。

她看着向前伸展的曲流,沿河岸坐落的村庄,曲流上方树木繁茂的山丘上耸立着四座页岩山峰……然后她盯着后视镜里的汉斯和皮埃尔。他们又变得寂静无声,仿佛在他们的声音之后,他们的脸、他们的手、他们的身体将会依次消失。

然而雷诺还是去了艾蒙四子观景台,纳内斯继续想,四天前,去见他的父亲。

他的父亲正拿着一把CZ75手枪等着他,强迫他跳下去。利博尔注射的毒药终于扩散了，几个月，几年，六年之后？

布丁狗飞快地穿过默兹河畔博尼，开始爬上观景台的第一个弯道，车紧紧攀着边缘，在最后一刻刹车，一有机会就加速。纳内斯友好地将手放在维姬的大腿上。

"别担心。我们几分钟后就到山顶了。洛拉一定会在那里等我们。他们说不会碰她。"

她低头看了看自动木偶，埃蕾阿轻轻地拽了拽她的袖子。

"我认为卡斯帕只听得懂几个设定的词。它主要是为了播放一个录制好的文件而被设计出来的。"

就是一个磁带录音机。只是有头有臂。

纳内斯还在犹豫，像一个拒绝对话的固执的孩子一样盯着木偶，然后用手按住它冰冷的心脏。

"好吧，雷诺。给我们讲讲你接下来的故事。"

61

艾蒙四子观景台上的羊毛洞，默兹河畔博尼

洛拉在跑，以她最快的速度跑着，但草太高了。她看不到自己的脚，看不到自己的膝盖，就像在游泳池的水中行走一样，每一步都很沉重。

在游泳池里是跑不起来的！

但在草地上，可以。她别无选择，她得尽可能地逃得远远的，一边希望草不要再长高了，否则某个时刻她就站不住了。有些草茎已经比她的脸还高了，她不得不把它们推开，一言不发，不哭，尤其是不喊，她已经明白了那个白眼男人告诉她的故事：他们强迫被俘虏的小羊呼喊她的母亲，这样他们就可以杀死她。

她不能叫她的妈妈。她只是要逃走。

或者找一个地方躲起来。

或者……

她突然停了下来。

在离洞口只有几厘米的地方。

她在最后一刻看到了它，当她拨开眼前的草，像拨开一绺头发一样。再往前一步，她就会一头栽下去。

洞的周围布满了草、树和石头。它看起来很深，但洛拉一点都不想去验证。她踮起脚，转过身，但什么也没看到。那两个怪物离得太远了。但无耳男人会来追赶她，她很肯定这一点。她必须继续往前，走到洞的另一边，逃走。

她很遗憾卡斯帕不在这里。要不她就可以向它倾诉她的恐惧，或者只是和它说说话。

洛拉似乎听到身后有声音。她不能待在这里，她必须向前走，沿着悬崖的边缘。

她紧紧抓住最近的一根树枝，它晃动得太厉害了，然后开始一步一步地沿着悬崖峭壁走。她的心在疯狂地跳动。

这让她想起了以前在马尔热里德冒险公园的黄色独木桥上攀爬时的情景，那是为五岁以上儿童准备的，必须抓着网子才能到达滑梯。抓着这些树枝也不比那更难。只是她旁边的深渊更深……

……但只要走在这些石头上就可以。要小心她的脚放在哪里。不要……

她脚下的石头翻了。她的脚底打滑了。

她的手用尽全力拼命地抓着树枝，但洛拉没有足够的力量，她感觉到洞口像一根巨大吸管里的可乐气泡一样把她吸进去。她只是一个小小的、轻飘飘的泡泡，再也不会碰到地面，落入一个没有牙齿的食人魔的黑嘴里。

雷诺的故事

消失

2017 年 11 月

  我在医院的候诊室里坐了很久。我读了又读利博尔的信,每读一次,我就明白一个显而易见的事实:我不能相信这个素未谋面的父亲!即使他给我留下了他的联系方式,我也不能和他联系!

  自从我在布鲁诺·普鲁维尔搜集到的《真正的比尔森》上读到那篇捷克文章后,我就已经知道了母亲的悲剧。这些年,我的母亲为我安排三重身份,不是为了让我的天真毁掉一切。利博尔的那封信,是他承认了自己的弱点。他不认识我的脸,不知道我的姓名。他可以认为我随母亲的姓,杜瓦尔,但这个姓氏是如此常见。我查过了,仅在阿登省就有一百三十八个杜瓦尔。我想,为了让利博尔和他那两个该死的儿子没有机会找到我,为了安全起见,我只要搬家,再找一份工作,切断那几根仅有的可能把我和沙勒维尔联系起来的线,我就可以消失了。

  纳内斯对搬到阿登省一个偏远村庄的想法很高兴,因为她一直梦想着为她的小春苗们建一个更大的花园……虽然我没能说服她离开这个地区。否则,一切都会变得简单得多……

  我们的逃离保护了我们,纳内斯和我,但它并没有解决所有问题。我想到了利博尔在大火前的威胁:"我会找到你的,米娜。无论你在哪里!我会像你杀死祖扎娜一样杀死你。而在此之前,我会让你的孩子,以及你孩子的孩子饱受折磨,就像你让我的孩子遭受痛苦一样。"

  利博尔不仅怨恨米拉娜,或者是我,他还想报复我的孩子们!我读了又读利博尔信中的话:"阿莫斯和克里斯托夫也认识你的孩子们的面孔,他们是唯一与米娜同台的人。"

  我的两个儿子处于危险之中,比我更危险!杀手们现在知道了他们的名字和面孔。他们将毫不费力地追踪到阿克塞尔和罗宾。

Trois vies par semaine

纳内斯发出一声尖叫,并按了一下自动木偶的心脏将它关掉。她对卡在她膝盖之间的木偶喃喃自语,问了一些几乎听不见的问题。

"雷诺,如果我们搬去了另一个地区,什么事情会变得简单呢?这么多年来,你为什么不告诉我真相?你为什么不提醒我我们所面临的威胁?你为什么不告诉我关于我们的两个儿子的事情?"

纳内斯颤抖着,喘不过来气。汉斯和皮埃尔冲过来,同时俯身向她,向她的两只手伸出了手臂,直到她紧紧抓住他们的手指。

"你还好吗,妈妈?"

62

艾蒙四子观景台的羊毛洞,默兹河畔博尼

阿莫斯停了下来。他极其谨慎地在草地上走了大约五十米。穿过高高的草丛,他的白色手杖艰难地衡量着面前的障碍。

"我听到了一个声音。"这位盲人写道。

克里斯托夫走在他的前面。他也停下了脚步,步枪的枪管指向空中。

"什么声音?"

"一个人掉进井里的声音。"

克里斯托夫立即转过身来,盯着他的兄弟。他已经学会了从他脸上表情的变化来理解他的每一种感受,像他在触摸板上表达出来的感觉一样容易读懂。在他的漫漫长夜里,阿莫斯完全不知道当他微笑、苦笑或皱起额头时,他透露了什么。他还以为,他脸上的表情就像他的思想一样难以破译。

"她掉进了羊毛洞。"阿莫斯补充说。

他没有说谎,克里斯托夫对此确信。让他弟弟五官变形的恐怖是不可能装出来的。他真的听到了那个人掉下去的声音!

"这是个诡计,"克里斯托夫回答道,"那女孩只是把一块石头扔进了洞里。"

"她还那么小,不可能想出这种把戏!"

太小?五岁的孩子能够想出这种声东击西的把戏吗?会比一个被围捕的野兽有更多的办法吗?克里斯托夫毫无见解。

Trois vies par semaine

他举着自己的 VZ58，又开始向前走。前进了几米之后，他在羊毛洞的边缘停了下来。他向下望着深渊，喃喃地嘟囔着听不懂的话。那个女孩真的掉下去了吗，还是她躲在附近的某个地方？悬崖周围有足够的灌木和野生蕨类植物可以藏身。

"竖起耳朵！"克里斯托夫紧张地写道，"如果她藏起来了，只有你能听到她。"

洛拉屏住了呼吸。

一，二，三……

刚才，当她脚下的石头翻倒时，她以为自己会掉下去。她在最后一刻抓住了树枝，而石头还在继续往下滚。

九，十，十一……

洛拉屁股往下滑，离洞口只有几厘米远，而石头却消失不见了，被吞了下去。

扑通！

当它坠落到洞底时，它发出的声音就像一块被扔进烂泥的小石子。根本不是爆炸声，但它足以吸引无眼和无耳之人。无眼之人能听到一切，而无耳之人在监视他。

十四，十五，十六……

洛拉已经迅速爬了起来，藏在一棵树下，树枝又低又密，像个小木屋。一个娃娃屋，但她可以进去，如果她不怕擦伤自己，不怕流点血的话。

十八，十九……

她并不害怕。至少不怕擦伤自己的肘部和膝盖。

那两个怪物正在往前走。她可以看到他们。无耳之人在往洞里看。无眼之人停在后面,可能是为了避免掉下去。

二十!

洛拉终于能让自己喘口气了,长长的、无声的呼吸,就像只喝了一口水,因为水壶里的水已经不够了,然后又屏住了她的心脏、嘴巴和鼻子。

一,二,三……

雷诺的故事

隐形的线

2017 年 11 月

阿克塞尔和罗宾有危险!

这是我唯一关心的事情。保护我的两个儿子。

他们的整个求学生涯都在沙勒维尔 – 梅济耶尔度过。阿克塞尔在中心体育馆练习体操和舞蹈,罗宾踢足球,多年来经常去滑板公园和卡丁车俱乐部。他们一如既往地在城市里散步,与朋友聚会,落座在露台或音乐会上,没有任何理由躲藏。阿莫斯和克里斯托夫只需打听一下就可以认出他们。双胞胎。二十来岁。走起路来像关节不畅的木偶一样奇怪。最重要的是那两双令人难忘的灰色眼睛,那是他们的父亲和祖父的眼睛。要找到他们只需要几天时间。阿克塞尔和罗宾必须躲起来。很快、非常快。

他们已经到了懂事的年纪。他们已经到了可以知道真相的年纪了。

这个疯狂的想法开始萌芽。很快,也非常快。可能是因为我没有其他选择。阿克塞尔和罗宾需要另外两个身份。阿克塞尔和罗宾看起来和我一模一样,当我们拿出旧照片时会被误认为是我,这甚至还一度成为笑话。当我把米拉娜保存在车厢工场里的所有汉斯·贝尔纳和皮埃尔·卢梭的生活档案摆在我的车后座时,我意识到我的计划可行。

也许,实际上,米拉娜只是为了这个目的而虚构了这三个身份?一个给我,还有我的儿子每人一个。她的遗产。共享我的人生。

这是如此简单。我看着那些出生证明,那些身份证,那些驾驶证,那些学校的成绩单,那些旧的班级合影:完整的青年时代,真实而正式。我们可以肯定地说,那些照片上的人是罗宾和阿克塞尔。只有证件上的出生日期才能揭穿他们。二十年的差距。

在一些文件上,无论是手写、打印还是复印的,把 1977 年改成 1997 年,把 1979

年改成 1999 年，或者把 2000 年改成 2020 年，都不是很困难。对于其他更正式的文件，一个简单的丢失声明就可以拿到新的文件。如果这还不行，或者流程太拖沓，例如万一遇到警察查验，那就只需笑着解释说行政部门搞错了，打错了一个字，一个数字反过来了，一个有趣的插科打诨，汉斯或皮埃尔显然不可能有四十岁！"不是吗，警官先生？"

阿克塞尔、罗宾和我一起去了米拉娜的车厢工场。我们打开了洋片机，这个他们在整个童年时期帮助翻新的纸质剧场，他们听了祖母的故事。他们被她悲惨的命运感动得泪流满面。然后他们发现了这两个被尘封在箱子里的幽灵，汉斯和皮埃尔……他们意识到自己与他们是多么相似。

不仅是相貌上的，相貌上的相似还是次要的，尤其是其他方面……阿克塞尔与皮埃尔有如此多的共同点，诗人、舞蹈家、梦想家，而且雄心勃勃，而罗宾遗传了所有汉斯的特质，他对速度、隐逸、广阔空间、滑行和冒险的喜好……

没有偶然，从来没有。毕竟，每个父亲不都是在孩子出生前就想把自己最爱的东西传递给他们吗？把他青春的一部分秘密托付给他们？对一个父亲来说，是否有其他方法来重现已经逝去的东西？在他没能做到的事情上取得成功？抚平那些从未愈合的伤口？

我想，我并没有做什么。我只是努力将我的激情传递给我的儿子们。我很幸运，我有不止一种激情，每个儿子都有。没有嫉妒，没有偏爱。只有两根无形的、隐藏的线。

阿克塞尔和罗宾同意接受我以前的两个身份，但只有一个条件：这是暂时的！一个紧急住所，让他们和这些杀手之间拉开距离的时间。一旦宪兵将他们关进监狱，他们就会扔掉这些假证件。

我还加了一条：不能让纳内斯知情。阿克塞尔和罗宾已经二十岁了，他们可以随便找个借口，去国外学习，追随女朋友，甚至和我争吵。他们可以随时给她写信，并在我们搬家后不时地、悄悄地回来。简而言之，过一个独立的成年人的正常生活。但是告诉纳内斯这件事就等于把她置于危险之中。

我很抱歉，纳内斯，我很抱歉这些年来我一直在骗你。但是，哪个母亲在意识到自己的孩子面临如此大的威胁后，能够置身事外？能不感情用事，有所行动，从而可能会暴露一切？

纳内斯，你不能，你尤其不能。

我很抱歉。我不知道你是否能原谅我，但我想让你知道，我所做的一切是为了保护你们，你和我们的孩子。

六年来，一直到今天早上，我都以为我做到了。

63

艾蒙四子观景台的羊毛洞,默兹河畔博尼

克里斯托夫,仍然徘徊在羊毛洞的边缘,他已经走到尽可能远的地方。他靴子的钉子抓住深渊的边缘,他的脖子伸得长长的,试图看到深渊的底部。

在他的一生中,克里斯托夫从未感到过丝毫的眩晕。他不会掉下去……

……除非有人推他。

阿莫斯想这样做吗? 他弟弟的梦想只有这一个:摆脱他的哥哥,他总是不断地提醒他的承诺,他的责任,他们的复仇?

摆脱他?

阿莫斯一个人是无法应付的! 他和阿莫斯因为同样的创伤而结成同盟。这不是因为爱,而是为了生存。

然而,克里斯托夫忍住了转身去检查阿莫斯是否在靠近他背后的冲动。他努力专注于其他一切:他面前的黑洞、树木、灌木丛、被风吹动摇摇晃晃的茂盛的草。警惕任何细微的动静。

他等待着,然后终于退后了。没有任何东西在动!

"你说得对,"他一边写,一边把 VZ58 的肩带甩回肩上,"那孩子一定是摔下去了。没有诱饵我们也得设法应付,羊群很快就会到达。"

他原地转身。他的弟弟站在十米之外,泪眼模糊,脸部因痛苦而扭曲。不过,阿莫斯还是忍住了没有哭。医生很明确地说过,泪水会侵蚀他的角膜。

Trois vies par semaine

"你是个浑蛋!"盲人爆发了,"那孩子是因我们而死的!"

阿莫斯的愤怒似乎是真诚的。克里斯托夫笑了笑,放心了。

那么,这是真的了?他弟弟真的听到那孩子摔下去了?

"我同意你说的,"克里斯托夫写道,"她不应该死。汉斯·贝尔纳不是她的父亲,她的血管里没有流淌米娜的血。可怜的小羊,我只是想把她绑在木桩上,而不是牺牲她。是你,阿莫斯,是你为她打开了栅栏,是你杀了她。"

二十八,二十九,三十……

洛拉现在可以屏住呼吸更长时间了。

透过小屋的树枝之间,她看到无耳之人转头回去了。

他是最可怕的人!他是坏人!而他转过身去了……

"是时候了!"洛拉想。是时候离开她的藏身之处,径直向前跑。她可以随心所欲地发出声音,无耳之人听不到。她必须利用这个机会,远离这个洞,跑,跑得越远越好。

她再次检查了一下,无耳之人仍然在朝相反的方向走,他没有任何理由转身,然后她冲了出去。

她轻松地推开小屋的树枝,就像软化的监狱栅栏,稍稍蹲下前进了一点,然后一有机会就尽快直起身来。再拨开几根树枝,就可以开辟出一条野猪宝宝的路,她就可以全速冲刺了。再有三米,她就可以得救了。

她听到身后传来野牛的脚步声。

"不要转身,"她想,"快跑,一直往前跑。"

但是她转身了。

然后尖叫起来。

64

默兹河畔博尼

"坚持住,洛拉!"

维姬想的全是这个,救她的女儿,尽快到达那个观景台,通过每个拐角时她都是在最后一刻才刹车,她的手紧紧抓住变速杆,几乎没有听这个木偶的故事。开车,越开越快,即使在这条非常曲折的弯道上,突然换低挡,然后猛地加速,也只能节省几秒钟的时间。

汉斯鼓励她,他仅有的那只闲着的手放在维姬的肩膀上。

"坚持住,亲爱的。"

他的另一只手仍然握着纳内斯的手。她的母亲把自动木偶抱在胸前。她把两个儿子的手指握得更紧了。

"我的孩子们……我今天该怎么称呼你们呢? 罗宾和阿克塞尔? 汉斯和皮埃尔? 我不明白你们是谁,直到你们跳下去把我们从火中救出来。但在此之前,在车厢工场里,我有太多的疑问。您看起来那么年轻,维姬,您看起来更年轻,埃蕾阿。雷诺和一个与他的儿子们同龄的女孩一起欺骗我,这太不像话了。而且你们似乎很确定你们的汉斯和皮埃尔还活着。"

维姬仍然专注于道路。

"我的爱人不可能是雷诺!"她说,"当米拉娜告诉我们她的儿子是1977年出生的时候,我就明白了。我的汉斯只有二十五岁,雷诺几乎是他的两倍。"

"我的彼得鲁什卡也是一样,"埃蕾阿确认说,"当娜奶奶跟我们说到她的两个孙子时,我就明白了汉斯和皮埃尔是谁。"

纳内斯看着她的儿子和儿媳妇们,眼神中夹杂着温柔和钦佩。

"真想不到,我把你们当成了情敌。"

片刻间没有人说话。布丁狗的发动机随着维姬每一个急转弯而轰鸣。埃蕾阿率先打破沉默。毫无征兆地,她松开了皮埃尔的手,捏了一把他的大腿。

"话说我的彼得鲁什卡,说到你祖母的故事,你在巴乌的粉丝杂志上发表的最早的诗,那些让我爱上你的诗,不是你父亲写的吗?"

"呃,"皮埃尔结结巴巴地说,"这么说吧……我接过了家族的火炬。"

埃蕾阿又掐了他一下。

干得好! 大脑赞赏。

"我父亲保留了他的诗作,"皮埃尔解释说,"还有你手写的信。它们都被归档在车厢工场里。当我发现它们时,我被你们柏拉图式的书信交流所吸引……但当我遇到你时,我多么希望你们之间没有那么多的交流。"

花言巧语! 大脑认定。

埃蕾阿还是吻了她的彼得鲁什卡,这个理由是站得住脚的,它与短信取代纸质信件的时刻一致……但她忍不住又掐了他第三次。

"那你的世界巡回演出呢,我的彼得鲁什卡?"

"呃……嗯好吧……我其实真的很想去,相信我……但生活,呃,有另外的安排。我还差几年的训练……而我主要参加的巡回演出,怎么说,是省级的。"

"你不能向我坦白吗?"

"如果你知道我只是一个无名的舞者,一个初学者,直到二十岁

Part 3　　　　　　　　　　　　　　　　　　　　　　　363

才开始从事他热爱的事业,你会这么爱我吗?"

埃蕾阿在捏他和吻他之间犹豫不决。

"傻瓜!"

"然后,"皮埃尔开玩笑说,他放心了,"也许我完全有这个水平!但我怎么能拿着一本填错日期的假护照从悉尼到里约或纽约呢? 就像汉斯和他的卡车一样! 维姬,你以为他在布达佩斯或华沙,而实际上他是在米卢斯或克莱蒙费朗。"

"你能不能少说两句?"汉斯有分寸地评论道。

"四天前,"皮埃尔继续说,"爸爸死了,警察在观景台发现了他的尸体,我和罗宾,好吧,就是汉斯,我们明白利博尔和他的儿子们已经找到了我们。我们决定消失。我最后一次去给娜奶奶的车厢工场献花,我确定宪兵队会保护你,妈妈,然后我按照我们的约定,在弗洛拉克与汉斯会合。他试图说服我不要与你联系,埃蕾阿,以免让你陷入危险……但我怎么能让你毫无消息呢? 所以我设计了这次寻宝游戏,为了把你引到远离巴黎的弗洛拉克。在这个地方你会很安全,而且我们可以悄悄地留心你们两个人,因为维姬也会顺理成章地去那里。"

在接近另一个弯道时,维姬把方向盘转得太急了。

"我本来不同意!"汉斯为自己辩护,"如果那两个脸被烧伤的人能够找到我们,我们就必须切断与你们的联系!"

"当然,"皮埃尔讽刺地说道,"你就只会把一张日本明信片塞进维姬的信箱。我们两个人中,我一直更有想象力。"

也更会吹牛! 大脑补充道。

埃蕾阿希望她能掐一把她的大脑。它甚至比她的谎话情人更让她恼火。

"我们没有预料到，"皮埃尔继续说，"由于布鲁诺·普鲁维尔吐露了秘密，这两个脸被烧伤的人得以追踪到汉斯在弗洛拉克的踪迹。他们比我们快了一步，绑架了洛拉，当我们听到村民们的呼喊时，我们才意识到，绑匪肯定是沿着塔恩河走的。我们正准备光明正大地去追他们，这时我的手机告诉我，你正在接近，埃蕾阿……"

这个浑蛋给你定位了！

"我给你发了一张法耶桥的照片，这是通往谷底的唯一可通行的道路。你完全有机会在我们之前见到绑架洛拉的绑匪。至于之后发生的，你们都知道了……"

"不。"维姬温柔地反驳他。

"当你们决定来沙勒维尔时，"汉斯接着说，"我们只是悄悄地跟着你们。"

埃蕾阿拉着她的彼得鲁什卡的一只手。

"那么，我在公爵广场上看到的就是你，在巴乌的摊位附近？"

"是的，"皮埃尔承认，"我想我们不是很好的保镖。"

汉斯收紧了搭在维姬肩上的手指。

"这两个浑蛋，阿莫斯和克里斯托夫用他们的炸弹威胁欺骗了我们。我们的车停在了一个被警察封锁的区域。没有办法离开。我们最后找到了一辆出租车，把我们带到了旧铁轨停车场……"

"你们及时赶到，救了我们！"埃蕾阿微笑着拥抱她的英雄。

"不，"维姬说，泪眼婆娑，"还不够快，没有救出洛拉。"

唉，大脑说。

布丁狗车内的五名乘客再次陷入沉默。他们的眼睛紧紧盯着页岩山峰，大约还要再往上过十五个弯道，直线距离一百米左右。

纳内斯没有放开皮埃尔和汉斯的手。即使在维姬紧张地换挡时，她仍然紧紧抓住她儿子们的手指。她轻轻地靠向自动木偶，端详了一会儿他那件可笑的骑士装，用自己的胸口按压木偶的心，低声说：

"继续，雷诺。我需要了解。四天前，你独自去那里做什么？我需要知道你希望在那里找到什么真相。我需要知道杀害你的凶手的名字。"

65

艾蒙四子观景台的羊毛洞，默兹河畔博尼

克里斯托夫把洛拉从灌木丛中举起来，就像抓住一只笨拙的小猫。他看到女孩的眼睛里全是惊恐，咧着张大的嘴巴，牙齿漫无目的地咬得咔咔作响，她在试图咬他。

克里斯托夫不得不承认，这是他最喜欢的时刻。

当他的一个受害者的脸因恐惧而扭曲时，当她的喉咙里发出绝望的叫声时，一阵撕心裂肺的尖叫，一种求饶的本能反应，而这个哀婉动人的乞求在他身上滑过，就像一个没有杀伤力的武器，一把枪管里没有子弹的手枪。

他已经练习过很多次了，在兔子、狗、猪和猫身上。

然后，也只有在这时，当他想象着奄奄一息的受害者难以忍受的呜咽声、怒吼声和喊叫声时，克里斯托夫把他的世界的寂静当作一种祝福来品味。一个安宁的世界，没有什么能打扰它。甚至死亡的喧嚣也不能。

洛拉在他的怀里继续挣扎，用她的拳头和脚使劲踢打，但二十公斤的她对九十五公斤的他，根本不是对手。

当他们离开羊毛洞时，他看到了阿莫斯红红的眼睛。他的弟弟一丝不苟地擦拭着他的眼睛，他的眼皮周围有一种强烈的灼热感，这种灼热感只有在长时间痛苦的发烧之后才会消退。

"你怎么能听到她的声音？"盲人写道，"你背对着她！"

为了回答，克里斯托夫不得不把洛拉夹在他的胸膛和手臂之间。

"我背对着那个女孩，但我面对着你。我在观察你。我知道，如果你听到那个女孩的话，你的脸会出卖你。你是我的耳朵，永远不要忘记这一点。"

阿莫斯的眼睛又一次湿润了，但这一次他忍住了眼泪。盲人愤怒地举起了他的 InsideOne 平板。有那么一瞬间，克里斯托夫以为他的兄弟会把它扔出去，或者把它摔在脚下，把它踩碎。

"别担心，"他急忙写道，"我还是会遵守我的诺言。我会放过这个女孩的……只要她扮演好她的角色。"

……

"跟她谈谈，阿莫斯。让她放心！向她解释说，我们要把她绑在其中一棵树上，就几分钟。她的妈妈和爸爸很快就会到了。她所要做的就是大声地叫他们，他们会来救她。"

渐渐地，洛拉平静了下来。由于拼命地拳打脚踢，她已经筋疲力尽了。

"那我们呢？我们要去哪里？"

克里斯托夫抬头看了看草地上方的四座页岩山峰。传说中被石化的艾蒙的四个儿子。他的弟弟无法欣赏那些以同样的气势耸立着的比树木更高的岩石的野性力量，更无法想象它们形成了理想的瞭望位置。

"去上面。在第一块岩石的上面。从这个哨塔观察，我们就不可能错过他们。"

雷诺

超级英雄的服装

2023 年 9 月 14 日，星期四

我以为我们得救了。六年过去了，利博尔和他的儿子们没有任何消息。我经常重读他的信，我相信我父亲是真诚的，他已经放弃了他的复仇，复仇已经随着我母亲的死亡而结束。或者更理性地说，我告诉自己，利博尔和他的儿子们毫无办法找到我们。他们不知道我的地址，也不认识我的脸，我的名字，更不知道纳内斯的名字。他们只有我儿子们的脸这一条线索，但他们现在已经远离了沙勒维尔。

罗宾变成了汉斯，而阿克塞尔变成了皮埃尔。罗宾受雇于一家小型公路运输公司。他喜欢在车上度过他的一生。阿克塞尔加入了我曾经待过的第 18 区舞蹈俱乐部，在上课、断断续续的演出和报酬不高的地区巡演之间奔波。

罗宾在路上跑，梦想着成为一名飞行员，阿克塞尔斟酌着文字，梦想着成为一名诗人。他们俩似乎都不急于放弃新的身份，而这些新的身份只能是一个插曲、一个暂时的避难所。罗宾更喜欢自己是汉斯，而阿克塞尔更喜欢自己是皮埃尔……

特别是在他们遇到爱情之后！

每个人都以他自己的方式。对罗宾来说，是水手的爱情，而阿克塞尔，是小说式的爱情。有时他们给我打电话，迷失在他们的谎言中，深陷在这种双重身份中。汉斯会跟我谈起维姬和洛拉，那个叫他爸爸的小女孩，为了她，他已做好任何准备，甚至停止开车。皮埃尔和我说起埃蕾阿，他通过我的诗认识的那个年轻的阿斯伯格女孩，他不敢向她坦白真相。

我愚蠢地回答他们说，当我们爱一个人的时候，当我们真正爱一个人的时候，他总是会为自己虚构一个角色，创造一个值得被世界上最非凡的女人所爱的替身。我们会为自己编造一些品质，舍弃自己的不足。爱，就是每天早上穿上超级英雄的服装，让你的爱人大吃一惊。

是的，我真心地以为我们得救了。当纳内斯昨晚拉着我的胳膊，我甚至打算在她的生日那天向她坦白。

"看！"她说。

萨沙和莱娜，她的两个小春苗，正在花园里的转盘上玩耍。夜幕轻轻笼罩在阿登山脉上，一轮红日映红了冷杉树的地平线。在我们的房子前面，沿着女贞树的树篱，一个人停了下来。

"你看到他了吗？他的脸？哦，我的天啊……"

一个重度烧伤患者！

阿莫斯还是克里斯托夫？我不知道。我只知道斯拉维克这家人找到了我们，而且他们想让我知道。他们并没有放弃。他们只是经过，但信息很明确。任何地方、任何时候，他们都可能回来。

我告诉纳内斯，我第二天要去卢森堡，我等她睡着了，然后拿着我父亲的信和电话走到花园里。我坐在秋千上，让我的脚轻轻晃动。

LoukaSK@yahoo.fr, 07 11 26 36 31
这不是一个陷阱，这是我向你伸出的手。

我打了电话。第一声铃响之后，我父亲就接了起来。仿佛他已经在电话旁等着我的电话，等了六年了。

是为了重启战争？还是为了结束？

那是在昨天和今天之间，大约午夜时分。我的故事到此结束。我录下了最后这几句话，独自坐在车里，在一个写着"距艾蒙四子观景台还有四公里"的牌子前。

再有不到十分钟，我就将到达那里。我把车停在一个邮筒前。当我一会儿结束用这个手机录音后，我会把 SIM 卡塞进副驾驶座上的小信封里。

巴蒂斯特·马鲁 – 巴乌书店
威尼斯街 3 号
75004 巴黎

由于他一直在销售我母亲和我做的木偶，那些稍加改进会说话的娃娃，巴乌会知道把我的秘密托付给哪个娃娃。也许是我给洛拉的那个，就是汉斯收养的那个小女孩，如果我没能从山上下来，我就永远不会认识她。

这是我不能排除的一种可能性。

利博尔和我相约在观景台见面，在天刚黑的时候。我们肯定会在那里单独相处。

在听我说话的你们，也许会认为我很天真。

知道这整个故事的你们，很想阻止我。你们会向我保证这是个陷阱，利博尔·斯拉维克不可能改变。你们会试图说服我……

说服我什么？

不要接受我父亲伸出的手？

不要相信他？不要相信他以自己的方式爱着米娜？

甚至，就算事实并非如此。我还有什么别的选择？

再次逃跑？

继续若无其事地生活，将我的家人暴露在最不可预知的危险中？

原谅我，纳内斯，原谅我，阿克塞尔、罗宾，我必须保护你们。

我应该相信宽恕，我应该相信赎罪，我应该结束这个诅咒。

尽管在你们看来很奇怪，是的，我相信我明天会出现，纳内斯，为你庆祝生日。是的，我相信我父亲在信里是真诚的。是的，我相信他不会杀我，而且会命令阿莫斯和克里斯托夫也不要这么做。我认为他更害怕我，超过了我害怕他，因为这个可笑的预言。

我要走了，这一次。我必须在山脊线上的四座山峰消失在夜色或雨中之前爬上去。我正在走向我的死亡，或者走向新的生活。无论我发生什么事，我希望你们知道。

我爱你，阿涅斯，我从未想过会如此爱一个人。

我爱你们，阿克塞尔和罗宾，你们是两个意想不到的奇迹。

我为你如今的样子感到如此骄傲。当你们的孩子们拾起你们曾经放弃的梦想，打扮成你们曾经的样子，就仿佛你们从未真正死去。

罗宾，阿克塞尔，照顾好汉斯和皮埃尔，他们只是破布孤儿，是我过去的幽灵，他们会比我活得更久，它们脆弱而不朽，就像木偶一样。

自动木偶不再说话了,这次是彻底的缄默。

"我爱你,雷诺,"纳内斯喃喃自语,"我从未想过会如此爱一个人。"

维姬突然停车,拉上了手刹。没有人注意到他们已经到达了观景台的森林停车场。

在他们的车旁边,停着一辆斯柯达柯珞克。

里面没人。

维姬以最快的速度解开了她的安全带。汉斯试图拉住她的一个肩膀、一只手和一片衣服,但她更快。维姬已经冲出了汽车,直奔前方冲刺。

"洛拉!"

他们竭力想跟上她的步伐。布丁狗的车门一直大开着。纳内斯把她的一只脚先放下来,皮埃尔帮助埃蕾阿扭动身体,费劲地挣脱出来,汉斯冲刺着去追维姬。

"妈——妈?"

女孩的哭声让他们血液都凝住了。

一声撕心裂肺的求救声。

洛拉就在那里,就在附近,在前方一百米处。

他们不假思索地冲了上去。只有大脑试图阻止他们。

这是个陷阱!而你们却往里面冲。

66

艾蒙四子岩石，默兹河畔博尼

克里斯托夫站在最佳的观察位置上。艾蒙四子的第一块岩石是狙击手的理想位置。他把 VZ58 的枪管稳稳地架在一块页岩石板上。在这个山顶上，自己不会被看到，却能俯瞰全场，从瞭望台到停车场，当然还有平原中心的羊毛洞。

那五个人刚刚从车上下来，离他不到两百米。他的机枪射程至少是这三倍，在这个距离上射击他们不会有问题。

剩下的就是选择从谁开始……

瞄准器落在离叫着"妈妈"的小羊最远的那个人身上。

阿涅斯·杜瓦尔。他们的弟媳妇……

光是这个称呼就让克里斯托夫笑了。不得不说，她让他们吃了不少苦头！他和阿莫斯，他们只能依靠姓氏这一条线索。杜瓦尔。米娜到法国时选择的姓。仅在阿登这一个省就有一百多个。他们全都找了一遍，然后挨个接近他们，花了几年时间才找到他们要找的那对夫妇。阿涅斯和雷诺·杜瓦尔。他们只能通过侦察周围环境和给菲代勒堡的商家打电话来确定：一个长着灰色眼睛的男人，已婚，在镇上住了五年多，是两个成年男孩的父亲，关于两个孩子的描述与米娜的两个孙子相吻合，就是克里斯托夫在公爵广场的舞台上看到的那两个。

克里斯托夫把瞄准点调整得更加精确，正好对准了阿涅斯的心脏。他知道，只要他开了第一枪，羊群里的其他四只羊就会散开。他必须要快，连续射击，尽管在观景台的平台上，在停车场和羊毛洞之间，无处躲避从天而降的闪电。

他最后一次看着维姬·马尔修向她的女儿跑去,汉斯试图抓住她,埃蕾阿和她的彼得鲁什卡以巴黎歌剧院舞蹈班的年轻学生一样可笑的优雅姿态在草地上跳跃。

几秒钟后,一切都将结束。

与他和弟弟所忍受的痛苦生活相比,他们的死亡将是甜蜜的。

他的手指抚摸着扳机,他准备好了。

同样稳稳地放在岩石上的触摸板在他的手腕下振动着。

"等等。"阿莫斯写道。

阿莫斯不会动摇,他已经决定了。阿莫斯不会干涉。他只是让克里斯托夫答应放过那个女孩。对于其他人,他将视而不见。

他已经习惯了!生活在漫无尽头的黑暗中,有一个好处,就是给罪恶蒙上一层黑纱。再说,什么罪恶?他只是服从父亲的命令。

他还记得他的原话。

"如果我没有回来,而你听到一声枪响,只有一声,那么你们就必须继续我们的复仇。你们必须让雷诺·杜瓦尔,他的孩子,还有他孩子的孩子,所有流着他血的人遭受痛苦。"

"我保证。"阿莫斯曾发誓说。

那天晚上只有一声枪响,而利博尔再也没有回来。

他在斯柯达车里,在森林停车场的橡树下,徒劳地等待着他。克里斯托夫出去小便时,突然下起雨来。它再也没有停止过。整整四天。大雨倾盆而下,仿佛所有系着他们父亲生命的线都从天而降。然后克里斯托夫回来了,打开车门,拿起一个手电筒,给他写道。

"跟着我。"

"爸爸叫我们在这里等。"

"跟着我,我告诉你!"

他们艰难地在泥泞和雨中前行。当他们到达观景台时,克里斯托夫向他描述了现场的情况,他用一盏微弱的灯光照亮了现场。

利博尔和雷诺双双从护栏上翻下,落在二十米以下的岩石上。这样的坠落不可能生还。克里斯托夫把手电筒给了他。

"照着我。"

阿莫斯把它对准正前方。

"低一点。"

阿莫斯放下手臂,然后像泥塑一般站着不动,像灯塔一样僵硬。

他听到克里斯托夫爬上了护栏,小心翼翼地往下,紧紧抓住树木,喘着气,低声抱怨,时间似乎停滞了。

"是他吗? 他死了吗? "

阿莫斯听到了克里斯托夫为抬起尸体所做的每一次努力。利博尔,八十岁,再也不是曾经那个波希米亚食人魔了。他的身体像橄榄树的树干一样蜷缩起来,虬结而瘦削。克里斯托夫把他们父亲的尸体放在观景台附近的草地上,筋疲力尽。

阿莫斯起初并不愿意相信。

利博尔,死了?

然后他摸了摸他,认出了他的皮肤、他的手、他的脸、他的头发,他身体上的每一个细节,虽然已经被雨水浸透。

利博尔,死了!

阿莫斯摸索着在尸体上寻找,在他的心脏跳动的地方,在他的眼睛闪亮的地方,在他的生命萌发的地方,在他的思想萌发的地方……但他没有发现弹孔。利博尔不是被枪杀的。

"只有一声枪响。"

利博尔打死了他的儿子,然后跳了下去。他们一起死了。预言已经实现,但复仇仍将继续。

他和他的儿子谈了些什么?他们有没有争吵?利博尔是否等待着从雷诺口中说出道歉、原谅,或者随便什么话,一个从未出现过的父亲?难道他只得到了唾弃吗?这就是他跳下去,让诅咒实现的原因吗?

克里斯托夫没有问自己这些问题,或者至少,没有把它们写出来。他把他们父亲瘦骨嶙峋的尸体抬到斯柯达车的后备厢里。他们尽可能地抹去了自己的脚印,捡起了掉在观景台上的手枪,没能找到CZ75,然后驶入了夜色中。

一个没有尽头的黑夜,但阿莫斯现在已经习惯了。

"母亲已经死了!"克里斯托夫边开车边写道,"儿子也是!剩下的就是要让孙子们付出代价。那是爸爸跳崖时给我们交代的任务。"

一路上,阿莫斯一直在哭,一直哭到他的眼睛被烧伤。这不是一种说辞,他的肌肤真的溶于泪水的酸液中。他怎么能抗议?争论?摆脱这无尽的黑夜?

一声枪响。他答应过。

触摸平板在他的手指下再次振动起来。克里斯托夫开始不耐烦了。

"等什么?"

剩下能做的就是拯救可以拯救的。阿莫斯憎恨自己。

"只杀这几个男人,"他写道,"女人与此毫无关系。"

"你怎么知道她们的肚子里没有孩子?"

阿莫斯被这个恐怖的消息吓了一跳。他是否低估了哥哥的疯狂?克里斯托夫会冷酷无情到什么程度?阿莫斯能用什么来反对他?他的意志匮乏?他的软弱?

他正准备写啊写啊,仿佛盲文可以拖延悲剧,但他听到了克里斯托夫率先发出的敲击声。

"不要再给我发消息了!我必须集中注意力!"

下一刻,平板被敲碎在石头上的声音炸开了。

阿莫斯愣住了。他的哥哥刚刚切断了他们唯一的交流途径。他们唯一的联系!玻璃破碎的声音之后是可怕的寂静。阿莫斯除了听到黑暗中某处小羊羔的哭声外,什么也听不到。

只杀这几个男人。

克里斯托夫将VZ58的枪管稍稍偏转,将目标瞄准在皮埃尔的额头上。

阿莫斯说得对,最好从男人开始。女人接下来会更容易被射杀。

阿涅斯·杜瓦尔跑得最慢,维姬·马尔修不会放开她女儿的手,而那个漂亮的埃蕾阿也不会放开她的彼得鲁什卡。

克里斯托夫再次放大了红色圆点,直到它在瞄准器中完全清晰,在舞蹈家的两只灰色眼睛上方一点。很轻松,男孩几乎静止不动了。他在等待他的小情人,她正在高高的草丛中挣扎着前进。

让她放心吧,会轮到她的。

Trois vies par semaine

克里斯托夫最后一次转过身来，看看阿莫斯是不是在逗英雄。他很肯定，他的弟弟把头夹在两腿之间，一蹶不振，堵住耳朵，似乎继视力之后，祈祷他的听力也被夺走。

克里斯托夫重新调整了自己的位置。那个舞蹈家没有动。他的文身芭蕾舞女演员已经停下来，可能是因为维姬和她的卡车司机已经找到了洛拉。汉斯比维姬高一个头，比他的女儿高五个头，所以要瞄准他而不打到那个女孩并不是很困难。他答应了阿莫斯，但不能保证女孩能全身而退不被血浆溅到……她不必抱怨，血迹不是烧伤，会褪去的。

他的左手平放在枪冷冰冰的金属上，以确保其稳定性。舞蹈家将是第一个上天的人。他的脸显示在瞄准器中，是特写镜头。他试着不去关注那双灰色的眼睛，利博尔的眼睛，他自己的眼睛，还有在火灾之前阿莫斯的眼睛。

他的食指扣紧扳机。

他知道，引爆不会发出任何声音，他们都会像无声电影中那样纷纷倒下，所缺少的只是慢镜头，让人的情绪得到充分释放。

现在，开枪吧。

他的肚子传来一阵剧痛，他有那么一刻一动不动，没有意识到。

有人开枪了，在他之前。子弹打穿了他的肚子。

在他的胸口和肚脐之间有一个明显的洞。一朵不真实的红色之花在他敞开的皮夹克下越来越大。

克里斯托夫把手按在衬衫上，血从他的手指间淌过，然后他抬起头，拼命寻找狙击手从哪里打的他。狙击手一定是在一个俯瞰他的位置,在艾蒙之子的另一块岩石上。

克里斯托夫瞪大了眼睛。

他已经神志不清了吗?

在每座山峰上,他都能看到十来个蓝色的身影。

警察,穿制服的警察!

而在这支军队的中间,一个棕色的身影正活跃着,她的嘴对着一个扩音器,喊着他听不到的话语。

凯特尔·马雷尔上尉,比以往任何时候都更生龙活虎!

克里斯托夫本能地忍着疼痛,钻到页岩石块后面藏起来。阿莫斯也爬进了岩石的缝隙中。他的左手立即按到他哥哥的手上面,帮助他止血。盲人的右手没有放开触摸板,他的手指在跳舞,翻译着复活过来的女宪兵的命令。

投降吧。

你们被包围了。

放下武器。

他焦躁不安地写着这些话,克里斯托夫再也读不了了。他的平板被扔在他们脚下,在玻璃和岩石的碎片中间。

几声喝令警告的枪声让他们周围的页岩石板再次被打飞。阿莫斯更用力地按着他哥哥的伤口。血不再流了。他们两个手掌合起来形成了一个足够的止血带。就目前而言。

克里斯托夫龇牙咧嘴,拉着阿莫斯的胳膊,好靠近那唯一仅存的平板。他把自己血淋淋的手放在弟弟的手上,写下一连串黏糊糊的点和线。

"你向我发过誓,说那个女警察的心跳停止了。"

兄弟俩的十个手指在平板上交错着。

"你是我的耳朵,阿莫斯,我的耳朵背叛了我。然而我信任它们。盲目地信任。"

阿莫斯用尽全身力气按住他哥哥张开的伤口。如果他能让时间倒流就好了。

"我只是想……放过她。"

"怜悯没有任何好处,阿莫斯。你想救她,却杀了我。"

滚烫的血液,冰冷的屏幕,张开的血肉,震动的屏幕。他们的四只手触碰在一起,交流着,同属一个身体,信赖相同的感觉,保护着相同的生命器官。

"我很抱歉,克里斯托夫。都是我的错。"

阿莫斯突然感到他哥哥的伤口又开始流血了。他放下平板,把两只手都按上去。他尽可能地用力。他可以就这样坚持几个小时、几天、一辈子。

克里斯托夫又一次把平板塞到他弟弟的手指下,强迫他读他所写的东西。

"不,阿莫斯,是我感到抱歉。在我最后一根线断掉之前,我有一个故事要告诉你。我是你的眼睛……你盲目地信任它们。然而我却背叛了这份信任。"

67

艾蒙四子观景台的羊毛洞，默兹河畔博尼

纳内斯抬头看了看耸立在丛林之上的四块页岩石。

"这是什么？"

"一声枪响，"皮埃尔立即回答，"那上面！"

"洛拉！"维姬喊道，"卧倒！"

汉斯扑到她身上。

"你压到我了，爸爸！"女孩抗议道。

皮埃尔也做出了反应，抓住埃蕾阿的手，强迫她卧倒在蕨类植物中。

那是 HK G36 K 发射的！大脑低声说。

"国家宪兵队的武器，"埃蕾阿喊道，"是警察开的枪！"

纳内斯也蹲在草丛中，但她不顾一切，把头伸出来。

"是凯特尔！她收到了我的信息！"

汉斯仍然按住洛拉和维姬，在离羊毛洞有几米远的地方。

"你给她打电话了吗，妈妈？我以为我们不应该联系……"

"算了吧，亲爱的，"维姬用喘不过来气的声音说，"如果你妈妈没有报警，我们都已经死了。"

68

四天以前

艾蒙四子观景台的停车场，默兹河畔博尼

阿莫斯和克里斯托夫在斯柯达车里等着。寂静无声。沉默的平板。焦虑不安。他们的父亲，带着他的CZ75自动手枪，出发去见雷诺·杜瓦尔，到现在已经好几分钟了。阿莫斯首先听到克里斯托夫有动静，表现出了他所了然于心的所有不耐烦的征兆，手指关节咔咔响，呼吸加快，手势不受控制，然后他的哥哥突然打开门，伸出了一只脚。

阿莫斯以最快的速度敲打着盲文平板。

"你要去哪里？"

"去撒尿！"

"我不相信你。"

"随便你……无论如何，你听到了爸爸说的话，你留在这里。听着。然后数着。一声或两声枪响。在此期间，我出局。就像一如既往。"

克里斯托夫知道这是最好的托词。让他的弟弟感到内疚。提醒他，他才是被偏爱的儿子，他才是他们的父亲委托警戒、监督、决定的那个人。他，克里斯托夫，在他父亲的眼里，只是一条被拴住的疯狗。每次他玩弄这根敏感的心弦，每次他按下这个隐秘的可能会打破他们兄弟间默契的嫉妒按键，阿莫斯都会急忙让他安心……让他做他想做的事！克里斯托夫想，在一对夫妇中，总是有一个人抱怨，而一个人感到内疚。而在每一次危机中，前者总是占上风的！

克里斯托夫离开斯柯达向观景台走去，沿着他父亲宽大的脚印。夜幕还没有完全降临。一弯新月似乎已经从蜿蜒的曲流上方跳出来。这是皮影戏的时间，黑色的树像吸血鬼的身影，没有眼睛和笑容的身体，伟大的木偶师最喜欢的时间，如果它存在的话。这时，巨大的白布可以铺开，被照亮到让人睁不开眼睛的地步，这样，在它后面只留下侧面轮廓的哑巴演员，就可以表演了。

克里斯托夫小心翼翼，不敢靠得太近。他找到了一个理想的观察位置，离观景台大约一百米，被草地边上的荆棘掩盖，这时开始下雨了。一场电影中的雨，仿佛是一个导演所定制的，他觉得阴沉的暮色、舞台的布景、演员的疯狂还不够。一场不会持久的人造雨，这就是克里斯托夫所想的。然而，它已经下了四天了，没有停止过。

伟大的木偶师在特效方面使出了浑身解数。

编剧也全力以赴。

他一定很喜欢悲剧，真正的悲剧，那些不向荣誉妥协的悲剧，那些英雄最终总是要在最后的决斗中对峙的悲剧。

站在观景台上，在艾蒙四子雕像的脚下，利博尔和雷诺面对面互不相让，各自用手枪对准对方。

爸爸错了，克里斯托夫想。这个雷诺·杜瓦尔，这个预言里说要杀死他的被诅咒的儿子，已经带着武器来了！

当然了……

雷诺·杜瓦尔没有疯。他已经躲藏了这么多年，改变了自己的身份，被他的杀人犯母亲从波希米亚带到了阿登地区。她教给了他被围捕的动物的警惕。这个雷诺不是来赎罪的,不是来道歉的,他是来保护他的家庭的。他也一样,为了结束这一切。

克里斯托夫眯起眼睛。雨水顺着他的脸流下来。他喜欢水流过他烧伤的伤疤。他喜欢想象这些水滴正与侵蚀他的火焰作斗争。他可以在淋浴头下,在倾盆大雨中待上几个小时,只是希望命运会逆转,他的脸会回到曾经的样子,以前,那个有着蜜糖般肤色和奶油咖啡色的眼睛,勾引着波希米亚女孩的男孩子。

克里斯托夫全神贯注。透过水滴,他可以看出父亲脸上的每一个表情。随着时间的推移,克里斯托夫已经训练自己看得更远、更准确,以更快的速度调整清晰度。如果听觉在失明时会得到发展,为什么视觉不能在失聪时变得敏锐?

然而,克里斯托夫几乎无法相信他所看到的一切。

他的父亲在微笑!利博尔正与他的儿子交谈,没有放下瞄准的枪,但是很放松,就像久别重逢的老朋友那样。克里斯托夫从来没有如此懊恼过,他听不到任何声音,他只能从远处看一部无声的电影,他不得不在脑子里编造合情合理的话,因为他无法从他们的嘴唇上读出来。

从他父亲微笑的真诚度来看,这些话里没有仇恨。

从他手势的轻柔度来看,是和解的话语。

从他眼睛里闪烁的光芒来看,甚至是爱的话语。

克里斯托夫把自己的嘴都咬出血了。粉红色的珠子,被雨淋湿了,滚落在他的脖子上。他弄错了!他一定是弄错了!他的父亲在演戏,以便更好地让这个雷诺中计,保护自己不受这个弑父儿子的伤害。

Part 3

似乎是为了更好地打消他的这种想法,利博尔突然张开双臂,摆出了一个十字架造型。一个和平的姿态。如果对方拒绝拥抱,则是牺牲的意思。他手上的CZ75自动手枪现在指向了天空。雷诺,站在他的对面,犹豫不决,脸上始终无动于衷。

利博尔坚持,把手举得更高。

他的手势,这一次,不难翻译成文字。克里斯托夫可以猜到他父亲在说什么,他的脸被雨水打湿了。

"来吧,雷诺,让预言实现。开枪吧,让一切都结束。"

他们的父亲只是想让自己的命运在这里找到一种意义,以确保他的一生不只是一团糟,确保在比尔森的泥土和灰烬中至少有一朵花长了出来。他不仅养育了两个怪物,两个脸被烧伤的白痴……他还会有一些美丽的东西留下。

克里斯托夫明白了。这些年来,他们的父亲一直在利用他们!他把复仇像一块可以啃的骨头一样悬在他们面前。而他越是在他们身上激起仇恨,他自己就越得到解脱。而他就越憎恨他们。

利博尔闭上了眼睛。

"开枪吧,雷诺。开枪吧,我的儿子。"

雷诺没有开枪。

他一直用枪指着,警惕地,寻找着陷阱,打量着每一个眼神,听着每一句随风消逝的话……

然后,就像利博尔突然张开双臂一样,雷诺也张开了他的双臂。

他直直地盯着他的父亲,这次他笑了,并做了一个播种者的手势,把他的武器扔进黑暗中。

他不会是那个杀他的人！他拒绝让预言成真。他把自己送给了利博尔，手无寸铁，表现出一种亲近，一种默契的萌芽。

然后利博尔放下手枪，正对着他。

就在那一刻，克里斯托夫认出了自己的父亲。他所钦佩的那个人！不是那个失败的木偶师，不是那个看破一切的酒鬼……他再次看到了意志坚定的利博尔，那个用铁腕领导这场狩猎的人，那个从不轻言放弃的人，这些年来一直能够在前捷克国家安全局的共产党人和皈依天鹅绒革命的新领导人之间游刃有余的人。

令人敬畏的利博尔，狡猾的利博尔。他的父亲成功地激起了这个天真的儿子的同情，就像在西方最伟大的决斗中一样。通过虚张声势和引诱，他让他掉转枪头，甚至扔掉了它。利博尔现在只需要干掉这个愚蠢的、手无寸铁的糊涂蛋，一切都会结束。

利博尔继续下调他的CZ75，瞄准了雷诺·杜瓦尔。正对心脏。

至少，克里斯托夫不得不承认他的这种勇气，他同父异母的兄弟没有动。他僵硬而有尊严地站着，蒙上了即将被处决的信徒般的骄傲。

利博尔开枪了。

枪声在雨中炸开，或者至少克里斯托夫是这么猜想的。

阿莫斯一定听到了。一声枪响。

雷诺·杜瓦尔不动声色。没有颤抖。仿佛子弹穿过了他而没有击中他。

或者，更确定的是，仿佛……

利博尔对准的是旁边。

接下来这一切发生得非常快。克里斯托夫花了好几个小时，甚至好几天，才用慢动作重放了这一幕，把每个动作分开，就像分解一个复杂的舞蹈动作一样。

利博尔把枪口对准了自己。枪管压在喉咙上。

克里斯托夫意识到,他的父亲已经决定自杀。一切都变得清晰了。利博尔已经计划好了这一切。

开两枪,复仇就到此结束。

几分钟前,他在车里告诉他们,我杀了他,我自杀,这样一切都结束了!你们解脱了!但他做不到向他的儿子开枪……他决定让他活着,他亲自让预言成真,为他而死。

两声枪响,一人牺牲,而诅咒就结束了。

克里斯托夫不想看到这一幕,不想看到第二颗子弹穿透他父亲的下巴,并从三十厘米高的地方穿出来。他正要闭上眼睛的时候,他看到雷诺冲了过来,他看到雷诺的嘴扭曲了,喊出了一个他第一次能从他唇间读懂的词。

这个词是他和阿莫斯都没敢说过的。

雷诺的嘴唇再次张开又闭上。两次。

"爸爸。"

雷诺设法把枪管从他父亲的下巴上拉开。利博尔抵抗着。雷诺更年轻,但他的父亲更有劲。克里斯托夫最后一次希望这一枪会意外打出,希望意外能选择他同父异母的弟弟,但他决定不这样做。

在拼命的挣扎中,利博尔和雷诺都没有意识到他们正在接近几乎不到一米高的安全护栏,没有意识到他们脚下的柏油路面正变成湿漉漉的溜冰场,没有意识到他们稍有不慎就会翻下去……

他们的身体在同一个动作中消失了，就像两个柔道运动员在他们脚下打开的榻榻米的边缘被同时带走了。

然后克里斯托夫什么都看不到了，除了雨。

当他回到斯柯达车里时，阿莫斯向他证实他只听到一声枪响。克里斯托夫拿起一个手电筒，拉着他的兄弟离开。当他们在观景台下二十米处发现那两具没有生命的身体时，他们只俯身到了利博尔的尸体上。

69

艾蒙四子观景台，默兹河畔博尼

"这是个意外。"

触摸平板不过是漂浮在血泊上的一个木筏。克里斯托夫颤抖的手指描画着黏稠又鲜红的供词。

"我们的父亲希望一切都能停止，阿莫斯。我是你的眼睛，我背叛了你。没有第二枪，因为雷诺拦住了他，但利博尔想开枪。之后的一切，追捕、杀戮、火灾，都是我想要的，不是他。"

阿莫斯的手一直按在他哥哥腹部裂开的伤口上。他的十根手指不过是大坝上的砖头，随时会有决堤的危险。伤口还在止不住地流血，就像一场无法阻挡的洪水。

"你比任何人都清楚，弟弟，我一直是个怪物。我从你的眼神里，从爸爸和妈妈的眼神里，在我被毁容之前很久……就知道。"

"闭嘴，克里斯。你会挺过去的。"

"不。这样更好，不是吗？这个故事里的坏人被杀死了。无辜的人逃过一劫。"

痛苦的挣狞扭曲了他的脸。痛苦更增加了丑陋。

"阿莫斯，"克里斯托夫继续说，"我们父亲的骨灰，你保管好了吗？"

阿莫斯点了点头。他们在边境附近火化了利博尔，在阿登森林的深处，周围环绕着橡树和云杉。

"把骨灰带走吧。带去波希米亚。把它撒在比尔森。"

390   *Trois vies par semaine*

"我们一起去撒，"阿莫斯撒谎说，"我答应你。"

克里斯托夫没有力气反对，尽管他知道阿莫斯永远无法遵守这个承诺。他生命的最后一根线正在断裂。血管一个接一个地破裂。

阿莫斯轻轻地让哥哥在他的怀里睡着。他轻轻摇晃着他，两个人被黏稠的液体粘在一起。平板现在已经被血浸透了，克里斯托夫太虚弱了，无法交流，阿莫斯只能在他哥哥失聪的耳边说一些他永远不会听到的话。阿莫斯再次想到他父亲的骨灰。他永远不会把它带到波希米亚了，几个小时前，当克里斯托夫在车厢工场外准备纵火时，他已经把它撒了出去。

撒在米娜的骨灰被撒落的地方。混在一起，直到天荒地老。

克里斯托夫怎么会明白呢？

阿莫斯回想着，在大篷车里的每个不眠之夜，他把脸贴在卧室的窗户上。有那么多次，看着父亲和米娜，在星空下一起入睡……至少阿莫斯是这么认为的，因为他的父亲似乎也是这么想的。他从米娜的故事中了解到，这种爱有另一个名字。强奸。

然而，有一个孩子诞生于这场被诅咒的爱情中，一个米娜如此深爱的孩子。

最好的东西能从最坏的地方来吗？

他的父亲，在遇到米娜之前，是卢卡，一个天赋异禀的木偶师，一个自由主义诗人，一个无政府主义艺术家……被贫穷和骄傲、暴力和欲望、渺小的和伟大的历史所撕裂。

最好的人能否成为最坏的人？

阿莫斯相信，将他的骨灰与米娜的骨灰撒在一起，是尊重他最后的遗愿。

他还有什么其他选择呢？ 他永远也不会回到波希米亚了。

在他的怀里，克里斯托夫的身体已经永远地睡着了。他也去了木偶的天堂，把他那破烂的躯壳留在了人间。阿莫斯蹲下身子，小心翼翼地把哥哥的头放在山顶稀疏的苔藓丛中。

他四下摸索，找到了 VZ58，把它拿起来，寻找最好的握住它的方式，以制造一种错觉。

然后他站了起来。

立刻，他听到了喊叫声。

"他站起来了！"

"他有武器！"

他把机枪大概对准了那些声音，但回声使他无法准确地定位。

"不要开枪！"凯特尔·马雷尔喊道。

阿莫斯扣动了扳机。后坐力几乎让他踉跄摔倒。子弹散落在夜色中，他故意瞄得很高，尽可能高，这是和星星玩的最后一次飞碟射击游戏。

"他是瞎子，"凯特尔再次喊道，"他不能……"

一阵噼里啪啦的枪声掩盖了她最后的话。阿莫斯感觉到子弹扫射在他身上，像很多的针一样刺入他的身体，要在他那支离破碎的身体上缝上银线。

伟大的木偶师，终于，召唤他了。

七年后
众生皆有幸福的宿命

《地狱一季》，阿蒂尔·兰波

"洛拉！洛拉！你来和我们一起玩吗？"

罗密和马吕斯在秋千和滑梯之间奔跑。四岁的罗密跑得最快，但小她十八个月的弟弟马吕斯不放弃追赶，冲刺、摔倒、再爬起来，脸上全是沙子，膝盖也磨破了。

"让洛拉安静会儿吧！"纳内斯喊道，"她有事要忙。"

洛拉，安静？

这两个词很般配。十二岁，快十三岁的洛拉尚未告别天赐之龄，一段在六岁到十二岁之间的短暂时光，这个时期的女孩们只知道笑，对周围的一切事物，人类、毛绒玩具或动物，都充满了好奇心和同理心。在生命不断往前，在她们成为女人之前的那个神奇的时刻。洛拉站在两个世界的边缘，迫不及待地想离开第一个世界，满心好奇地想去发现第二个世界。她刚刚答应她的祖母去收晾在花园晾衣绳上的桌布，而且不需要任何帮助，她踮起脚就做到了。

"洛拉，我们需要你！"

罗密和马吕斯坐在秋千上，不耐烦地等待着风，或者一个随和的大人，当然最好是洛拉，来推他们。

"我忙着呢！"

大人们总是很忙！

罗密和马吕斯看着他们身边花团锦簇，小石子路铺得如迷宫一般，还有环绕着菲代勒堡小屋的树叶墙篱。他们喜欢来纳内斯奶奶的房子！

纳内斯的花园比游乐场还要好。有秋千、滑梯，还有专门为他们准备的转盘。

奶奶的房子还有更棒的：到处都是木偶，天花板上也有，即使他们不被允许触摸挂在上面的木偶。

两位堂兄妹互相看了一眼，可能希望其中一个人能够决定从他的秋千上下来推另一个人，然后，由于没有达成共识，他们环顾四周，看看能请求谁帮助。

当然不是老巴乌。他正躺在躺椅上晒太阳，腿上放着一本打开的《随风漫游》，睡着了。

其他五个大人中有一个正在客厅桌子旁说话，是纳内斯奶奶？还是……

罗密和马吕斯突然飞了起来，然后洛拉在他们背后大笑起来。

"再高一点，洛拉！再高一点！"

洛拉使出全身力气推了他们两三次，然后等着这两个秋千慢下来。然后她靠向罗密和马吕斯，低声说：

"快来，我有个秘密。"

"他们去哪儿了？"维姬担心道，"罗宾，你能去看看吗？"

纳内斯送来了咖啡。九月的太阳依旧火热地照耀着秋日的阿登省。吃剩的生日蛋糕还没有被清理，软塌塌地摊在桌子上，夹在一堆撕碎的礼物包装纸和儿子们送给她的玛捷斯智能压力锅的说明书中……

她的孩子们真的认为她在做光屁股烩菜的时候会与一个联网的压力锅对话吗?

"罗宾,"维姬重复道,"你能去看一下吗?"

汉斯假装没有听到。他舒服得很。他吃多了,也喝多了。喝了几杯冰镇雷司令✕。在接下来的十天里,他不会再沾一滴酒了。他要去赫尔辛基运送风轮机,一个将穿越整个欧洲的特殊车队。如果维姬叫他汉斯,他就站起来,他逗乐地想。她大多数时候还是这么叫他……除了在纳内斯面前!

维姬把椅子往后一推,嘟嘟囔囔抱怨道。自从三十个月前马吕斯出生,维姬就变了。她自己也意识到了这一点。汉斯的缺席让她感到负担沉重。她身上水手妻子的美德正在从她手里溜走。山柳菊农庄运营良好,几乎可以说太好了。她要管理十二个房间。一个快到青春期的洛拉,谨慎低调而天马行空,不能疏忽。还有一个不到三岁的孩子,两秒钟不看着就会跑去追赶小鸡和小马。

"别担心,维姬,"埃蕾阿用温柔的声音说,"马吕斯和罗密、洛拉在一起。他们正在为我们准备一个惊喜。"

维姬犹豫了一下,然后把手放在汉斯的肩膀上,环住了他的脖子。等到汉斯交回卡车钥匙与他们朝夕相处的那一天,一定会有这一天,她还会如此爱她的汉斯吗?

这一次是皮埃尔笑着站了起来。和汉斯一样,遗传性软骨钙化症也开始使他的关节咔咔作响。

"我去看看他们在做什么!"

埃蕾阿抓住他的胳膊。　　　　　✕ 一种干白葡萄酒。

"别去。他们有权享有秘密。"

"秘密？"皮埃尔对此表示怀疑。皮埃尔也变了，当罗密出生以后。他不再跳舞，不再梦想当艺术家和写诗。他很快进入了父亲的角色，并承担起相应的全部责任。

他决定离开巴黎，买一座带花园的独立小楼，即便是一座废墟，他也不在乎，他会把它翻新；即使他从来没有拿过电钻或螺丝刀也没关系，他可以学习。而且他已经学会了！罗密出生在马恩河畔的热尔米尼莱韦克，在一间完全由她父亲布置的公主房里。而能工巧匠爸爸并没有就此打住。接下来又造了游戏室、狗窝、花园里的枫树屋……

"罗密，"埃蕾阿经常想，"她有一天会不会想到，她的父亲在得到莫城市政厅的道路养护负责人这份工作之前，是一个多么梦幻的诗人？她会不会一直视他为一个严肃的大人？而在她四岁的小脑袋里，又会怎么想她的母亲呢？"埃蕾阿相信罗密也同样患有自闭症，只是症状轻微，难以诊断，苗头还不明显：需要孤独，对一只被踩扁的蚂蚁过度敏感，以她独有的方式把自己想象成最破旧的摩比娃娃。埃蕾阿对此也深信不疑，因为自从罗密出生后，她的大脑就消失了。人间蒸发了。仿佛它迁移到了另一个大脑，一个比她接受能力更强的大脑。

"我还是要去看看。"皮埃尔坚持说。

在埃蕾阿提出抗议之前，三支箭从纳内斯的小屋里飞出来，向栅栏跑去，马吕斯在前面，罗密在后面，洛拉在最后。

"波吕来了，波吕来了！"

"谁？"汉斯和皮埃尔几乎没来得及问。

一阵狗吠声盖过了欢乐的叫声。栅栏门打开了，一只蹦蹦跳跳的斯凯梗犬跳了进来。它跑过花园，朝着三个孩子吠叫。他们在旋转门

Part 3　　　　　　　　　　　　　　　　　　　　　　　　　　　397

和滑梯之间跑来跑去，波吕笨拙地试图接住洛拉、罗密和马吕斯互相扔来扔去已经破了的球。

凯特尔·马雷尔比她的狗晚了好一会儿才开门进来。

"小心点，孩子们，这只狗有点儿傻……而且傻是会传染的！"

凯特尔在餐桌前坐下，没有再理会她的狗，狐疑地品尝着为她留的那块软蛋糕，为她的迟到而道歉，但是家庭聚餐，她更喜欢只有一片软面包和一杯咖啡。

波吕继续奔跑着，流着口水追着破球。

"你的狗真可爱。"女主人说。

"可爱？你在开玩笑吗，纳内斯？一个真正的骗子！我等了十五年才让我的奥吉安乐死，就是我那只笨猫。我甚至都没有那种运气让它溜到邻居家或被撞死。十五年来，我给它喂食，给它换猫砂，给它除虱子，它却没有一点感激之情。一点都没有。它就会睡觉、喵喵叫、吃东西，然后又睡觉。比最糟糕的情人还糟糕！有人告诉我，在男人、女人、猫之后，试试狗。毛茸茸的，你会发现，没有什么比这更适合亲热了。可真会说！除了流口水，像个白痴一样追着气球跑来跑去，在我转身时偷吃我的牛排，在沙发上占据所有的空间……比最糟糕的丈夫还糟糕！它唯一的优点，斯凯梗犬寿命并不长。运气好的话，我只要养它十年。您觉得我接下来养什么好？收养一只鬣蜥？一个充气的肌肉男？从巴乌·杜瓦尔那儿买一个预先录制好对话的自动木偶？"

桌子旁的每个人都笑出了声。凯特尔粘上了盐和胡椒的头发散落在右眼上。在滑梯和转盘之间，三个孩子已经扔下了波吕和它的破气球。

"你们看到了吧？"凯特尔得意扬扬，"不到三分钟，连孩子们都受不了了。"

"孩子们！"维姬突然喊道，"他们去哪里了？"

同样担心的皮埃尔开始起身。

"我和你一起去找！"

纳内斯放心地笑了。她看到挂在晾衣绳上的床单后面有三个模模糊糊的影子。洛拉的声音从展开的床单后面传来。

"大家都在吗？"

坐在生日桌上的所有成年人都转过身来，盯着白色的大帷幕。

"是的，洛拉，"纳内斯想，"每个人都在，虽然我身边总是缺个人。"

在幕布的另一边，罗密和马吕斯颤抖着。这是他们的第一次演出。洛拉一拉开床单，演出就要开始。

马吕斯拼命地捏着可以让他的木偶的腿和胳膊动起来的手柄。洛拉已经告诉过他如何不让线缠住。他太喜欢他的士兵用大木剑打人了。

罗密也不放心，她练习过让芭蕾舞女演员跳舞，但在大人们面前，她能克服自己的羞怯吗？能记住这些手势和台词吗？

不要害怕，大脑安慰她，在她的脑海中轻声说，我会把动作和台词悄悄告诉你的。

幕布突然打开。六个成年人和一只狗屏住呼吸，就在洛拉清脆的声音出现之前，一个穿着白衬衫和小丑裤的木偶出现在纸质戏台后面。

"大家好，我的名字是彼得鲁什卡。"